달이 이끄는 이세계 여행 11

아즈미 케이

목차

제프
마족을 통솔하는 왕.
진짜 이름은 훨씬
길다고 한다.
로나
권모술수에 뛰어난 마족
장군 중 한 사람.
마족이나 뿔이 없다.
릴리
그리토니아 제국의 황녀.
마족에게 깊은 원한을
품고 있다.
이와하시 토모키
그리토니아 제국의 용사.
매료의 힘을 지니고 있다. 다양한
무기를 다루며 집단 전투가
특기이다.

시키
본래는 「리치」라고 불리는 해골형의 언데드 몬스터. 마코토와 계약함으로써 사람의 모습이 되었다. 쿠즈노하 상회의 상식을 담당.
토모에
본래는 「신(蜃)」이라고 불리는 용. 마코토와 계약함으로써 사람의 모습을 지니게 됐다. 일본의 검술에 흥미진진.
미오
본래는 거대한 거미. 마코토와 계약해서 사람의 모습을 지니게 됐다. 최근에는 신선한 해산물 요리에 공을 들이고 있다.
미스미 마코토
본작의 주인공. 부모 관련의 사연으로 이세계에 소환되어버린 비운의 고등학생. 최근 이상한 꿈을 꾸게 되었다.
주요 등장인물

마족령
스텔라 요새
왕도 우르
제도 루이나스
리미아 왕국
그리토니아 제국
아이온 왕국
학원 도시 롯츠갈드
로빈
보즈다
로렐 연방
츠이게
나오이
황금가도
끝의 황야
달이 이끄는 이세계여행
세계지도

프롤로그

◇◆◇◆◇

“외모를 봐선 나이는 라이도우와 별 차이가 없을 터인데…….”

학원 도시 롯츠갈드의 상인 길드를 관리하는 자라는 오늘 처음 맞이했던 손님이 돌아간 뒤 가만히 중얼거렸다.

앞쪽, 집무용 책상의 나무 판자에는 고급 종이에 쓰인 자료가 다수.

잠시간 문을 바라보던 자라는 다시 자료로 시선을 옮긴 뒤 작게 한숨을 쉰다.

지쳐서가 아닌 추후에 있을 일에 대한 염려 때문에. 그런 한숨이 새어 나왔다.

“그 녀석보다 장사의 세부를 훨씬 잘 알뿐더러 위정자의 시점도 함께 가지고 있지. 그런 데다가 용사님인가. 릴리 황녀가 있는 만큼 정치의 분야라면 리미아보다 그리토니아가 더욱 우위이리라 생각했었건만……. 다시 생각을 정리할 필요가 있을까.”

자라를 우울하게 만든 손님은 이 세계에서 휴만이 세운 나라들 중 가장 풍요로운 곳 하나로 손꼽히는 리미아의 왕자에게 소개를 받아 이곳에 방문했다.

얼마 전 왕의 보좌로 활약했던 제2왕자 요슈아가 「때마침 지나가던 길이었습니다. 꼭 한 번 만나보시지요」라며 점심의 회식을 제안했고, 자라도 이 말을 수락했다.

그 대상은, 왕국의 용사로서 세계에 이름을 떨친 히비키=오토나시라는 여성이다.

오토나시 히비키— 롯츠갈드 상인 길드 대표라는 입장에서야 알 도리가 없는 정보일 터이나 라이도우, 즉 미스미 마코토가 일본에서 살던 시절에 같은 고등학교를 다녔던 한 살 연상의 선배이다.

용사와 안면을 틀 수 있다면 길드 대표로서도 한 명의 상인으로서도 말할 필요도 없이 유익하다. 자라는 요슈아가 건네는 사탕 중 하나이리라는 생각을 잠시 했다만.

"……지금 이 시기에 「리미아의 부흥에 돈을 보태라」는 말인가. 이쪽도 변이체 소동 때문에 그야말로 부흥에 힘을 쏟는 와중이건마는."

비상식…… 아니, 다르다.

자라의 표정에는 본인의 패를 읽히고 만 노름꾼과 같은 분함이 살짝 떠올라 있었다.

분명 롯츠갈드는 이 사건으로 파괴의 불행을 맞이했고, 지금 그 상처를 치유하기 위해 재건에 몰두하고 있는 참이다.

그럼에도 도시에, 상인들에게 일절 여유가 없는가 묻는다면 사실 꼭 그렇지는 않다.

이번 부흥에는 파벌 싸움에서 유리한 입장에 서기 위하여 적극적으로 복구 작업에 공헌하는 학원 강사들의 움직임과 지극히 파격적인 「어떤 상회」의 존재가 강력한 도움이 되고 있다.

아울러 사건에서 일부 거상들이 목숨을 잃어버렸는데, 그들이 쌓아 두었던 사재에는 — 특히 부정하게 축재를 한 재산이라면 더욱 — 공중에 뜬 상태가 되었다거나 비합법적인 형태로 다른 사람에게 넘어간 금액이 적지 않게 존재했다. 자라와 그의 오래된 친구 패트릭의 신속하며 교활한 수배에 의해 이러한 재산 중 유족이 존재하지 않는 몇 할가량이 상인 길드의 관할로 들어와 있다.

따라서 「참혹한 사건 때문에 몸도 마음도 주머니도 너덜너덜한 롯츠갈드」인 양 행세하는 한편 내부의 부흥과 상인 길드 안 질서의 재구성에 힘을 들였던 자라에게 있어서 오늘 리미아로부터 받은 요청은 내심 썩 달갑지가 않았다.

“수법도 능란했지. 한 수, 두 수만 잘못 놓아도 리미아에 생색을 내기는커녕 오히려 이쪽의 힘만 빼앗길 테지. 웬 낭패인가.”

자라의 뇌리에서 히비키와의 회식 자리가 다시 재생된다.

윤기 있는 긴 흑발, 호의를 전할 뿐 일절 악의가 느껴지지 않았던 눈은 자연스로운 미소와 함께 강인한 의지도 함께 깃들어 있었다.

오호라, 과연.

소문으로 들은 용사의 평판과 실물의 인상을 견주어 본 뒤 자라는 무의식중에 내심 감탄했다.

세간의 뛰어나단 평판이 실물을 올바르게 나타내는 사례는 자신이 아는 한 흔치 않았다.

라이도우…… 그자는 극단적인 케이스라 치고, 히비키만큼 높은 차원에서 합치되는 경우는 극히 드물었다.

“이런 시기에 부흥의 협력, 투자의 요청입니까. 분명 리미아 왕도를 휩쓴 비극과 그 피해에 대해서는 소식을 전해 들었습니다. 저희도 무척 가슴이 아픈 심정입니다만, 이곳 롯츠갈드도 갑작스레 사건과 맞닥뜨린 직후인지라—."

"물론 비상식적인 부탁이라는 것은 충분히 잘 알고 있습니다. 그럼에도 역시 요슈아 님께 말씀을 듣긴 했습니다만, 과연 세계에 자랑하는 현자와 학도의 도시 롯츠갈드. 물적 측면에서는 이미 상당히 수복이 진행되었더군요. 부끄럽게도 저희 리미아에서는 아직껏 이런 정도의 상태에는 이르지 못했습니다. 몹시 훌륭한 노하우, 아울러 현자들께서 아낌없이 마술로 협력해주신 덕분도 있었을 테죠."

"하하, 리미아 왕국의 분께서 이런 말씀까지 들려주신다는 건 정말 영광입니다. 도시의 중대사인 만큼 학원도 저희도 함께 손을 맞잡아 온 힘을 다하여 한시라도 빨리 일상을 되찾기 위해 노력하자는…… 간절함이 있을 따름입니다. 그러나, 이렇듯 건물이나 시설은 복구됐어도 결코 되돌릴 수 없는 시간과 땀, 또한 돌아오지 않는 생명도 있습니다. 아직껏 부흥이 다 이루어졌다는 말은 도저히 드릴 수 있는 상태가 아닙니다."

"옳은 말씀이십니다. 진정 가슴 아픈 사건이었습니다. 리미아를 모국으로 둔 귀족과 상인도, 다수가 이 땅에서 희생되었습니다. 학원 도시에서 발생한 사건은 저희들 또한 당사자입니다. 사태 수습에 충분한 지원도 하지 못하여 폐하께서도 몹시 상심하셨습니다. 하다못해 이제 곧 처리해야 할 잔무 등 자질구레한 문제의 해결에는 전력으로 협력해드리겠습니다. 금번에 사라져버린 미래를 짊어져야 했을 분들은 전 세계로부터 모인 소중하고도 고귀한 생명……. 말할 것도 없이 이것은 세계의 중대사이며 모든 나라가 힘을 다 쏟아서 대처해야 할 대사건이니까요."

살짝 잽을 날리며 견제한 뒤 회식이 시작됐다.

자라는 히비키가 자아내는 사람을 끌어당기는 매력에 놀라는 한편 「부탁」이라는 표현과 함께 리미아 왕국에 대한 지원과 투자의 이야기가 나왔다는 데서 이 만남이 거래의 자리로 바뀌었음을 감지했다.

"잔무, 말씀입니까?"

"예. 변이체 사건 피해자에 대하여 왕국에 계실 귀족분들이며 괴멸 상태에 처한 상회의 자산 상황 등등의 정보는 저희에게도 필요할 테니 말이지요. 가능한 한 시급히 대응하겠습니다. 동시에 필요하다면 타국에도 신속하게 대응해야 할 사안으로서 리미아의 이름을 써서 부탁드릴 계획입니다."

"……그 말씀은 무척 감사하군요. 아무쪼록 꼭 협력을 부탁드리겠습니다."

"맡겨주시지요. 아무튼, 방금 전 이야기를 다시 나눠볼까요. 지금 리미아에는 솔직하게 말씀드려서 여력이 거의 없습니다. 또한 마족이 공격의 손길을 늦춘다는 보장 따위 어디에도 없기 때문에 저희는 그에 대해서도 철저하게 대비해야 하는 입장이지요."

"지당한 말씀이십니다."

히비키의 진지한 발언에 고개를 끄덕이는 한편 자라는 마음속에서 경계심이 점점 고조되어 갔다.

'귀족에다가, 자산 정보라? 그 당찮은 요청은 단지 이쪽의 동정심을 의지하여 꺼낸 말이 아니라는 압박인가. 게다가 마족의 습격이라니. 확실히 그 부분을 소홀히 하게 만들었다가 우리까지 책임을 추궁당하면 농담이 아니게 된다. 이 어린 아가씨, 인상처럼 단지 선량하기만 한 인물은 아니군.'

—너희가 이 기회를 틈타 긁어모으고 있는 재산의 출처가 어디지? 그중 일부는 우리나라의 몫 아니야? 그럼 우리나라의 부흥에 보태줘도 괜찮을 텐데? 아니면 뭐야? 다른 나라에도 소식을 퍼뜨려서 사건 후 자금의 흐름이나 본래 귀속되어야 했을 소유자를 철저하게 밝혀내볼까? 그 사이에 또 마족이 침공하면 세상 사람들이 롯츠갈드를 언제까지고 피해자로 대우해주려나?

호감 가는 미소의 이면에서 히비키는 저렇게 말하고 있다는 것이 자라가 느낀 생각이었다.

정말이지 라이도우와 처음 대면한 때 나눈 대화와는 대조적인 광경이었다.

"—그런 까닭에 이런 형태를 취하여 각국, 주요 도시에 부탁을 드리고자 다니는 부끄러운 처지가 되었습니다."

"아뇨, 아뇨. 리미아, 그리토니아 양국이 단단하게 결속을 맺어 마족과 맞서주고 계시는 덕에 비로소 지금의 소강 상태가 유지될 수 있는 겁니다. 부끄러워하실 이유는 아무것도 없고말고요."

자라는 이렇게 대답할 수밖에 없다.

실제 위협에 맞서, 자국의 군인들 중에 적잖은 사망자가 발생하는데도 마족과 싸우고 있는 곳은 리미아 왕국와 그리토니아 제국이다. 또한 그 최전선에 나가 선 인물이 지금 눈앞에 있는 용사다.

이왕에 원조를 요청하려면 단단하게 결속을 맺은 제국에나 부탁해봐라, 그쪽은 어쩌고 여기에 왔나— 하고 은근슬쩍 견제를 하는 것이 고작이었다.

자라의 눈앞에 있는 여자가 코앞의 문제 해결만을 위하여 제국에 빚을 만드는 행동은 하지 않을 것임을 잘 앎에도 굳이 오기를 부린 발언이었다.

"……잘 알아주시니 기쁠 따름이군요. 다만 이번 습격에는 그리토니아도 같은 입장에서 피해를 받았습니다. 양국이 모두 전력으로 재건을 위해 국민이 한마음으로 힘을 모았지만, 그리토니아는 한랭지이지요. 게다가 얼마 뒤 겨울을 맞이합니다. 저희보다 훨씬 더 각박한 상황이니만큼 제국은 하루라도 빨리 부활을 위해 주력하고 싶을 테지요."

그러니까 지금은 서로 지원을 할 상황이 아니다.

히비키는 진심에서 우러나온 듯한 염려가 묻은 표정으로 자라에게 답했다.

"……."

'그리토니아에는 절대 빚지지 않겠다는 뜻인가. 아무렴, 옳은 판단이다. 그런 데다가 둘러댈 구실까지 빈틈없이 준비해 왔군. ……쯧.'

리미아와 그리토니아가 세계에 영향력을 발휘하기 위하여 경쟁한다는 것은 주지의 사실이다.

마족과의 전쟁을 명목으로 당장은 협력하고 있는 두 나라는 악수하며 웃는 얼굴로 주먹 날리는 중이기도 하다.

상대국에 빚지는 처지는 최대한 피하고 싶지 테지.

“이번에 롯츠갈드 측에 부탁드리고자 하는 구체적인 내용은 여기 자료에 있는 왕도 남동부의 다리 수복, 아울러 그 주변 지역의 부흥에도 혹시나 힘을 보태주신다면 저희는 더 이상 바랄 것이 없겠습니다.”

자라의 침묵을 대화 진행에 대한 승낙으로 받아들였는지 히비키는 자료를 건네주며 왕도의 지도 일부를 손가락으로 가리켰다. 구체적으로 무엇을 어떻게 해달라는 말인가. 이제 교섭이 시작된다.

“……흐음?”

그곳은 왕도에서도 시장이 빈번하게 열리며 활기를 띤 지역 중 하나였다.

물론 자라도 잘 아는 정보였기에 따라서 눈살이 살짝 움직여졌다.

훗날 획득할 수 있을 이권을 내다봤기에 나온 반응이다.

마주하고 있는 히비키는 얼굴에 띤 미소가 보다 뚜렷해지며 더욱 진지한 눈빛으로 자라를 주시했다.

“물론 이것은 리미아에 지운 빚이라 생각하셔도 무방하며, 비용의 부분도 추후 반드시 변제하겠습니다. 아울러 부흥이 다 이루어지는 날에는 민중에게 롯츠갈드의 협력을 받아 다리의 수복 및 시장의 조기 재개가 이루어졌음을 널리 알리겠습니다.”

“그 말씀은, 정녕 더할 나위가 없는 배려이십니다. 그러나 히비키 님. 수복에 들어가는 비용, 이것은 문제입니다. 즉단은 좀 어렵지요. 이 자료에 나온 대로 전부를 저희가 부담해야 하고, 또한 고용은 가능한 한 현지에서 왕도의 주민을 써달라는 것은…….”

공사비는 우선 롯츠갈드 측이 전부 부담한다. 수복 작업에 동원하는 인부는 왕도의 주민을 써달라는 조건. 당연히 특수한 기술을 필요로 하는 분야에서는 예외가 될 터이나 초기 비용의 측면에서 왕국에 꽤 유리한 요소가 딸려 있었다. 자라의 지적은 아주 당연했다.

이런 조건은 부담스럽다. 무거운 제약이라 말할 수 있었다.

"네. 국고에서 제때 정확한 비용을 내어드리는 것이 올바른 신용이며 거래의 기본이라는 것은 잘 알고 있습니다. 무리가 있는 조건을 제시했지요, 저희가."

"요청의 내용에 비하여 조금 제약이 많지 않습니까?"

"자라 님의 말씀이 백번 옳습니다. 그 손해를 보전해드리기 위한 저희의 제안도 즉각적인 실리로 연결되는 내용은 못 되는지라 민망합니다만……. 이곳을 살펴봐주시지요."

히비키가 자료의 페이지를 넘겨 자라를 시선을 이끌었다.

그곳에는 다소 애매하게 이번 안건에 대한 확인 사항이 몇몇 쓰여 있었다.

자라가 눈을 커다랗게 뜬다.

내용의 애매함이 나타내는 가능성, 진짜 의도를 금세 이해했기에 나온 반응이었다.

"요컨대 롯츠갈드가 아닌 롯츠갈드의 상인 길드에 하는 부탁이다, 이런 말씀이시라고요?"

"예."

"도시 차원의 협력을 상인 길드에 의뢰하는 게 맞지요?"

학원은 관계없이 상인 길드를 대상으로 롯츠갈드의 도움을 요청하겠다.

즉 추후 학원 도시에서 학원과 상인 길드의 역학 관계에도 영향을 미치게 될 안건이라는 뜻이다. 물론 상인 길드가 리미아에 제법 짭짤한 빚을 준다는 의미에서.

"담당 지역 및 시장에 부흥 기간 중 개설하게 될 분점에 대해서는 일정 이상의 규모가 있는 상회로 한정하여 다섯 곳의 매장까지 권리가 영속된다. 이 말은 요컨대……."

"네. 롯츠갈드 상인 길드에서 선출해주신 상회라면 왕국도 신용할 수 있는 만큼 임시 분점이 정식 분점으로 바뀌어도 계속 지지하겠습니다."

"다섯 곳의 매장이라면, 다섯의 구성은 변경될 수 있는 겁니까?"

"……예, 원하시는 대로."

리미아에 진출하고 싶어 하는 상회는 전국에 많은 숫자가 있다. 롯츠갈드에도 진출을 바라고 있는 상회는 얼마든지 존재한다. 게다가 왕족, 귀족의 다수가 모여 있는 왕도에 분점을 낼 수 있다면 활용 방법에 따라서는 무시무시한 영향을 미치게 된다. 상인 길드가 가진 권리로서.

현 상황과 더불어서 판단하자면 이것은 실질적으로 자라가 갖는 권리라고 달리 표현할 수 있겠다.

다섯 곳까지 특정 상회를 지명해서 끝나는 것이 아니라 다섯의 구성을 변경할 수 있다면 『길들이기』도 가능하다는 뜻이다.

자라는 그 후도 리미아 측의 제안 내용에 대해 세세한 부분까지 히비키에게 확인을 거쳐 나갔다.

가끔은 못을 박는 부분도 있었으나 결국 자라에게, 상인에게 무척 매력적인 내용이었다.

부흥 비용을 일시적이나마 각출하는 것은 결코 사소한 부담은 아니다.

요청 자체에 무리한 조건이 있다는 것도 달라지지 않았다.

그러나 여기에는 확실한 이득도 있다.

무엇보다 거부할 경우 어떠한 보복이 이루어질지에 대한 압박감을 자라는 이번 거래의 곳곳에서 감지할 수 있었다.

그리고 새삼 감탄한다.

이번 거래에서 히비키는 자라의 물음에 모두 스스로의 말로 대답했다.

침묵조차 진짜 망설임 때문이 아닌 함축이 담겨 있었다는 것이 자라의 판단이다.

즉 이번 요청의 전체상을 히비키 본인이 철저하게 파악했을 뿐 아니라 실제 교섭에서 알아야 할 상대 및 자신의 강점, 약점을 잘 이해하고 있었다는 의미가 된다.

'본래 확보할 수 있었을 자금 일부의 출처까지 다 파악한 이후에 내게 만족할 만한 이득을 제시했고, 또한 길드에도 진출하게 될 상회에도 제각각 금전으로는 구입할 수 없는 이점을 마련했군. 당분간 이쪽에 불리한 요청이 될 것은 틀림없지만, 긴 안목으로 보면 꽤 합리적이다. 그나저나 이 아가씨는, 벌써 이런 수완이면……. 10년 뒤가 두려워지는군. 처음으로 내가 후계자로 들이고 싶어지

는 인물이 하필 용사일 줄은……. 난처하군.'

"어떻습니까? 리미아는 학원 도시 롯츠갈드와 길이길이 좋은 관계를 만들어 나가고 싶은 마음입니다. 물론 왕립 아카데미와 롯츠갈드 학원의 사이에는 앞으로도 경쟁이 있겠사오나 그것은 선의의 경쟁. 어떤 분야든 간에 호적수라는 존재는 고마운 법이니까요."

"알겠습니다. 사안이 사안인 만큼 즉답은 할 수 없겠으나 전 이미 결심을 했습니다. 다음 번 길드 회합에서 곧장 의제에 올리도록 하지요. 좋은 대답을 전해드릴 수 있을 겁니다."

"다행입니다……. 무리한 부탁을 드렸다는 것은 결코 잊지 않겠습니다. 자라 님께서는 전쟁을 함께 감당하며 함께 평화를 만들어 나갈 분이시리라고 어린 나이이지만 저 히비키는 확신했습니다! 정말 감사합니다!"

"감사 인사를 드려야 할 사람은 오히려 저입니다. 잠시 인사나 나눌 자리였을 텐데 뜻밖에도 멋진 거래와 함께 훌륭한 맹우 되실 분과 만나는 자리가 되었습니다. 저희 상인들은 대체로 돈벌이에만 재주가 있는지라 막상 평화를 만들어 나갈 방법을 알지 못합니다. 모조록 앞으로도 부담 가지지 마시고 저희에게 여러 제안을 부탁드립니다."

"무슨 말씀을! 상인 여러분의 눈에 보이지 않은 수많은 지원은 매일같이 몸소 느끼고 있습니다. 상인이 자유롭게 상업에 힘씀은 곧 국가에 피를 순환시키는 것. 즉 국가의 활기, 그 원천이라고도 말할 수 있는 중요한 활동입니다. 저야말로 앞으로 계속 잘 부탁드리겠습니다. 자라 님께서도 꼭 한번 왕도에 방문해주시지요. 그때는 저 또한 찾아뵙고 인사드리겠습니다."

두 사람의 대화는 끝났다.

히비키는 마지막으로 자라를 돌아보며 자료에는 없는 내용이었지만, 다섯 자리라는 숫자와 관계없이 자라가 자기 상회의 분점을 내고 싶다면 힘을 다해주겠다고 알린 뒤 시원스럽게 떠나갔다.

그렇게 혼자가 된 응접실에서 자라는 불현듯 라이도우와 히비키의 대비를 입에 담은 것이다.

최근 자라의 마음속에 아주 강렬한 인상을 남겼던 두 사람.

물론 두 인상의 방향성은 전혀 달랐다만.

"두 사람을 나란히 세워 둔다면 누가 어떻게 봐도 히비키를 선택하리라 생각이 들지만……. 그럼에도 패트는 라이도우를 선택한 건가. 히비키의 파티는 짧은 기간이나마 분명히 츠이게에 머물렀을 터인데. 그 남자가, 그 좋은 기회에 용사의 가치를 직접 판단하지 않았을 리 없잖은가. 만나게 된 순서 때문에 실리를 가늠하는 눈이 흐려질 사나이도 아니지. 라이도우인가. 분명 마음에 걸리는 인물이군. 마음에 걸린다만……. 으음."

자라는 오래도록 알고 지냈던 친우이자 악우이며 호적수의 얼굴을 떠올렸다.

패트, 즉 패트릭 렘브란트는 도박에 터무니없이 강했다.

상인의 자질이라기에는 조금 난처하다는 생각도 들지만 그 남자는 큰 도박에서 실패한 전적이 없다.

그 남자가 전액 승부(올인)에 나설 만한 국면이라면 아무리 믿기 어려울

지라도 그쪽에 승산이 있지 않을까. 적어도 이제까지는 이겨왔다.

또한 자라 본인은 도박이 약했다.

따라서 자신은 도박을 하지 않으며 가장 벌이가 좋은 물주를 맡아왔었다.

감촉이 좋아 꽤 고급일 듯한 종이를 손에 든 자라는 신음했다. 히비키에게 건네받은 자료다.

리미아에서 이토록 고도의 제지업이 발달했다는 말은 이제껏 들었던 바가 없었다.

즉 추후 왕국은 새로운 수출품으로 이 종이를 내어놓을 가능성이 있다는 뜻이다.

가격에 따라 달라질 터이나 업계에 혁명이 발생할 만한 품질이라고 자라는 보고 있다.

그리고 이 정보만으로도 활용 방법에 따라 상당한 돈을 벌어들일 수 있다.

히비키도 뻔히 다 알았을 사실이리라. 딱히 말하지 않은 선물이리라고 자라는 받아들였다.

은근슬쩍 이런 종이를 교섭의 자리에 가지고 오는 용사(히비키)와 고작해야 일개 도시의 상인 길드 내 사전 교섭조차 제대로 못하는 신입(라이도우) 상인.

이미 획득한 정보와는 모순되게도 두 사람은 자라의 머릿속에서 어째서인지 호각의 존재감을 나타내고 있었다.

"모르겠군. 후우……. 일단 이 기막히도록 거액인 원조와 투자의 정확한 견적이나 내도록 할까. 어쨌든 이쪽은 더욱 큰 보상이 분명하게 들어오게 될 것이란 판단이 끝났으니 말이지."

자라는 자료를 정리한 뒤 일단 자물쇠가 달린 서랍에 넣었다.

큰 업무에 착수하고자 자라가 인력을 모으기 시작한 때는 거의 곧바로였다.

1

학원 도시 롯츠갈드는 본격적으로 겨울을 맞이하고 있다.

해마다 한 번 열리는 학원제 중에 발생했던 변이체 사건 이후로 수개월.

상당수의 사상자가 나왔으며 도시도 크게 파괴된 참극이었지만, 지금은 이미 부흥이라는 상태에서 벗어났다는 느낌이 든다.

아직 일부 지역에 빈터가 남아 있지만, 그곳도 구획 정리의 도중 같다는 분위기다. 이 도시는 벌써 호흡을 다시 가다듬으며 걸음을 내디디고 있었다.

지구, 일본과는 도시의 구조와 내력이 다르다는 이유도 있다.

그래도 가장 큰 요인은 역시 마술의 존재일 것이다.

폐품의 반출이든 재활용이든, 건물 건축이나 도로 부설도 마찬가지. 현대 사회도 새파랗게 질릴 속도로 진행되어 갔다.

학원이 아낌없이 마술사를 쏟아 내서 수행했던 저런 작업들을 직접 목격하면 정말 대단하다고 느낀다.

아공(亞空)에서 도시가 고속으로 만들어졌던 것도 지금이라면 딱히 놀랄 일이 아니잖아, 라고 생각이 들 정도다. 오히려 엘드워를 대장으로 둔 장인들의 힘을 생각하면 「공들여 만드는 터라 늦어졌다」라는 발언도 겸손이 아니었다는 게 납득되거든.

"오래 기다리셨습니다, 점심 특선 곱빼기입니다."

"고마워요."

여기 메뉴, 곱빼기라기에는 딱히 곱빼기 같지가 않네.

몇 번째인가 비슷한 감상을 느끼고 있는 나— 미스미 마코토는 곧장 요리에 손을 대지는 않고 멍하니 창 너머로 바깥을 내다봤다.

이곳은 새롭게 꾸린 쿠즈노하 상회의 점포에서 도보로 5분 위치에 있는 가게.

난 당초 이렇게 된 김에 쿠즈노하 상회는 교외에 조금 널찍한 점포를 만들어 옮겨버릴까 생각을 하고 있었다.

그랬는데 가설 점포로 영업을 하던 중 본래 쿠즈노하 상회의 점포가 있던 자리의 근처 가게가 몇 군데 폐업해서 떠나는 등등 이러저러해서 꽤 널찍한 땅이 매물로 나왔다.

이런 때 믿고 의지할 수 있는 종자 시키에게 상담한 뒤 땅을 통째로 매입. 딱히 말썽도 없이, 오히려 상대가 기뻐한 덕에 거래는 순조롭게 끝났다. 이 도시에서 새로 장사를 시작하든 아예 다른 도시로 옮기든 간에 자본금은 필요하니까.

결국 상회의 위치는 미묘하게 학원 가까이로 짐만 옮기면 끝나는 간단한 이사로 마무리.

가게 넓이는 이전과 비교해서 제법 넓어졌고 몇 명쯤 아르바이트도 고용한 덕에 지금껏 신규 점포의 영업은 순조롭다. 임시 강사의 근무가 없는 날 점심때면 이렇게 근처 가게에서 식사를 먹으러 올 수 있을 정도로는 말이야.

오늘로 새 단장을 한 큰길가에 있는 가게들은 대강 다 제패가 끝났다는 느낌.

특히 시키는 변함없이 냄비 요리를 좋아해서 고테츠에 자주 가는 것 같았다. 정말 푹 빠졌어.

"여기는 굳이 분류하자면 카페라는 느낌이구나. 다른 사람이랑 얘기할 때면 또 몰라도 밥을 먹기에는 좀 별로야. 양도 그저 그렇고. 멋이 중요한가요, 멋인가요."

종자들 중 가장 음식에 까다로운 미오는 분명 절대로 만족 안 하겠네.

그 녀석, 분위기를 즐기는 부류의 가게는 취향이 아닌 것 같거든.

손님층은 역시 학생을 비롯한 젊은 사람들이 많다.

그러고 보니 우리 가게에도 이런 사람들이 꽤 많았는데.

우리 가게는 희귀한 과일을 판매한다는 게 이유일까?

아, 그리고 실기에서 살짝 다치는 날이 적지 않은 롯츠갈드 학원의 학생들에겐, 상처에 바르는 약이나 각종 의료품은 늘 갖추어 두고 싶은 물품인 것 같다. 저런 물건들을 판매해봐도 괜찮겠네.

그리고 우리 가게에서 아르바이트하는 학원생 진과 아베리아를 목적으로 오는 녀석들도 적잖이 있다.

원래 꽤 인기가 있었다던데 학원제에서 실력을 증명했고 그 이후 사건에서 활약한 덕분도 있어 최근에 인기가 급상승했다나 뭐래나.

"어쨌든 간에. 내가 없어도 가게는 순조롭죠, 훗."

살짝 섭섭하다.

노린 결과는 맞지만.

숲도깨비 아쿠아와 에리스도 요즘은 믿음직한 직원이 된 참이고 평범한 날에는 내가 부재해도 딱히 문제가 없는 태세가 갖춰지고 있다. 학원제 이래 갖가지 방면에서 호출을 받는 경우가 많아진 탓에 나는 저기 간다거나 여기 간다거나 하느라 바쁘니까 말이야.

이런 추세면 슬슬 쭉 재촉받았던 리미아와 그리토니아에도 방문을, 또한 마왕과 면회를 하는 일정에도 발을 내디딜 수 있지 않으려나.

그러고 보니 루토가 멀리 갈 일이 있으면 겸사겸사 맡길 의뢰가 있다는 둥 뭐라는 둥 말을 했었지.

"어휴~ 쿠즈노하 풀 세트, 오늘도 못 사는구나."

"그거야 아예 개점 전부터 추첨이잖냐. 운이야, 운."

내 또래의 젊은 녀석들 둘이서 쿠즈노하 상회의 이야기를 하고 있다.

들키지 않게 테라스 자리에 앉은 두 사람에게 슬쩍 눈을 돌린다.

학원생인가? 사복이라서 잘 모르겠어.

"누구 거기에 연줄을 댄 녀석은 없는 걸까."

"정규 점원이어도 따로 매물을 안 빼준다고 들었어. 아르바이트로 들어가서 일이라도 하면 자기가 먹을 몫 정도는 어떻게든 구할 순 있겠지만, 지금은 모집을 안 하잖아. 높은 자리에 있는 시키라는 사람이나, 점주? 라이도우? 저런 인맥이 아니면 무리라고. 진이랑 아베리아는 진짜 미리 잘 들어갔지."

"접점이 없단 말이지……. 게다가 내가 먹고 싶은 게 아니라 여자 친구한테 부탁받았거든. 그렇게 먹고 싶으면 차라리 자기가 줄을 서라고. 한정품 살 테니까 같이 기다려줘, 이러면 귀엽기라도 할 텐데 말이야. 한정품이니까 사다 달라는 건 대체 뭔 소리냐?"

젊은 녀석 중 하나가 지긋지긋하나는 듯이 한숨을 내뱉었다. 진과 아베리아. 흠. 역시 학원의 학생인가.

"……혹시 너, 한 번도 안 먹어봤냐?"

다른 젊은 녀석 하나는 도저히 안 믿긴다는 듯이 눈이 휘둥그레졌다.

"안 먹어봤다. 그냥 과일이잖아? 굳이 고르자면 난 가끔 판매품으로 나온다는 무기를 더 갖고 싶더라."

"무기 얘기도 대충 이해가 되긴 되는데 그냥 과일이 아냐. 진짜 굉장하거든? 강력 추천이야, 한 번은 꼭 먹어봐야 돼."

그건 그렇고, 과일이라.

여전히 우리 가게에서 판매하는 수량 한정의 커트 프루트는 꽤 희귀한 물품 취급을 받는구나.

이따 돌아가면 경쟁률이 얼마나 되나 물어볼까.

"뭐냐, 넌 먹어본 적 있었냐. 그거만큼은 돈값을 못 한다고 떠드는 녀석도 많잖아?"

"그런 소리 떠드는 놈은 못 먹어본 녀석이거나 음식에 관심이 없는 녀석일 거다. 나는 주마다 한 번만 먹을 수 있다면 다른 날 단 것은 빼놔도 버틸 것 같거든. 특히 노란색 고리 모양의 과일, 그게 최고로 맛있다니까."

“이틀에 한 번은 카페에서 파르페를 먹는 네 녀석이 말이지? 노란색 고리는 또 뭔데, 쿠키냐.”

파인애플 얘기구나. 한가운데를 도려내는 게 재밌어서 몇 번인가 도와주러 간 적이 있었지.

아공의 파인애플은 꽤 많이 먹어도 혀에 따끔한 느낌이 없어서 쑥쑥 들어간다. 시럽에 절여 통조림을 만들자는 얘기를 나누던 중에 어째서인지 드워프들 사이에서는 브랜디 비슷하게 진한 술에다 푹 담가 놓았다는 말을 바로 얼마 전 들었다. 에리스가 「정말 멋진 스프리처야!」라며 잘 못 알아들을 소리를 질렀었지.

“약이든 먹거리든 무기든 쿠즈노하는 뭔가 다른 데하고 다르지 않냐? 수준이랄까, 품질 자체가 좀 대단하달까.”

“그 부분은 동감이군. 다만 무엇보다—.”

『점원이 좋아.』

“응.”

“응.”

미리 짠 것처럼 똑같은 감상을 말한 두 사람이 눈을 마주 보면서 같이 고개를 끄덕거렸다. 아마도 취향이 딱 맞아떨어지는 **취미의 동지**다.

가게의 접객을 칭찬받은 셈이니까 내 일처럼 기뻤다.

진과 아베리아가 아르바이트를 시켜달라며 매달렸을 때도 접객은 철저하게 가르쳤거든.

제대로 실천해주고 있나 봐.

숲도깨비와 드워프도 손님 응대는 철저하니까.

아는 사람이나 단골 대상일 때는 에리스라든가 조금 불안이 감돌지만 말이야.

"알아주는군! 짜식, 역시 쿠즈노하의 간판 점원이라면 그 사람밖에 없잖아?"

"그래. 처음에는 좀 당황했지만 말이다. 그 사람이라면 첩으로 들여도 좋아."

결국에는 첩으로 끝나는 거냐. 우리 가게 점원한테 실례되는 소리를 막 늘어놓는구나.

무심코 마음속에서 항의의 말을 꿍얼거렸다.

대화의 흐름을 봐서 여자아이일 테니까……. 아베리아 얘기이려나.

"업무에 견실하고 정성이 가득하니까 아주 야무진 사람일 거야."

"귀엽고 공손하고 다정하지. 다른 여자도 좀 보고 배우면 좋겠다니까, 진짜."

그 아이는 시키밖에 안 본다는 느낌이었는데 손님한테 꽤 반응이 좋았구나.

그나저나, 업무에 견실하고 정성이 가득하다? 그런 데다가 귀엽고 공손하고 다정하다?

착한 아이라는 것은 분명하지만 저렇게 칭찬까지 받을 정돈가?

우리 가게는 제복을 안 입히니까 제복의 마술이라거나 그런 것도 없을 텐데 말이지.

"진짜 공주님 같다니까."

"공주님이지."

"아쿠아 씨 최고."

"에리스 씨 최고."

"푭!! 콜록콜록!"

끄앗, 신맛이 강한 주스가 기관지에 들어갔어!

아파, 엄청 아파!

진짜 황당한 불의의 습격이구나!!

무심코 뿜어버린 내게 다른 손님들에게서 불쌍해하는 시선과 이상한 사람을 보는 시선이 모여들었다.

저, 전부 자업자득이라서 변명도 못 하겠어.

그건 그렇고 저 두 사람, 뇌가 썩은 거 아니야?!

아쿠아에 에리스라니?!

"엉?"

"뭐라?"

뿜어버린 나한테…… 가 아니라, 서로 다른 이름을 말했다는 데서 상대에게 의문을 내던지고 있다.

나야 양쪽에 다 따지고 싶은 기분이었지만, 일단 자신에게 일어난 참사를 수습하고 호흡을 가다듬는 게 먼저다.

아쿠아는, 뭐, 업무에 견실하고 정성 가득할지도 모르겠는데 손님을 대할 땐 어딘가 사무적인 느낌이 있다.

에리스는, 음, 조그마니까 귀엽게 보일지도 모르겠는데 어떻게 생각해도 공손하거나 다정하지는 않아.

—아마도.

암튼, 저 젊은 녀석들, 휴만인데도 아인을 첩 어쩌고저쩌고 특이하네.

쿠즈노하 상회가 그만큼 이 도시와 학생들에게 깊이 침투한 걸까, 아니면 젊은 사람은 사고방식이 유연한 걸까. 어쩌면 얼마 전 변이체 소동 때 아쿠아와 에리스에게 도움을 받아 세뇌되었다거나 그게 이윤가?

"이 자식아, 간판 점원이면 당연히 아쿠아 씨지. 에리스 씨도 나쁘다는 말은 아닌데 아쿠아 씨가 있어줘야 나오는 애교일 텐데?"

"무슨 소리를 지껄이는 거냐. 이쪽 기분이나 요망을 정확하게 잘 헤아려주는 에리스 씨의 마음 씀씀이야말로 무쌍의 간판 점원이잖아, 상식적으로 생각해서. 아쿠아 씨 혼자면 조금 딱딱할 텐데?"

상식, 나왔습니다. 자기한테만 당연한 상식.

우리 가게의 상품 이야기를 할 때보다 훨씬 더 열을 올리는구나.

어우, 일어났다. 설마 이런 시시한 이야기를 하다 주먹질을 벌일 생각은 아니겠지?!

말려야 할까?

아니, 내가 나서 봤자 해결될 것 같지도 않고, 애당초 저 실랑이에 얽히고 싶지가 않아……. 가만 놔두는 게 어른이지. 응.

"잠깐, 너희들!"

팽팽한 분위기가 참 가게 안쪽에 여성의 목소리가 울려 퍼졌다.

말리겠다고 나선 용사가 몇 명 있구나. 조용히 응원할게, 아가씨들.

"뭐, 뭐야."

옆쪽 테이블에 둘러앉아 있던 여성 일행이 매섭게 시선을 날려 보내자 멈칫거리는 두 사람.

"쿠즈노하 상회의 간판 점원은 당연히 시키 씨잖아?!"

그 한마디에 다른 여성이 또 소리 높인다.

"뭐? 얘가 진짜! 라임 씨지?!"

"바보냐?! 간판 점원이면 당연히 여자잖냐! 도대체 남자 놈 얘기가 왜 튀어나와?!"

"말뜻을 잘 생각하면 남자든 여자든 똑같거든! 거기는 남자 점원이 엄청 멋있고 다정하고 공손하니까 최고란 말야!"

…….

금세 가게 내부가 대혼란에 빠져들었다.

테라스 자리에서 뭣들 하는 거야.

아직 음료가 남아 있지만 얼른 자리를 뜰까. 이 가게, 다시는 안 올 가게 목록에 넣어 두자.

나는 담담하게 계산을 마친 뒤 출구로 향했다.

우리 가게의 열혈 팬 같은 사람들의 뜨거운 논전이 어떻게 결말을 맺든 전혀 흥미가 안 생긴다. 오히려 맨 처음에 왜 귀를 기울였나 하는 후회만 살짝 솟아났다.

지금껏 묵묵하게 방관을 고수했던 점원분들도 더는 못 견디고 쓴웃음을 짓더니 대처를 할 생각이 들었는지 테라스에 다가가는 광경이 보였다.

저런 유명세는 좀 곤란하지 않나. 상품을 목적으로 오는 손님이 제일인데 말야. 점원 목적으로 괜히 눌러앉기만 하고 물건은 잘 사주지도 않을 것 같거든.

가게 바깥은 상쾌하게 맑은 날이라 길을 걸어가려니 햇살이 눈

부시다.

"저기."

응? 나?

뒤쪽에서 여성의 목소리가 들렸기에 멈춰 섰다.

"실례합니다, 여기 근처에 쿠즈노하 상회라는 가게가 있다는 말을 들었는데요."

뭐야, 우리 가게를 찾는 손님이구나.

"그러면 이 길을—."

고개 돌리면서 길 안내를 시작하려다가 나는 굳었다.

"……너는, 세상에."

그 여성이 혼잣말처럼 중얼거렸다.

오히려 내가 할 대사이기도 한데.

어떻게 된 확률이야, 이게.

"어……."

오토나시 히비키 선배.

여러 경우를 상상은 했었는데 어디에도 해당이 안 되는 형태의 만남이라서 말도 제대로 안 나온다.

이것은 내가 무슨무슨 별 아래에서 태어났다는 증거일까, 아니면 이 사람에게 그냥 끌려갔기 때문일까.

"분명 미스미 군, 맞지?"

내 이름을 아는구나.

몇 번 말만 나눈 사이라서 딱히 아는 사람이라고 말하기도 미묘한 관계였는데.

아니, 선배라면 가능하겠다.

외면도 내면도 결점 따위 찾아볼 수 없는 사람이었다. 이런 인간이 진짜 있구나 의문이 들 만큼.

진짜 어째서 선배가 이딴 세계에 왔지.

"……오토나시, 선배."

로렐 연방에 향하기 위해 리미아에서 나온 용사 일행은 일정상 전이까지 써 가며 강행군을 하는 까닭에 학원 도시에는 안 들르는 예정이었을 텐데.

그런데 지금 내 눈앞에 있고 우리 가게의― 쿠즈노하 상회의 위치를 묻는 사람은 리미아의 용사, 오토나시 히비키 선배.

학생 회장이었던 때 인상에 비해 살짝은 날카로움이 더 늘어난 분위기의 선배를 보고 나는 그저 얼떨떨하게 선배의 이름을 입에 담는 게 고작이었다.

솔직히 선배는 유명인이라서 동향도 파악하기 쉬우니까 우연히 마주치는 경우는 딱히 가정한 적이 없었다.

뭐, 그나마 리미아의 왕도에서 얼굴을 보인 시키가 함께 있지는 않았으니까 다행이라고 할까……. 납득은 안 되지만.

오늘 시키는 분명 온종일 아공이었던가.

그럼 여기에서 선배와 만날 가능성은 일단 없겠네.

으음, 선배랑 나의 공통된 지인이라면 리미아의 임금님과 요슈아 왕자구나. 그러니까 그 두 사람은 라이도우로 활동하는 내 얘기를 선배한테 이야기했다고 가정하는 게 무난하겠군.

그래도 선배는 나를 미스미 마코토라고 인식하고 있으니까 분명 라이도우라고 생각하지는 않을 텐데.

결국 난 라이도우라는 이름을 알려줘야 할까? 아님 숨기는 게 현명한 걸까?

저 이름을 쓰면 쿠즈노하 상회의 주인이 라이도우라는 사실도 다 알려지게 된다.

선배는 쿠즈노하 상회를 이미 알기 때문에 여기 오자는 생각을 했겠지? 그러면 숨겨 봤자 머지않아 들킬 것 같기도 하다.

잠깐, 애당초 선배한테 내가 라이도우라는 게 알려지면 난처해지나?

리미아의 왕도에 갔을 때는 딱히 이름을 알려주지 않았잖아.

그치만 여기서 라이도우라는 이름을 내세우지 않아도 조만간에 드러날 가능성이 높을 테니까 거짓말은 안 하는 것이 결국은 유리한가?

가명을 쓰는 이유는 행적을 파악당하고 싶지 않은 녀석(여신)이 있어서라고 이유를 설명하면 그만이고.

게다가 어설프게 거짓말하며 거동수상자처럼 굴면 선배한테는 결국 들통날 것 같단 말이지.

……응, 라이도우라는 이름을 미리 알려주자.

그래야 마음도 편하고 나중에도 좋아. 애당초 끝까지 시치미 떼고 감추는 연기를 쭉 해야 한다는 생각만 해도 머리가 아찔해진다.

혼란스러운 머리로 이것저것 생각한 끝에 간신히 결론을 냈다.

"미스미 군?"

사고에 빠져 굳어 있었던 나를 선배가 부른다.

"아, 선배, 사실 말이죠……."

의아해하는 얼굴로 나를 바라보는 선배에게 나는 라이도우라는 이름을 쓰게 된 사연을 알려줬다.

선배는 무슨 이유인지 라이도우라는 이름에 몹시 놀라는 모습이었다.

리미아의 임금님과 왕자님, 대체 선배한테 무슨 말씀을 하셨을까요?!

"네, 네가 라이도우? 그 이름은, 쿠즈노하 상회 대표의 이름이랑 같은데?"

"아, 네에. 제가 쿠즈노하 상회의 주인을 맡고 있어요. 그게, 주위에서 많이 도와주는 덕분에 겨우 버티는 상태지만요."

"미스미 군이, 라이도우……. 앗, 뭐야, 잠깐만?! 그것도 중요하지만, 훨씬 더 중요한 게 따로 있잖아!"

"아?"

"너도 용사인 거야? 여신한테 용사는 이 세계에 두 명이 있다고 들었는데. 너가 여기 있다면 세 번째 용사라는 말 아니야?"

"아……. 아뇨, 저는 선배하곤 조금 사정이 달라서요. 여신이 한 말은 맞아요. 용사는 두 명이죠. 저는 용사가 아니거든요."

"그래도, 소환된 거 아니야? 여신한테."

"네, 뭐. ……아, 죄송해요. 음, 길가에 서서 얘기하기는 좀 그러니까 일단 쿠즈노하 상회, 저희 가게로 안내할게요."

원래 선배는 우리 가게에 용무가 있었던 것 같고, 이대로 바깥에서 이야기하기보다는 가게가 더 마음 편하다.

"쿠즈노하 상회에? 음……. 알았어. 그럼 잠깐만 실례해야겠네."

"네, 가죠. 잠깐이면, 이담에 또 급한 볼일이라도 있는 건가요?"

내가 사전에 파악했던 정보에서는 로렐로 가는 도중이었으니까 한가하지는 않을 거야.

이왕이면 슬쩍 근황도 물어보도록 할까.

서로 질문만 잔뜩 주고받을 것 같기는 한데 조금은 기대되기도 한다.

선배에게는 분명 동료가 몇 명 있는데도 지금은 혼자인 데다가 무기로 쓰는 검을 천에 감싸서 등에 메고 있다는 것도 묘하게 느껴진다.

이곳 학원 도시에서는 무장하고 거리를 걸어 다니는 사람은 잘 안 보인다.

용사쯤 되는 위치라면 아마도 도둑맞을 걱정이 없는 보안 대책이 철저하게 마련된 고급 숙소에서 숙박하고 있을 테니까 검은 애당초 맡기고 나와서 걸어 다니는 게 편하다.

치안이 나쁜 지역을 돌아다닌다면 무기를 소지하는 것이 무난하겠지만, 그럼 동료들과 함께 다녀야 더욱 안전하겠지.

아무튼 나는 이것저것 생각을 거듭했다. 여신 때문에 날려 갔다가 왕도에서 재회했을 때 봤던 과격한 의상을 입은 선배의 모습과 그때 내 차림새를 — 특촬 코스프레 비슷한 하얀색 슈트 — 머릿속에서 지워 없애기 위해.

그런 이유도 있어서 짧은 시간이나마 선배를 안내하는 나는 말수가 별로 없었고, 선배도 뭔가 생각할 거리가 있었는지 내 뒤를 말없이 가만 따라오기만 했다.

◇◆◇◆◇

“그래서 말야, 쿠즈노하 상회에는 실력 좋은 드워프가 있다는 소식을 전해 들었어.”

소파에 앉은 선배가 나지막한 탁자 위쪽에 올려 둔 무기로 힐끔 시선을 보냈다.

“그 검의 수리가 용건이었군요. 그런데 선배, 우리 쪽 장인이 손볼 순 있더라도 오늘 중에는 아마 무리일 거예요.”

상회의 응접실에서 용건에 대하여 묻자 선배는 곧바로 학원 도시에 온 이유를 얘기해줬다.

도중에 리미아의 왕도에서 치른 전투도 잠깐 말이 나왔는데 시키라든가 시키가 둘러댄 랄바라는 이름에서 딱히 우리를 알아낸 것 같은 기색은 없었기 때문에 진심으로 안도했다.

리미아에서 로렐에 갈 때 이곳 롯츠갈드를 꼭 지나가야 할 필요는 없었을 텐데 들른 이유가 쿠즈노하 상회의 장인이었을 줄이야. 리미아의 사람들, 우리 가게에 대해 꽤 많이 조사했구나. 그건가, 오토나시 선배를 보내서 리미아 왕국에 힘을 보태달란 요청이라도 할 생각이었을까.

일본에 있던 때도 사람을 끌어당기는 오라가 있는 사람이었으니까.

물론 지금도 말야.

일본에서 멀리 바라봤었던 그때와 변함없는 선배다.

"무기 수리가 하루에 끝난다는 생각은 나도 안 했어. 1주일쯤 뒤에 다시 여기에 들를 수 있을 테니까 그때까지 완료되면 문제없을 거야. 여기에 베렌 씨가 있다면 진행이 빨라질 텐데, 혹시 계실까?"

베렌? 왜 베렌 이름이 나와?

"베렌, 말인가요? 츠이게에 있는 저희 1호점에서 일하는 사람인데요. 아는 사이였어요?"

"이 검이 베렌 씨가 만든 물건이라서. 받았을 때랑 살짝은 형태가 좀 달라졌지만 말이야."

베렌이 선배에게 무기를 만들어줬다?

모르는 사이에 묘한 인연이 생겼구나.

선배는 츠이게에 한 달쯤 머물렀을 텐데 그때인가?

잔뜩 들어선 가게 중 우리 가게를 골라줬다는 게 고맙기는 한데, 선배도 일행과 황야에서 실력을 연마했댔지. 용케 딱 마주치질 않았네.

운이 좋았던 걸까, 나빴던 걸까.

그나저나 베렌도 기성품을 대강 팔았던 게 아니라 선배 전용의 무기를 신경 써서 만들었구나. 게다가 이름도 잘 기억할 만큼 괜찮은 관계였다는 건가.

당시에는 흘려들었는데 다시 정확하게 확인해 두자.

"잠깐 기다려주세요. 지금 여기에서 일하는 장인이 올 거예요."

베렌이 만든 무기라면 우리 가게에서 맡아도 문제없겠지. 오늘 밤에라도 아공에서 보여주면 되니까.

베렌이라면 1주일 안에 자기가 만든 무기의 수리쯤이야 마무리

해줄 거야.

“부르셨습니까, 도련님.”

“후훗.”

엘드워 장인이 들어오자 선배가 재미있어하며 웃는다.

가게에 돌아왔을 때 성대하게 「다녀오셨습니까, 도련님!」이라며 내가 인사받는 광경을 보고 멍하니 입을 벌렸는데, 아무래도 그게 웃음보였나 보다.

내가 도련님이라는 말로 불릴 때마다 이렇다니까.

미소를 띠는 선배에게서 천에 감싸여 있는 검을 받아 들고 막 다 가온 엘드워에게 건넸다.

역시 선배는 예쁘구나.

미남 미녀만 잔뜩인 이 세계에서도 손색이 없는 미인으로 보인단 말이지.

이러면 제국에 있는 다른 용사 한 명도 꽤 미형이겠네.

만나는 날이 기대되기도 하고, 괜히 싫기도 하고.

“이 검의 수리를 맡기고 싶어. 가능할지 견적을 부탁할게.”

상회의 대표다운 태도로 장인에게 묻는다.

너무 친근감 있게 대하는 것도 안 좋다는 잔소리를 들었으니까. 특히 아인을 대할 땐 외부에 보일 태도만이라도 철저하게 선을 그어서 행동해야 된다고.

렘브란트 씨와 자라 씨 두 사람에게 들은 말이니까 아마도 옳단 생각이 들어 실천하는 중인데 역시 위화감은 있다.

“넷. 그러면 삼가 살펴보겠습니다.”

"잘 부탁드려요."

장인이 검의 꾸러미를 풀자 선배는 진지한 표정으로 돌아오더니 일어서서 깊숙이 꾸벅 인사했다.

나를 대할 때보다 정중하네…….

이, 일본인이잖아. 장인에 대한 존경은 중요하지, 응.

"이것은, 손상된 곳도 보입니다만, 다소 무리가 있는 상황에서 사용되었군요. 격전을 헤치고 나온 흔적이라 판단됩니다."

"……네. 덕분에 몇 번이나 목숨을 부지할 수 있었어요."

주의 깊게 검을 살펴보는 장인.

나는 슬쩍 시선을 보내며 염화로 속삭였다.

'이거, 베렌이 만든 물건이래. 아공에서 보여주면 괜찮을 테니까 수리 의뢰를 받아줄래?'

'베렌 공의 작품이었습니까. 바로 깨닫지 못하다니, 제가 미숙한 탓입니다.'

'잘 부탁해.'

'분부 받들겠습니다.'

장인은 내게 살짝 인사한 뒤 다시 선배를 돌아봤다.

"오토나시 님, 이라 하셨지요."

"네. 어떨까요? 수리를 하면 또 예전처럼 휘두를 수 있을까요?"

"문제없습니다. 잘 살펴보니 저희 동료의 작품이더군요. 사흘쯤 주신다면 충분히 일을 끝낼 수 있을 겁니다."

"정말인가요! 그럼 부탁드려도 될까요?"

살짝 걱정이 묻어나던 선배의 얼굴이 밝게 빛난다.

"저 같은 말단이 결정할 사안은 아닙니다. 제가 견적을 낼 수는 있으나 의뢰의 수락 여부에 대한 판단까지는."

힐끔 나를 쳐다보는 엘드워.

괜찮은데. 지금 괜한 연극은 필요 없는데.

"물론 수락할게요. 다른 사람도 아니고 선배 부탁인데요. 이세계에서 만난 일본인 동포이기도 하고요."

"……고마워, 미스미 군."

"아뇨, 아뇨. 이제 가봐도 돼. 아무쪼록 정성을 들여 처리해줘."

"맡겨주십시오. 그러면 오토나시 님, 책임지고 손보겠습니다."

검을 들고 깊숙이 머리 숙인 뒤 퇴실하는 엘드워의 뒷모습을 배웅한 나는 가볍게 숨을 내뱉고 소파에 몸을 기댔다.

"역시 애써서 한 연기였구나, 아까 태도는."

비슷하게 살짝 편안한 분위기로 바뀐 선배가 나를 보면서 미소 지었다.

"상회의 수장으로 행동할 할 때는 그런 태도도 필요하다고 존경하는 선배한테 배웠거든요. 역시 티 나나요?"

"티 나지. 너는 부 활동에서도 후배한테 그런 태도로 못 대하는 사람이었잖아."

"잘 알고 계시네요. 선배는 저 같은 녀석 기억하지도 못할 줄 알았어요."

딱히 눈길을 확 끄는 부류도 아니었고.

"너는, 미스미 군은 학교 전체로 보면 평범한 남자애였지만. 궁도부에서는 진짜로 엄청 눈길을 끌었으니까. 그 부에서 살아남아

부부장까지 된 사람이면 어느 정도는 신경도 쓰이지. 아, 맞다. 학교에서는 너도 일부 학생들한테 용사라고 불리지 않았어?"

"……묘한 기억을 떠올리게 하지 말아주세요. 딱히 미남이 아니더라도 활이 좋아서 궁도부에 있는 게 무슨 잘못은 아니잖아요."

미형이 아닌데도 1년 이상 궁도부에 남았던 나는 진짜 당장에 집어 던지고 싶은 호칭이었다.

어째서인지 대대로 남녀 모두 미형의 소굴로서 알려진 우리 학교 기적의 궁도부, 눈 호강을 목적으로 입부하는 녀석도 당연히 무척 많았던 탓에 1학년 학생은 입부한 뒤 한동안은 꽤 힘든 훈련을 받아야 한다. 체에 걸러서 선별하는 과정이겠네.

그 과정에서 미형도 포함하여 궁도 자체가 목적이 아닌 애들은 꽤 많이 탈락한다. 매년 가을 무렵에는 선정이 완료되고, 그 이후는 연습이 약간 무난해진다. 현을 통틀어 손꼽히는 실력자 학교였으니까 결국 편하다는 말은 못 나오게 고된 훈련이었지만.

그럼에도 유독 용모가 뛰어난 녀석들이 남게 된 것은 뭐, 7대 불가사의 비슷한 거야.

그렇다고 평범한 녀석이 1년 이상 버티면 용사로 불리는 것도 좀 뭐하다 싶기는 한데.

그러고 보니 오랜만에 부 활동이나 고등학교 때 기억을 떠올리는구나.

저렇게 좀 씁쓰레한 추억에 잠기며 내가 불만을 표명하자 선배는 살짝 웃고는 머리 숙였다.

"옳은 말이야. 으음, 나는 네가 이 세계에 온 이유라든가 온 다음에 겪은 일들도 자세하고 알고 싶기는 한데…….”

“싶기는 한데?”

으, 솔직하게 말하지 못할 부분이 가득 들어찬 영역이다.

“왠지 갑자기 예전 생각이 막 떠오르네. 이런 이야기, 아무하고나 나눌 수도 없는걸. 일본 이야기나 더 해볼까? 옛날이야기가 되어버리겠지만, 미스미 군은 괜찮아?”

“네에?!”

괜찮은 건가? 나야 이 세계에 온 사정이라든가 꼬치꼬치 질문 듣는 신세보다는 훨씬 편하니까 고마운데.

다만 이 사람은 오토나시 히비키 선배잖아.

문무겸전의 완벽한 사람이다. 용사로서 들려오는 소문도 훌륭한 내용뿐이고.

의미도 없이 추억 이야기나 할 사람일까?

글쎄, 아니라고 생각한다.

“그러고 보니까 내가 이쪽에 오기 좀 전에 말인데……. 궁도부 부장이랑 1학년 궁도부원 중 귀엽다고 조금씩 소문이 나던 여자애가 다 같이 안 좋은 기분으로 다닌 시기가 있었거든. 같은 부라면 기억하지?”

—앗.

뚜렷뚜렷하게 기억한다! ……그런데, 느닷없이 몇 안 되는 이야기를 못 할 화제부터 나오네?!

“그 얘기, 부부장이었던 너라면 뭔가 아는 거 아니야? 저쪽에 있던 땐 이야기를 못 할 내용도 있었겠지만, 이쪽에서는 물리적으로 시효가 끝난 셈이니까 괜찮지?"

물리적인 시효는 또 뭔가요, 대체!

"그, 그게요……."

"오늘은 이미 예정도 전부 다 끝났거든. 원래 롯츠갈드에 들른 이유도 검 이외에는 사적인 용무뿐이었으니까 동료들과 따로 행동했던 거야. 그것도 정리가 됐고, 둘이서 일본의 추억 얘기를 하는 것도 가끔은 좋잖아, 분명."

생긋 웃어 보이는 선배는 역시나 변함없이 아름다워서.

저쪽에서 지내던 때의 압도적인 역학 관계를 괜히 떠올리게 된 나는 웃는 얼굴의 압력에 눌려 고개를 끄덕거렸다.

선배 후배라는 게 꽤나 거부할 수 없는 뭔가를 느끼게 하는구나. 내가 체육 계열의 부 활동이었잖아.

뭐, 일본 이야기라면 특별히 경계할 필요도 없다.

여신이라든가 랄바라든가 그런 일부 문제에 주의를 기울이면 같은 고향에서 온 사람끼리 시답잖은 즐거운 대화로 끝날 테니까.

말솜씨가 좋고 듣기도 잘 들어주는 선배와 나눈 대화가 예상보다 훨씬 활기를 띤 터라 우리는 응접실에서 길게 추억 이야기로 꽃을 피웠다.

2

좋은 냄새가 난다.

선배가 이야기 도중부터 내 옆자리로 이동했는데 머리카락에서 은은하게 피어나는 냄새가 기분 좋았다.

일본의 이야기, 황야의 이야기, 츠이게의 이야기……. 무엇을 이야기해도 히비키 선배는 즐겁게 고개를 끄덕여줬고, 대신 선배의 파티 이야기도 이것저것 가르쳐줬다.

동료 중 남성 기사의 성장이 든든하다거나, 다만 가끔은 위태위태하다거나.

아직 어린데도 무녀의 책임과 마주 대하고 있는 소녀를 존경한다거나.

아내가 있는 남성 마술사를 바라보면 강하든 이세계든 잡혀 사는 사람은 잡혀 산다는 것을 깨달았다거나. 즐거운 동료들 틈에 둘러싸여 지내고 있고, 나라의 상황도 대강 순조로운 듯하다.

과연 대단하다.

리미아 왕국의 풍조이기도 한 선민주의? 맞나? 귀족은 대단한 사람이라는 사고방식에 대한 불만도 조금 들었지만, 뜻있는 사람을 모아서 조금씩 개혁을 하고 있다는 것 같다. 그러면 정치에도 참가하고 있다는 말이니까 자꾸 놀라게 된다.

처음부터 용사로서 국가의 중요 인물이 된 사람은 역시 다르다.

또 한 명의 용사에게도 흥미가 솟구쳤다. 그 사람도 국가의 향방에 개입하는 위치의 존재가 되어 열심히 살고 있을까.

히비키 선배는 다른 용사에 대해 별로 자세하게 이야기해주지 않았다.

실제 만나보는 게 가장 좋다는 말만 들었지. 남자끼리 할 얘기라면서 뭔가 언급을 피하는 것 같았다.

다만 제국의 용사가 가지고 있는 매료의 힘 이야기가 나왔을 때 선배의 표정이 살짝 달라졌다.

놀라는 듯한, 납득하는 듯한 기묘한 표정 변화였다. 곧 웃는 얼굴로 돌아오기도 했고 화제도 바뀌어서 별로 신경 쓰이지는 않았지만. 선배는 몰랐던 건가? 선배가 사용하는 힘과 다소 성질이 다른 느낌이기는 한데 눈치를 못 챘던 걸까. 히비키 선배의 경우는 카리스마라는 느낌이니까.

아, 맞다.

선배가 베렌과 어떻게 만나서 친해졌는지 사연을 물어보는 것도 좋겠네. 나 이외의 바깥 사람들에게 베렌이 어떻게 보이는지 조금 흥미도 있다.

츠이게의 이야기를 할 때는 렘브란트 씨 이야기가 많아서 베렌에 대해서는 자세하게 묻질 못했거든.

"아, 히비키 선배. 선배는 츠이게에 와서 우리 상회의 베렌과 어떻게 알고 지내게—."

쾅!

갑자기 난폭하게 문 열어젖히는 소리.

"어?"

나는 무의식중에 얼간이 같은 소리를 내고 말았다.

그곳에는 쟁반을 들고…… 미오가 서 있었다.

굳이 미오가 마실 것을 가져오지 않아도 저런 잡무는 다른 사람에게 시키면 될 텐데.

그 뒤에서 쏙 머리를 내밀며 싱글벙글 웃고 있는 녀석은 미오와 마찬가지로 나의 종자이자 상위 용 출신의 토모에다. 저 녀석은 묘하게 즐거워하는 눈치인데, 한편 미오는…… 뭔가 엄청 화났네?

아니, 눈이 꿈쩍도 안 하네. 진짜 화났습니다.

요즘에는 내가 여성과 대화 나누는 모습을 봐도 반응이 꽤 많이 부드러워지고 있던 참이었는데 또 예전처럼 발작인가?

"손님 와 계시잖아. 둘이서 갑자기 뭐하는 거야?"

일단 선배에게 실례가 되지 않도록 내가 타일렀다.

"이런, 죄송합니다. 도련님. 하다못해 허벅다리가 밀착할 때까지는 관망하라고 말을 해봤습니다만. 아무래도 겨우 어깨가 한계였나 봅니다."

토모에는 변함없이 웃는 얼굴로 말하더니 시선을 나와 선배의 사이로 보냈다.

허벅다리?

어깨?

……으앗!!

새삼 확인해보니까 분명 옆쪽에 앉아 있었던 선배가 어느 틈인가 상당히 가까운 곳까지 다가붙었다.

어깨는…… 진짜 맞닿았네!

아예 딴생각 않고 이야기에만 열중했어!

이렇게까지 붙어서 얘기하는 중에 아무런 의식도 안 하면 오히려 선배한테 실례 아닐까…….

아무튼 간에 깨달은 이상 곧바로 사람 한 명만큼 거리를 벌렸다.

발작이 아니더라도 미오가 보면 화낼 상황이었네, 응.

선배랑 딱히 뭔 사이도 아니고 얘기 내용도 야시시한 쪽은 전혀 아니었지만.

"아, 저기. 미안. 얘기에 열중하다가 깜빡 거리를 신경 못 썼어. 히비키 선배도, 죄송했어요."

"……."

어라? 선배, 대답이 없어.

미오를 빤히 쳐다본다. 무, 무슨 일이지?

한편 미오도 잠깐 선배를 쳐다보다가 천천히 입을 열었다.

"……히비키, 오랜만이네요."

미오가 선배랑 아는 사이였어?

……에이, 설마. 접점이 없잖아.

"……오랜만이에요, 미오 씨. 소문으로 들었던 라이도우 씨가 미스미 군이라니까 한순간 사람을 착각한 줄 생각했는데요, 역시 미오 씨가 말씀하셨던 도련님은 미스미 군이었군요."

"당신이 왜 여기에 있는지…… 이유는 딱히 듣고 싶지도 않군요. 은혜를 원수로 갚는 여자라는 생각은 안 했는데요. 자, 히비키? 요리의 은혜도 있으니까 선택권을 줄게요. 오른팔과 왼팔, 필요 없는 건 어느 쪽이죠?"

—팔?!

"미오! 내가 실수한 거야! 진정해! 이 사람은 내 선배고, 그게, 고향이 똑같거든. 그래서, 예전 생각이 나서, 그냥 얘기하다가 얼결에 그런 거야!!"

진짜 무서운 소리를 꺼내는구나!

평소처럼 가벼운 느낌의 화딱지가 아니야.

선배와 미오는 무슨 까닭인지 면식이 있는 것 같은데 대체 뭐지?

게다가, 요리의 은혜라니?

……요리. 분명히 전에 츠이게에서 모험가에게 일본 음식과 비슷한 레시피를 배웠다는 그런 이야기를 미오한테 들었던 적이 있다. 그런데 선배는 비슷한 얘기 한 마디도…….

응응?

"뭐, 미오도 진심으로 한 말은……. 어이쿠, 뭐냐. 쟁반은 왜 내미는 게야."

분위기를 수습하려고 한 토모에에게 미오는 말없이 쟁반을 들이밀었다.

오, 온도 차이가 있구나, 토모에와 미오.

"대답하지 않겠다면 양쪽 다 잡아 뜯어줄게요."

천천히 걸음을 내디디는 미오.

"미오, 멈춰!"

원래 선배와 미오 사이에 있었으니까 이동할 필요는 없다. 그대로 일어서서 미오의 방향으로 섰다.

어휴……. 왜 겨우 이런 접촉 때문에 수라장이 만들어지는 거야! 이 세계의 어지간한 남자보다는 얌전하게 살고 있거든, 나 말야?!

"……도련님."

미오가 드디어 걸음을 멈췄다.

그래 봤자 이 방에 있는 시점에서 선배는 이미 미오의 사정거리에 들어갔다.

안심은 못 한다.

일단 선배를 지키기 위해 불가시 상태의 마력체(魔力體)를 전개시켰다.

한편 내 뒤에 앉아 있었던 선배도 조용히 일어섰다.

슬쩍 눈치를 살피는 중에 창문으로 비쳐 드는 저녁 햇살이 보였다.

여기에 온 때가 점심 좀 지나서였으니까 꽤 오래 이야기에 빠져 있었네.

"미오 씨, 저에게 미스미 군을 어떻게 해보려는 생각은 없어요. 저는 이래 보여도 용사니까요. 지금은 남자와 사귈 여유가 전혀 없답니다."

아주 동감이야. 용사 활동 중 남친 만들어서 놀러 다니려면 보통 재주로는 안 되지.

같은 파티라면 또 모를까, 나랑 선배는 원거리 연애 확정이잖아. ……음, 애당초 선배가 나를 상대해줄 리 없고 말이야.

"용사? 그런 핑계에는 아무 관심도 없어요. 히비키, 당신, 생각이 없다고요? 그런 얼굴이 아니었는데요? 꽤나 알랑거리는 냄새를 풍기고 있었잖아요."

아무 관심도 없다니, 이 녀석.

눈앞에 있는 여자아이가 「제가 용사예요」라고 말하면 조금 더 다른 반응이 나올 만하잖아.

게다가 알랑거리는 냄새는 또 뭔데, 발정 난 짐승도 아니고.

"귀여운 후배와 만났다, 단지 그뿐이에요. 미오 씨와 만나 뵈었을 때 받은 검을 수리하러 맡길 볼일이었는데 우연히 미스미 군과 만났거든요."

"그래! 우연! 무슨 이윤지 너랑 베렌이랑 아는 사이였던 선배가 쿠즈노하 상회에 우연히 와서 우연히 나랑 만났던 거야! 이해됐지?"

나도 열심히 둘러댔지만, 곧장 대답하는 미오의 목소리는 싸늘했다.

"……그래서 단둘이 세 시간이 넘도록, 붙어 있었다고요?"

"윽, 조, 조금 열중하는 바람에."

"회의 중에도 세 시간이면 앉아서 조는 도련님께서 더욱 긴 시간을 즐겁게 열중했다는, 말씀인가요?"

끙. 바쁜 일거리가 겹쳤을 때뿐이잖아, 회의 중 졸았던 건.

오늘 미오는 심술쟁이다.

그래도 잘못했어요. 조심할게요.

눈물 글썽이는 얼굴이 꽤 가슴 아픕니다.

"진짜로 미안. 시간을 깜빡했어. 그냥 단순하게 선후배 사이야. 다른 건 없어. 다만, 뭐랄까. 비슷한 나이에 이런 이야기를 나누는 게 진짜 오랜만이었거든. 이유는 안 되겠지만, 미안해, 미오."

"맞아요. 같은 학교에 다닌 사이이기는 한데 이름만 대강 아는 관계였어요. 저쪽에서는 제가 살짝 높은 위치에 있었던 탓에 무심코 행동을 함부로 한 것 같네요. 미오 씨에게 배려가 부족했어요. 미안해요."

히비키 선배가 머리 숙인다.

두 사람이 어떤 관계인지 잘 모르겠는데 선배가 입장상 더 약한 느낌인가? 츠이게에서 알게 된 사이라면 미오가 황야에서 돌봐줬던 모험가 중 선배가 있었나?

나중에 물어봐야지, 아무것도 알 수가 없어.

염화는 착신 거부 상태라서 안 통하거든?

미오 비위를 맞춰주려면 이번에는 꽤 고생하겠구나. 벌써부터 우울해진다.

"……."

가자미처럼 삐친 눈매로 입을 꾹 다무는 미오의 어깨를 토모에가 툭툭 토닥였다.

"이 녀석아, 한낱 종자에게 도련님께서 이리 간곡히 말씀하시고, 용사님과 함께 머리까지 숙이셨는데 언제까지 토라져 있을 셈이더냐."

토모에, 고마워.

무슨 이유인지 너도 염화를 튕겨 내고 있지만, 너까지 심통 부리려는 건 아니지? 맞지?

"……도련님, 에마가 찾더군요. 그리고 몇 가지 시식을 부탁드리고 싶은 요리가 있사온지라 함께 저택으로 가시지요. 지금 당장요."

"아, 알았어. 그러면 선배. 로렐까지 조심해서 가세요."

선배에게 살짝 머리를 숙였다가 작별을 고했다.

조금 아쉬운 마음은 있는데 빨리 안 가면 여러모로 큰일 나겠다. 마지막에 「지금 당장요」는 진심 발언이다.

"……응. 요슈아 님이 연락을 하고 싶다시니까 조만간 연락 좀 해드릴래?"

"네, 알겠습니다. 며칠 안으로."

"부탁할게."

"도련님!"

벌써 복도로 나간 미오가 이쪽을 돌아보지도 않은 채 가시 돋친 목소리로 외친다.

서두를까.

"빨리 가시지요. ……저딴 검, 넘겨주는 게 아니었습니다. 꿍얼꿍얼……."

아까 거칠게 열어젖힌 채 놔뒀던 문 앞까지 가자 미오가 또 재촉했다.

뭔가 불온한 소리도 늘어놓고 있고.

선배가 쓰는 베렌의 검, 미오도 관련되었던 건가.

"도련님, 용사의 접대는 제게 맡겨주시지요. 근처까지 배웅하겠습니다."

"토모에? 그런데 선배라면 별로 걱정은 필요 없을 텐데?"

"아뇨, 아뇨. 쿠즈노하 상회의 손님이잖습니까. 예의를 갖춰야지요. 라임도 손이 바쁜 처지고 말이지요, 다행히 저는 시간에 꽤 여유가 있습니다."

"……오른팔도 왼팔도 안 된다?"

"미오와 똑같이 취급하지 말아주십시오. 무얼, 잠시 이야기를 나눌 뿐입니다. 실수로도 위해를 끼치지는 않을 겁니다."

"그럼 맡길게."

"분부대로."

토모에는 별달리 화가 난 모습은 아니니까 괜찮을 것 같은데…….

──!!

설마, 선배의 기억을 뒤질 셈인가?

선배라면 내가 모르는 부류의 지식도 갖고 있을 테니까 가능성은 높아.

막아야 하나?

아니, 아공의 자료 창고 안쪽을 다 들추지 않는 한 이게 드러나지는 않겠네.

……뭘까. 자기 기억을 전부 꺼내다 놓은 탓일까, 요즘은 다른 사람이 비슷하게 당해도 저항감이 옅어지는 것 같다. 이런 부분은 조금 생각을 고쳐야 할 텐데.

나는 미오와 함께 상회의 응접실에서 나가 아공으로 향했다.

이 시간이면 아직은 조금 여유가 있으니까 저녁 식사 전까지 상회에 한 번 돌아와도 되겠네.

가게를 닫고 재고를 확인하려면 그때가 좋겠구나.

◇◆◇토모에◆◇◆

오오, 오.

정보 정리가 바빠지는구나.

도련님이 미오와 함께 아공으로 돌아간 이후 나는 도련님께 말씀드렸던 대로 리미아의 용사, 오토나시 히비키와 나란히 거리를 걷고 있었다.

응접실에서 보란 듯이 도련님과 밀착하며, 다만 확실히 다른 마음은 없는 듯한 표정이었던 이 아가씨가 실제 무엇을 얻었는지를 세부까지 알아내는 것이 나의 목적 중 하나.

기억을 슬쩍 들여다보는 중인데 오늘 나눴던 대화에서 쿠즈노하 상회의 라이도우로 활동하는 도련님의 정보를 꽤 많이 확보했구나.

"저기, 토모에 씨? 저는 혼자서도 괜찮은데요."

"용사님은 혹시 아시려나 모르겠으나 이 도시는 얼마 전 변이체라 불리는 괴물 때문에 막 심대한 피해를 받은 참이라서 말이지. 도련님의 손님께 만에 하나의 사고도 일어나서는 안 된다네. 용서하시게."

"후우……. 저기, 토모에 씨도 미스미 군의 부하, 비슷한 분인가요?"

"물론이지. 그래, 용사님. 도련님께 라이도우라는 가명에 대해 말씀은 들은 듯한데, 도련님을 호칭할 때는 미스미 혹은 라이도우, 둘 중 하나로 부탁하지. 마코토라는 이름은 혼란을 초래하는지라."

"잘 알고 있어요. 같은 당부도 들었고요. 그나저나, 황야에서 시작된 상회라고 들었는데 말이죠, 정말 아인의 고용 숫자가 많네요."

흠.

용사의 기억에서 우선 방금 전 나누었을 대화를 중점적으로 훑었다.

도련님, 꽤 많은 내용을 말씀하셨군. 오히려 말씀을 유도당했다고 표현해야 맞는가.

여신과의 관계는 얼버무린 듯하나 황야, 츠이게, 롯츠갈드까지 상당히 많은 정보를 이 아가씨에게 넘겨버렸군. 면식이 있는 시키와 아공에 대해서는 겨우 침묵을 지켰지만, 학원의 강사라는 사실과 변이체 소동의 이야기도 꽤 많이 털어놓았다.

음, 이름간드?

분명 예전에 소동의 발단이 된 학생이었던가.

꽤 신경을 쓰는 듯하나 그 사건은 도련님께서도 전모를 다 알지는 못하시지. 이 아가씨, 히비키도 자세하게 조사를 시도하다가 결국 포기한 듯싶군.

우리도 아직 이름간드가 어떤 경위로 그 소동에 관여되었는가 완전하게 전부 파악하지는 못했으니.

변이체로 화했던 이름간드는 학생이 8할 가까이를 멸했고, 미오가 마지막 일격을 꽂아 넣었던가.

도련님께서 아는 부분은 학생들이 쓰러뜨렸다는 데까지.

최후를 아는 사람은 미오와 나뿐이렷다.

이 부분을 살짝 건드려볼까.

훗날 귀찮아져도 곤란하잖은가.

어쨌든 간에 도련님과 시키가 리미아 왕도에서 날뛰었던 건과 관련하여 이곳을 찾아온 눈치는 아닌 듯하니 안심이구나.

무슨 까닭인지 히비키의 머릿속에서 하얀 슈트를 장착하고 있던 인물은 휴만이라는 인식으로 자리 잡았다.

무엇 때문에 내린 판단인지는 나중에 자세하게 살펴보도록 하고.

히비키는 도련님을 인간이라고 생각하니까 두 사람은 별개의 인물이라 받아들였을 테지.

……물론 살짝은 불안한 감이 있군. 도련님은 양친이 휴만이었다는 사실을 예상 가능한 정도의 정보를 히비키에게 덜컥 이야기

한지라 까딱 잘못되면 추론을 할 가능성은 있다.

"도련님은 아인을 차별하지 않고 순수하게 능력만을 본다네. 그게 상회에 아인이 많은 이유 중 하나이지. 같은 고향에서 지냈다면 본질적으로 용사님도 마찬가지가 아닌가?"

"……네, 처음 잠깐은요. 하지만 이 세계의 풍습과 관습을 알아갈수록 저 같은 가치관은 압도적으로 소수파라는 것을 알았어요. 휴만과 아인의 관계는, 뿌리에서는 전쟁과도 관계되는 무거운 문제라는 인식을 갖고 있습니다만, 지금 당장에 대처해야 할 것은 이미 발생한 전쟁의 해결이에요. 물론 아인에 대한 휴만의 태도는 긍정하지 않습니다. 다만 지금은 적극적으로 부정도 하지 않아요."

"묵인, 이라는 말인가."

무난한 처세로군. 아주 영리하다.

일본에서 살았던 경험은 비슷해도 도련님과 히비키는 사고방식이 꽤 많이 다른 듯하군.

"아직 예전의 상식이 방해를 합니다만, 저희에게 있어 아인이란 어디까지나 꼬리나 귀 등등 일부의 특징이 인간과 좀 다른, 사람이니까요. 그래도 휴만의 눈으로 본 아인은 자신들이 부리는 봉사자이며…… 분명하게 말하면 가축이에요. 대다수 휴만은 아인을 자신들과 같은 사람이라고 생각하지도 않죠."

"음, 옳은 말이군."

"제아무리 아인에 호의적인 휴만이어도 결국 인권까지 인정하자는 생각이 있는 부류는 드물죠. 최근에 알았습니다만 미스미 군만큼 아인을 긍정하는 인물은 비정상적인 애완동물 애호가라는 시선을 받더군요. 용사라는 직함을 갖고 미스미 군처럼 행동하기는 어려워요."

"카리스마를 발휘해야 할 용사님이라기에는 계산이 꽤 확실하시군."

"맞는 말씀이에요. 계산이 앞서는 약아빠진 인간이죠, 저는. 리미아의 귀족 지상주의를 개혁하고, 제국을 외교로 억제하고……. 그다음이 아니면 아인의 지위 향상을 전 아예 시작할 수 없을 거예요. 물론 전쟁에 승리하는 게 전제지만요."

"무척 욕심이 많은 용사님이군. 이미지와 다르긴 한데 썩 싫지도 않아. 오호라, 이 도시에 열렬한 지지자가 있는 게 납득되는군."

어디…… 시작해볼까.

"지지자가, 있어요? 제게? 왕도에서 멀리 떨어진 학원 도시에 그런 분이 계시다면 물론 기쁘기는 한데요."

"흠. 비록 고인이 되었네만 학원의 학생이었지. 리미아, 호프레이즈 가문의 차남이며 이름간드라는 인물이라네. 다소 문제가 있는 성격이었으나 용사님을 몹시도 신봉했었지."

"아!!"

히비키의 얼굴 표정이 달라졌다.

"다만 학원제 전에 행동이 무척 거칠어지더니 결국은 단체전의 와중 괴물로 바뀌었고, 끝내는 같은 학원생에게 토벌되었네만. 분명 그 광경은 귀국의 국왕 폐하께서도 직접 목격하셨다네."

오호, 이름간드는 히비키와 면식이 있었나.

훗, 당시 녀석은 반짝반짝 순수한 눈빛으로 이상을 늘어놓았군.

히비키가 왕국에 귀족의 의무를 다시 상기시키고자 했던 활동의 일환으로 두 사람이 만났었는가.

내가 잠시만 본 이름간드는 이미 제정신을 잃은 상태였다만, 오호라, 히비키의 기억에 있는 모습은 아주 인상이 좋은 청년이야.

이상에 불타오르고, 학원에서도 면학에 힘쓰고, 졸업 후에는 용사의 힘이 되고 싶다는 바람을 갖고 있었나 보군.

동경심 가득 찬 얼굴로 토한 발언에 거짓은 없으렷다. 그 이전에는 제자리걸음을 하며 고민하고 울적하게 지낸 시기도 있었으나 히비키와의 만남 덕택에 자신이 나아가야 할 길에서 망설임을 지워 없앴던 겐가.

예전 모습을 봐 아는 입장인 만큼 녀석이 미치광이처럼 행동했으며 게다가 살해당했다는 말을 들었을 때 못내 신경이 쓰일 테지.

"……정말로, 이름 군, 이름간드는 이상한 행동을 거듭한 끝에 날뛰다가 괴물이 되어 토벌당했다는 말씀인가요?"

"틀림없다네. 도련님께서도 보고 계셨지. 뭔가 이유가 있을지도 모르겠네만, 틀림없는 녀석 본인의 행위였어. 그렇게 되기 전 이상했던 행동도 학원의 생도며 쿠즈노하의 종업원이라면 어느 정도는 알고 있다네."

"쿠즈노하 상회의 분들도요?"

"아무렴. 녀석은 무슨 이유인지 도련님을 눈엣가시로 여기며 시비를 걸고 다녔으니까. 길드에 압력을 넣는다거나 리미아의 상회를 이용하는 훼방질. 게다가 도련님의 학생에게까지 학원제의 회장에서 손을 뻗쳤어. 괜히 불똥이 튄 학생들이 무척 안타까웠지."

나의 설명을 들은 히비키의 얼굴에는 역력하게 곤혹스러워하는 기색이 떠올라 있다.

“……그 사람은 저를 잘 이해해준 사람이었어요. 주민들의 안부를 세심하게 헤아려줄 수 있는 대귀족으로선 드문 사람이었고, 호프레이즈 영지에서도 그 죽음을 모두 애도하고 있어요.”

“보는 방향에 따라 얼마든지 한 사람의 평판은 달라지는 법이지. 우리의 눈에 비쳤던 이름간드는, 용사님의 앞에서 꺼내기는 어려운 말이겠으나 부패의 극에 치달은 추악한 귀족의 대명사 같은 인물이었던 만큼 쉽사리 믿긴 어렵네만. 그 인물에게 주민을 아끼는 일면도 혹시 있었다면 사망했다는 게 무척 유감이군.”

“저는, 도저히 그 사람의 변모가 믿기지 않아요.”

“원인 규명은 학원에서도 리미아 왕국에서도 진행 중이라네. 진상은 언젠가 밝혀지게 될 테지.”

“분명히, 무슨 이유가 있을 거예요.”

……근거는 없을지언정 확신은 있는 셈인가.

직감의 부류인가?

아무튼 정답이로군. 마족의 간섭이 어떤 성질인지 이 아가씨에게 알 기회가 올지는 별개로 치고 말이지.

후후, 아울러, 옳거니……. 좋은 기억을 발견했다.

이 아가씨, 검도와 검술을 배웠는가!

아주 좋구나. 진짜 검술을 접할 기회렷다.

히비키의 기억에서 뜻밖의 수확을 발견한 나는 자꾸만 새어 나오는 웃음을 억누를 수 없었다.

“용사님, 분명 학원의 전이진을 사용할 예정이었던가?”

"아, 음, 네에. 맞아요. 여기에는 단독으로 왔으니까요."
불쑥 화제가 바뀌어 놀란 히비키.
그러나 놀라기는 나 또한 마찬가지다만?
어째서 너와 도련님이 같은 인물에게 검을 배웠단 말인가. 게다가 그 사실을 너도 도련님께서도 둘 다 모르는군.
다만 그 인물의 검을 도련님의 기억 이상으로 볼 수 있으리라 생각은 못 했건마는.
이런 행운이 또 있겠는가.
"우리 상회에 검을 맡기러 온 데서 짐작하건대, 용사님은 아마도 검을 사용하여 전투에 임할 테지?"
"네. 지금은 안 갖고 있지만요, 학원에 예비용 검을 맡겨 두었습니다. 바스타드 소드가 가장 다루기 편하더군요."
그런 검에는 관심 없다.
"도련님과 같은 고향에서 왔다면 카타나를 다룰 줄 아나?"
"카타나……."
히비키가 중얼거리며 내 허리에 달린 물건을 본다.
눈치챘는가?
거절은 거절이다. 말뿐일지언정 아까 미오에게 감싸주기도 했고.
"일단 고향에서 일본도 쓰는 방법은 배웠어요. 그러고 보니, 토모에 씨는, 사무라이…… 비슷한 인상이 느껴지는데요. 이쪽 세계에도 사무라이나 일본도가 있는 건가요?"
"아니, 이것은 나의 취미라네. 도련님께 배운 이래로 푹 빠져버렸지."

"취미요? 아, 네에."

히비키는 의아해하며 고개를 갸웃한다.

"꼭 한 수, 지도를 받고 싶군!"

"저한테 말인가요? 저기, 미오 씨와 비슷할 만큼 강하시면 저보다 훨씬……."

"검사로서 실력을 겨루자는 걸세. 카타나라면 내가 준비하지. 학원에는 적당히 손을 쓸 장소가 얼마든지 있기도 하고, 시간도 많이 빼앗지는 않겠네!"

일본도의 검법.

상세한 내용은 히비키의 기억에서 보았지만 실물을 볼 수 있다면 더할 나위가 없지 않겠는가.

"그래도, 빨리 동료들과 합류도 하고 싶어서요……."

히비키는 무척 난처해했지만, 나는 굳이 힘주어 어깨에 팔을 두른 채 학원으로 향했다.

"그럼 나와 대련한 뒤 거기까지 바래다주마! 결정 났군. 가세나, 용사님!"

음! 뭐가 「미오 씨 동료가 맞구나, 둘이 쏙 닮았어……」냐!

아주 실례되는 생각을 하는군!

나의 옹고집은 일단 상대에게도 이득을 마련해주는 정도의 배려가 있단 말이네!!

◇◆◇◆◇

“어라, 언니?! 어떻게 된 거야? 돌아오려면 내일 밤 아니었어?”

로렐의 어린 무녀, 치야의 말에 히비키는 겸연쩍어하는 얼굴로 대답했다.

“……그때 도착할 예정이었는데 말이야. 의외로 너무 빠르더라.”

“롯츠갈드에서 볼일은 괜찮았고?”

“응. 사실은 로렐에 들어가기 전 아슬아슬하게 합류할 예정이었잖니. 이 정도면 나도 황금 가도의 풍경 정도는 즐길 수 있겠네.”

“언니랑 함께라면 나도 기뻐!”

“나도. 아, 미안해, 치야. 오늘은 많이 바빴거든. 먼저 쉬어야겠네.”

“응, 내일 또 얘기하자. 푹 쉬어.”

확실히 히비키의 안색이 별로 안 좋았던지라 치야는 피로의 흔적으로 판단한 뒤 배웅해줬다.

예정 외의 합류였기에 급히 추가로 객실 하나를 빌린 히비키는 파티원들과 조금 떨어진 방에 들어가서 침대에 몸을 던졌다.

커다랗게 한숨을 한 번.

‘머릿속이 뒤죽박죽이야. 왕도 부흥을 위한 임무는 롯츠갈드의 학원, 상인 길드까지 전부 마쳤지만, 마지막에 쿠즈노하 상회에서 너무 지쳐버렸어. 설마 제국의 그 녀석 말고도 일본인이 있었다니. 게다가 얼굴을 아는 사이고. 낮에 분위기면 미스미 군 개인은 일본에서 선배 후배였던 관계를 이용해서 꽤 이쪽에 소득이 되는 이야기를 나눌 수 있을 것 같지만……. 라이도우라는 신분이 좀 까다롭구나. 유력 상회의 정체불명 대표. 폐하와 요슈아 님께도 힘을 인정받았어. 두 분은 미스미 군을 아군으로 끌어안고 싶어 하겠지…….'

히비키는 라이도우, 즉 마코토와 나눈 대화에서 얻은 정보와 원래 쿠즈노하 상회에 대해 알고 있었던 정보를 한데 더하여 생각을 이어 나갔다.

'그 아이는 얼버무렸지만 군이 가명을 쓴 이유는 아마도 여신에게 소재지를 파악당하고 싶지 않아서였겠지? 모든 발언에서 여신에 대한 경의가 티끌만큼도 안 느껴졌고, 성에 소환되었던 우리와 달리 그 아이는 세계의 변두리에 소환되었다고 말했어. 분명 사실이 맞겠지만, 그럼 간접적인 살인에 가깝잖아. 결국 미스미 군과 여신은 별로 안 좋은 관계일 가능성이 높아. 그런 존재를 협력자로 받아들여도 되는 걸까? 쿠즈노하 상회는, 장비품과 미오 씨는 불만을 못 가질 만큼 우수하지만……. 어떻게 하면 되는 걸까. 토모키 정도는 아니어도 전쟁 후 전망까지 고려하자면 미스미 군의 존재는…….'

휴만과 마족의 전쟁이 언젠가 종결을 맞이했을 때 리미아 왕국의 입장을 위험하게 만들 존재는 달갑지 않다.

기본적으로 이 세계에 여신의 질서가 전후에도 이어져야 한다는 생각을 가진 히비키에게 마코토는 현 상황에서는 매력적인 전력이 되어줄 수 있겠지만, 동시에 훗날의 화근이 될 수 있는 존재라고도 여겨졌다.

'토모키는 틀림없이 마족을 쓰러뜨린 다음 세계의 통일에 착수

할 거야. 숨길 마음도 거의 없었던 그 야심이 허세였다면 대단한 연기력이겠지만, 가능성은 없어. 만약에 내가 미스미 군에게 조력을 부탁한다고 치고, 미스미 군이 여신을 적대한다면……. 언젠가 휴만끼리 전쟁이 벌어졌을 때 제국에 전쟁의 대의명분과 구실을 주게 되는걸. 절대 피해야 해.'

히비키는 살짝 얼굴을 찡그렸다.

'과연 이길 순 있을지 불안한 게 마족과의 전쟁인데 앞만 보면서 달려도 안 되는 처지구나. 역시 순수하게 상회를 대하듯 알아 나가면서 조금씩 전력 제공을 요청하는 게 무난하려나. 그것도 리미아나 나의 단독 요청으로 보이지 않을 상황에서만 사용할 수 있는 카드가 되겠네.'

쿠즈노하 상회가 강하다는 것은 잘 안다.

히비키는 몸소 경험한 바가 있었다.

정말 이상적인 결과를 말하자면 쿠즈노하 상회가 마족을 괴멸 직전까지 몰아붙인 뒤 쓰러져주는 것이 최고다. 이 경우에 만약 마인과 제국 상대로 충돌하여 상대를 분쇄해준 다음이라면 말할 나위가 없는 전개라는 것이 히비키의 생각이었다. 그렇게 되면 남은 것은 상황을 잘 주물러서 아군의 공적으로 바꾸는 정치 작업뿐이니까.

같은 일본인인 마코토에게 비정한 처사가 될 테지만, 히비키는 그런 생각을 뿌리쳤다.

대화 나누며 받은 인상에서 휴만의 편인지도 마족의 편인지도 알 수가 없는 섬뜩한 인상이 사라지지 않은 상대였던 만큼 히비키는 용사로서 가능한 한 사적 감정을 개입시키지 않고 판단하고자 했다.

모르는 사이가 아니니까 믿는다거나 같은 고등학교에 다닌 후배니까 안심이라거나— 그런 생각을 해도 될 만큼 히비키의 판단이 초래하는 영향은 가볍지 않다. 그 부분은 히비키도 충분히 이해하고 있었다.

'안 그래도 랄바와 그 하얀 녀석의 배경을 전혀 모르는 상황인걸. 내 감으론 스텔라를 날려버린 인물은 그 하얀 녀석— 분명 마인이라는 녀석일 거야. 어쩐지 학원 도시에 오면 단서를 잡을 수 있을 것 같다는 생각이 들었는데, 역시나 하루 갖고는 무리겠지. 로렐에서도 뭔가 알아낼 수 있겠다는 예감은 드니까 아직 희망은 있어. 미스미 군을 어떻게 대할지는 돌아가는 길에, 그리고 요슈아 님이 리미아로 부르실 테니까 조만간 왕국에서 만난 뒤 입장을 확인하도록 하자. 아까 토모에 씨라는 사람도 다짐을 놓고 갔으니까 지금 이것저것 조사하는 것은 위험해.'

히비키는 이토록 빨리 파티원들 모두와 합류할 수 있었던 이유 전부가 된 푸른 머리카락의 여자를 떠올렸다.

토모에. 히비키를 혼란스럽게 만든 인물이다.

'아마 분명히 미오 씨와 비슷할 만큼 강하기는 할 텐데 도무지 종잡을 수 없는 사람이었어. 카타나의 기본적인 사용법은 아는 눈치였는데도 카타나끼리 휘두르는 승부의 경험이 극단적으로 적었달까, 몸놀림은 미숙하기 짝이 없었지. 그래도 자세는 꽤 모양이 잡혀 있었고. ……아, 맞다. 영화 속 칼싸움이나 난투극이랑 분위기가 비슷했어. 뭘 어떻게 해야 그런 검법이 손에 붙는지 알 수가 없네. 미스미 군에게 검도나 검술의 소양은 아마 없었을 텐데. 말만 들어서 그렇게까지 기초를 익힐 수 있을까? 정말 비밀이 많은 상회구나.'

토모에의 간청을 받아 히비키는 학원에서 대략 한 시간쯤 카타나를 써서 대련을 했다.

마술은 서로 강화와 회복에만 사용하기로 하고, 실질적으로 검법만을 겨루는 시합이었다. 전적은 히비키가 10전 중 9승 1패.

신체 능력을 활용한 토모에의 우격다짐 검법에 당황해서 맨 처음 한 판을 내어준 이외에는 전부 히비키의 승리였다.

오래도록 검도를 배웠고, 검술까지 습득했던 히비키에게 토모에는 너무나 미숙한 검사였다.

다만…….

'베어도 곧장 회복했잖아, 그 사람. 회복 마술은 사전에 걸어 놨다고 말했었지만.'

히비키가 무심코 시선을 빼앗길 만큼 몹시 훌륭한 술법이었다.

조금 과하게 검이 들어간 탓에 혹시나 생명이 위험해지면 어떡하나 생각한 일격 이후에 아무렇지도 않게 일어섰던 토모에의 모습은 히비키에게 충격을 주었다.

그 마술을 재현할 수는 없을까. 히비키는 곧장 또 하나의 목표를 설정했다.

일단 개요에 대해서는 토모에에게 물어봐 답을 들었다.

토모에는 히비키에게 흔쾌히 술식의 얼개를 가르쳐줬다. 그 값을 치르자는 것은 아니다만, 히비키도 토모에에게 일본도의 발검술에 대해 조금이나마 수련 방법을 알려줬다.

'신체 능력은 정말 굉장하지만, 단순히 검사로 보면 별로 대단한 사람이 아니었어. 아마 마술을 쓰는 전투에서 진짜 실력을 발휘하겠지. 그렇게 연패하고도 전혀 아쉬워하는 눈치가 아니었고. 그보다…….'

토모에, 미오, 마코토. 그리고 로렐에서 단서를 잡을 수 있을지도 모르는 랄바.

그에 더하여 왕도의 부흥 상황이며 제국의 동향, 마족과의 전쟁.

무척 지쳤는데도 불구하고 히비키는 잇따라 떠오르는 안건 때문에 사고를 멈출 수 없어서 결국 잠들지 못하는 밤을 보내야만 했다.

◇◆◇◆◇

겨울이니까 개척이 부진하다는 말은 핑계라고 합니다.

진짜냐. 농한기라고 해도 설득력이 있는 데다가 집 안에서도 가능한 일에 중점을 둬야 할 계절 같기는 한데요.

하이랜드 오크의 슈퍼 사무관, 에마가 드물게도 언짢아하는 모습이라서 사정을 물어봤더니 케류네온의 농지 면적이 예정보다 불어나지 못했다는 게 마음에 안 드는 듯했다.

케류네온은 북쪽 지방에 위치하고 있고, 높은 산도 낀 내륙 지역이니까 상식적으로 생각하면 겨울에 개척 어쩌고는 무모하다는 말이 나올 테지만 말야. 애당초 눈이 펑펑 내리는 곳이라서 갈색의 대지와는 봄까지 작별이잖아. 농지를 대체 어떻게 만들어?

에마가 말하기를 그런 난점이야 마술을 함께 사용하면 문제없습니다, 라고 한다.

롯츠갈드의 부흥에서도 한 생각인데 어떤 작업에든 마술을 함께 사용해줄 수 있는 상황이라는 게 몹시 몹시 한정된 상황의 경우란 말이지. 케류네온에서 일시적으로 일하고 있는 아인들은 그게 가능한 멤버도 적지 않다지만…….

루토에게 부탁해서 특정 조건을 클리어한 휴만과 아인 모험가를 은밀하게 케류네온의 주민으로 이주시키고 있는 와중인데 아마 그 사람들도 대부분 겨울 중에는 집 안에서 하는 일 중심의 생활을 가정하지 않았을까.

에마의 말뿐 아니라 케류네온의 안스랜드 자매에게도 말을 들어본 다음에 대응 방법을 결정하자.

그것보다 지금은…….

"토모에, 설명. 뭐야, 옷이 갈기갈기네."

이쪽이 더 문제였다.

선배를 배웅하러 갔던 토모에가 제대로 한판 붙었습니다, 라는 것처럼 너덜너덜한 옷으로 돌아왔으니까.

게다가 어째서인지 아주 만족한 표정으로.

"아주 잘 물어봐주셨습니다! 용사 히비키 덕에 본고장의 검법을 견식할 수 있었지요. 뭐, 가볍게 대련을 잠깐. 이것은 말하자면 명예로운 부상인 겁니다!!"

토모에는 그렇게 말한 뒤 껄껄 웃었다.

"네 취미 활동용 대련에 무슨 명예가 있다는 거야."

"자질구레한 부분은 잠시 넘어가도록 합시다! 굉장했습니다, 도련님. 이게 막, 파팟 달려가더니 칼날이 다음 순간에는 이미 되돌아오고 있었단 말이지요! 아마 손목과 허리의 움직임이 요령일 거라 생각은 듭니다만, 거듭거듭 놀랄 따름이었습니다!"

"……용케 옷만 찢어 먹었네."

"아니요? 몇 번이가 피가 흩날렸습니다만? 회복하면서 붙었던 터라 별문제는 아니었습니다. 제가 옷은 고치질 못하니까 이렇게 되어버렸습니다만."

예리하게 찢긴 기모노를 즐거워하며 만지작거리는 토모에.

진검을 써서, 몸에 칼부림을……?

"너— 선배에게 위해는 안 끼치는 게 아니었어?!"

"물론입니다. 저는 술법도 거의 쓰지를 않았고 말입니다, 카타나만 갖고 대결하면 지금의 제가 그자에게 제대로 된 공격을 성공시키기란 어림없지요."

"어림없다니, 뭐하는 거야, 이 녀석. 게다가, 칼에 베인 부위도 치료하면 그만인 게 아니잖아?! 네가 베이는 모습을 상상하면 설마 내가 재미있어할 것 같았어?"

재미있을 리 없잖아. 오히려 걱정돼서 못 견디겠다고!

"음, 그것은……. 조금 경솔했군요."

"카타나, 카타나 타령이 진짜. 그야 나는 카타나 들고 싸우는 방법 모르지만! 제발 자중 좀 해라! 알았어?!"

"앞으로는, 꼭 조심하겠습니다."

토모에는 풀 죽어서 고개 숙인 채 진지하게 반성하는 모습.

"좋아. 그래서, 선배는?"

"예. 아무래도 이곳에 온 이유는 왕도 부흥과 관련하여 학원의 협력과 거래 관계에 있는 상회에서 원조를 확보하려는 것이 주된 목적이었던 듯합니다. 아울러 예의 변이체 소동 때 도련님께 트집을 잡아 대었던 이름가—."

"토모에 씨! 당신 꼴이 왜 이래요?! 나한텐 진정하라고 말한 주제에 히비키에게 벌을 주고 왔군요!! 너무 치사하잖아요!!"

보고 도중에 미오가 콧김을 뿜으며 난입했다.

손에는…… 새빨간 문어가 올라가 있다. 쟁반이나 접시는 아예 없었다. 손에, 직접이다.

통째로 삶았나? 신작 요리……? 그렇다기에는 뭐랄까, 호쾌하구나.

그나저나, 문어인가. 또 요리의 폭이 넓어지는 식자재를 찾아냈네.

"이것은 그냥 넘어져서다! 히비키는 관계없다!!"

"어디에서 넘어지면 기모노가 그렇게까지 갈기갈기 찢어지나요?! 얼버무리려면 조금 더 제대로 된 변명을 궁리하시지요! 저도 히비키에게는 조금 할 말이 있었지만, 꾹 참고 보내줬단 말이에요! 토모에 씨가 이렇게 나온다면 저도 내키는 대로 막 저질러주겠어요!!"

으아앗, 무서운 소리 좀 하지 말라고.

게다가 너는 「조금 할 말」이라는 귀여운 느낌이 아니었어!

"유감이군, 히비키는 이미 롯츠갈드에는 없구나. 내가 녀석의 파티가 있는 곳까지 정중하게 바래다줬지."

"……도련님! 토모에 씨가 너무해요!!"

미오가 분했는지 입을 시옷 자 모양으로 비뚤며 소리 높였다.

"아~ 토모에는 내가 아까까지 설교했으니까 넘어가자. 앗, 그 문어, 되게 맛있겠다. 삶은 거야?"

"문어요? 어, 어머나. 아직 소금 간을 맞추고 있는 도중이기는 한데요, 제법 잘 삶아져서 도련님께 꼭 보여드리고 싶었답니다."

휙 태도가 바뀌어서 요리법 등등을 해설하기 시작하는 미오.

"도련님, 미오 다루는 방법을 숙지하셨군요. 아주 든든합니다."

"넌 일단 옷부터 갈아입고 와. 미오랑 시키가 요즘 해산물 요리에 공들인다는 건 알고 있었지? 같이 먹자. 자세한 얘기는 그때 하고."

요즘 들어서 미오와 시키가 항구 도시에 자주 다니며 새로운 어패류를 사 왔었지.

나도 만질 줄 아는 식자재가 들어올 때는 요리에 참가하고 있다.

미오는 해산물 요리 레시피를 늘리고 싶기 때문에, 시키는 겨울철 냄비 요리 어패류 편을 고테츠 쪽과 협력해서 연구하고 있기 때문인 것 같다. 서로의 이익이 일치된 덕분인지 둘이서 자주 외출한다.

오늘 시키는 게를 냄비에 넣어보겠다며 아공의 부엌에 틀어박힌 채 수프와 함께 넣을 야채의 조합으로 시행착오 중이다.

고테츠에서 몇 종류인가 얻어 온 수프를 조합하겠다며 의욕이 가득했다.

조합이라는 표현은 요리가 아닌 제약과 비슷한 분위기지만, 나도 꽤 기대하고 있다.

“오늘 시키는 냄비 요리였지요. 삶기만 한 미오보다는 기대할 수 있겠군요. 군침이 고입니다그려.”

토모에의 섣부른 발언에 미오의 눈살이 삐죽 올라갔다.

“……삶기만 한?”

이런, 이번에는 내가 구해줘야겠네.

미오가 가져온 문어의 다리를 잡아서 하나 잘랐다.

“……토모에.”

“네? ……으엇?!”

억지로 토모에의 입을 벌려서 문어 다리를 욱여넣는다.

“그냥 삶기만 한 맛이야? 진짜?”

“……아니요, 무척 맛있군요. 흠.”

“미오한테 뭔가 할 말은?”

“……미오, 미안하구나. 아주 맛있다. 삶기만 한 요리라는 발언은 실언이었어.”

순순히 사과하는 토모에.

미오도 겨우 기분이 괜찮아진 것 같다.

“……알아주면 된 거죠. 넘어갈게요. 다른 요리도 더 있으니까 잔뜩 기대하셔도 좋을 거예요.”

문어인가……. 좋아!

“그나저나, 미오. 문어를 쓴 요리는 뭐를 준비했어?”

“으음…….”

미오가 검토 중인 메뉴를 묻는다.

응, 내가 가능한 녀석은 안 들리는구나. 그나저나, 고기 감자조림도 아니고 문어 감자조림은 들어본 적이 없는데.

그럼 식탁에 두 개쯤 메뉴를 보태볼까. 아직 약간은 시간이 있다.

“그러면 나도 좀 만들어볼래.”

“오호! 오랜만이군요!”

“어떤 요리일까요?”

“냄비 요리 하나랑 반죽 굽기를 하나. 문어 샤부샤부와 문어 풀빵!”

시키도 냄비 요리니까 좋아해줄 거야. 샤부샤부는 만들어본 적이 없으니까 꽤 신선할 테고.

미오는 새로운 요리라면 뭐든 흥미진진이고, 토모에도 내 요리는 많이 기대해준다.

게다가 나로서도 설욕의 때다.

예전에 드워프에게 부탁해서 문어 풀빵용 철판을 만들었던 때의 기억을 떠올린다.

재료를 준비하는 도중 깨달았단 말이지.

문어가 없다는 것을.

정말 아무 데서도 안 파는 탓에 울고 싶어졌다.

결국 닭고기 조각을 넣어 닭고기 풀빵을 구웠었는데 그때 느꼈던 패배감은 진짜 장난이 아니었다.

도저히 다른 사람들한테 보여줄 수가 없어서 혼자 다 먹었거든.

씁쓸한 기억이다.

드디어 그때 새겨졌던 트라우마를 떨칠 수 있겠구나.

자, 부엌으로 가자!

3

"어서 오십시오, 로렐 연방에. 환영합니다, 용사 히비키 님."

법의를 걸친 여성이 정중하게 머리 숙이며 생글생글 환영의 말을 입에 담았다.

답인사의 말을 건네면서도 히비키는 여성의 태도에서 뭔가 차가운 느낌을 감지했다.

비록 지극히 짧은 시간의 반응이었고, 다음 말을 발언할 때는 완전히 사라졌던지라 히비키는 일단 잊어버리기로 했다. 용사라고 해서 어떠한 나라에 가든 두 손 들고 환영해주지는 않음을 이미 잘 이해하고 있었다.

"잘 다녀와주셨습니다, 치야 님. 다들 무녀님의 귀환을 진심으로 기다리고 있었답니다?"

"늦게 와서 미안해, 사이. 그래도, 아주 잠깐만 머무를 수 있지만, 이렇게 언니랑 같이 돌아온걸. 있잖아, 사이. 히비키 언니는—."

"치야 님, 그 이야기는 추후에 천천히 듣기로 하죠. 우선은 오랜 여행으로 지치셨을 테니 여러분이 체류하게 되실 방으로 안내해드리겠습니다."

리미아 왕국에서 온 내방자, 용사 일행을 맞이해준 사람은 로렐 연방의 실력자 중 한 사람인 사이리츠였다.

로렐에서 무녀의 존재는 국민들에게 널리 알려져 친애의 대상이 되어 있다. 그런 무녀의 주변 관리를 책임져야 할 중궁(中宮)이라는 지위에 있는 사이리츠의 힘은 거대하다. 타국의 중요한 손님을 환영하여 접대하는 대표로서도 자격이 충분하다.

또한 이렇듯 무녀에 대한 신앙은 사이리츠의 지위가 본래 목적보다 더욱 강한 영향력을 가지게 만들었다.

미스미 마코토가 느꼈던 국가의 중진이라는 인상 이상으로 로렐에서 사이리츠는 여러모로 「강력한」 존재였다. 내정이든 간에 외교이든 간에 본인이 작정하면 간섭하지 못할 분야는 존재하지 않는다고 말해도 과언이 아니다.

눈짓으로 부하에게 안내를 지시한 뒤 다음 일정을 또 다른 부하에게 확인하면서 사이리츠는 점점 작아지고 있는 용사와 무녀, 그리고 다른 일행들의 등을 바라봤다.

"사이리츠 님? 무슨 일 있으십니까?"

잠시 가만히 있던 사이리츠에게 부하 중 하나가 물었다.

"……그토록 우리나라에서 리미아에 무녀의 귀환을 요청했는데, 이제야 싶어서."

"사이리츠 님을 비롯한 많은 분들의 외교가 결실을 맺은 덕이지요. 훌륭한 성과였습니다."

"……정말 성과가 맞다면야 더 많이 기쁘겠지만 말이야."

"사이리츠 님, 이미 치야 님께서는 돌아와 계시니까 너무 걱정하지 않아도 되지 않으실까요. 리미아가 우리나라에 했던 것처럼 앞으로 무녀님을 로렐에서 쭉 모신다면 문제는—."

"당신. 당했던 대로 되갚아주는 것은 시기와 상황을 잘 고려하지 않으면 최악의 결과를 초래하니까 마음에 새겨 두세요. 적어도 이번에는 쓰지 못하는 수단입니다. 치야 님께서 강요를 받아 전쟁에 동원되었다면 얼마든지 손쓸 방법이 있었겠지만."

사이리츠는 부하의 말을 끊고 매섭게 눈길을 줬다.

"죄, 죄송합니다. 주제넘은 발언이었습니다."

"그동안의 일도 생각해야죠. 리미아에 좋은 감정을 가질 수 없다는 것 자체는 책망하지 않아요. 다만, 치야 님께서 진심으로 용사를 굳게 지지하시는 것은 사실. 지금은 본인 스스로의 의사로 여기에 **잠깐 동안만** 돌아와 계실 뿐입니다. 오히려 제가 신경 쓰이는 것은……."

'우리나라의 용기사 부대가 부흥에 협력하기 위해 롯츠갈드 체류를 연장하는 교환 조건으로서 라이도우가 치야 님의 이야기를 꺼냈다는 것. 아마 무녀님과 조만간 만날 수 있을 거예요, 라고 말했었지……. 우리 로렐이 리미아와 호각이라는 생각은 안 하지만, 명색이 4대국의 반열에 올라가 있는 우리나라가 갖은 외교 수단을 동원하고도 이루지 못한 결과를 이렇게나 간단히……? 쿠즈노하 상회, 아니, 라이도우. 한 번쯤 치야 님께서 그 남자를 살펴봐주시면 좋겠구나. 돌아가는 길은 롯츠갈드에 잠깐이나마 들르도록 말씀드릴까. 대강 분위기를 살펴도 치야 님은 용사 히비키가 현인임을 꿰뚫어 본 이후 잘 따르고 계신 눈치이고, 라이도우라는 인물에 대해서도 뭔가 수확을 기대할 수 있을 듯한데. 후유, 그 남자의 발언을 단순하게 예의만 차린 위로의 말이었다고 넘길 수 있다면 얼마나 마음이 편안할까.'

"사이리츠 님?"

"……아무것도 아녜요. 이제부터 바빠지겠죠. 많이 도와주세요."
"맡겨주십시오! 치야 님을 위하여 전력을 다하겠습니다!"
"네, 그럼 갈까요."
사이리츠는 얼마 전까지 머물렀던 롯츠갈드에서 만난 인물을 떠올렸다.
그 남자가 도시 부흥에 용기사의 힘이 필요하다며 꺼냈던 제안, 협력의 대가라는 듯이 별 무게감 없이 건넸던 한마디.
고작해야 일개 상회에 용사와 무녀, 하물며 대국을 움직일 힘 따위 있을 리 없다.
상식으로는, 그렇다.
무녀가 대망의 귀환을 완료했고, 용사까지 함께 데리고 왔다.
비록 일시적이라지만 충분히 큰 사건이다. 지금은 거기에 심력을 집중시켜야 할 터이다.
그럼에도.
사이리츠는 쿠즈노하 상회, 라이도우라는 이름을 언제까지고 뇌리에서 지울 수 없었다.

◇◆◇◆◇

「내」가 거기에 있었다.
"역시 휴만이 아니었던 건가."
"이 자식, 괴물 놈."
"배때기에 구멍 뻥 뚫리고도 떠드는 네가 할 말은 도저히 아닌 것 같은데.”

“너를, 히비키 님께 보내지는 않는다……! 여기에서 무슨 수단을 동원하든 내가, 너를……!”

「나」는 검은 갑옷으로 몸을 감싼 녀석과 대치하고 있었다.

무릎을 꿇은 녀석은 「내」가 말했듯이 배에 커다랗게 구멍이 뚫렸다.

아마 말하는 걸 봐선 아마도 「내」가 저지른 짓 같다.

그런데, 이 녀석은 선배랑 아는 사이인가?

“흑기사, 흠. 이름에 어긋나지 않는 기사의 충성심이란 건가?”

흑기사.

그런 녀석은 모르는데.

하지만 「나」는 잘 아는 눈치였다.

엄청 멍멍한 감각으로 나는 저곳을 보고 있었다.

한 사람은 출연자인 「나」이고, 또 한 사람은 시청자인 나라는 느낌.

저 사람, 흑기사라고 불리고 있는 중상자는 튼튼한 투구도 다 부서져서 휴만이 아닌 아인의 맨얼굴— 아니, 아인조차 아닐지도 모르겠네. 사람이 되다 말았다고 말해야 할까, 아무튼 「쭈글쭈글한 달걀귀신」 같은 얼굴을 드러내고 있었다.

“라이도우, 지금 여기서 어찌해서든 너를 막겠다!”

베는 게 아니라 때려 부수는 것이 주된 용도일 듯한 대검이 「나」를 향해 내리 휘둘러진다.

「나」는 그 공격을 맨손으로 막았다.

마력체를 쓰지도 않았다.

진짜 맨손으로 검을 붙잡아서 막았다. 한 방울의 피도 흘리지 않고.

아니, 아니. 이런 게 진짜 가능할 리 없잖아.

검 속도도 제법 빨랐거든?

"있잖아, 전자레인지라고 알아?"

"전자, 뭐……?"

갑작스러운 질문의 의도를 이해하지 못한 채 흑기사가 작게 중얼거렸다.

"아하하, 미안, 미안. 잊어도 돼. 맞다. 일단 이름은 가르쳐주지 않을래? 설마 흑기사가 이름은 아니지?"

전혀 긴장감이 없는 「나」의 목소리.

자신이 두 사람이나 있는 기묘한 감각이다.

문득 신경이 쓰여 주위를 둘러봤다.

시끄러운 소리가 가득하고, 여기저기에서 연기나 불이 피어오르고, 잔해가 마구 쏟아져 있다.

그곳은 전장이었다. 지역이 어디인지까지는 잘 모르겠다.

"이름을, 묻나? 훗, 크크크크!! 몰랐던 건가? 너는, 이 추악한 모습과 닮은 것들을 저곳에서 분명히 다수 목격했을 텐데?! 그리고 너는 모조리 다 살육했다!"

흑기사는 자신을 가리켜서 추악하다고 말했다.

"……모르겠는데. 기억 안 나. 뭐야, 나한테 원한이 있는 느낌이네?"

"학원 도시! 롯츠갈드! 학원제! 아직도 잊었다고 말할 셈인가! 라이도우!"

"아, 변이체구나. 확실히 닮은 느낌이네. 뭐야, 변이체 생존자였어. 그치만 따지고 보면 변이한 녀석들도 어느 정도 자업자득이잖아? 나를 원망하겠다면 번지수가 틀리지 않나?"

"나는…… 다."

"어? 뭐라고?"

"나는 이름간드 호프레이즈다!"

―이름간드?!

어, 하지만 분명 그 녀석은 학원제에서 아베리아에게 죽었을 텐데…….

"이름간드? 진짜? 이제는 변이체 소동 자체가 무척 옛날 일이고, 개인의 이름까지 다 기억은 안 나거든. 이름간드 호프레이즈구나. 알았어."

이름간드와 대치하고 있는 「나」는 그 이름을 정말 기억하지 못한 것일까, 별반 감개도 없는 모습이었다.

뭘까, 이 위화감은.

"너는, 얼마나 더 사람을 바보 취급해야……!"

"쓸데없이 터프한 놈이 배때기 구멍 회복이 안 되는 걸 보니까 다 끝났겠지만 말이야. 일단 제대로 마무리까지 해줄게. 선배 파티에 남은 건 이제 쪼끄만 무녀뿐이잖아. 요령이 나쁜 나도 드디어 장군을 부른 셈이려나."

장군?

선배의 파티?

어떻게 된 상황이지?

하지만 저곳에 있는 「나」는 여러 의문을 아랑곳 않고 흑기사를 향해 왼손을 내밀었다.

"미리 예고당하고 피하지 않을 사람이 있을까 보냐?!"

이름간드는 자신을 향한 손바닥으로부터 도망치고자 땅을 박찼다.

그러나 무엇인가에 부딪힌 모양새로 튕기더니 제자리에서 비틀거린다.

저거, 계(界)인가?

그런데 유효 범위가 자신의 주위가 아냐. 이름간드의 주변을 싹 둘러싸서 마치 장벽처럼— 아니, 감옥처럼 작용하는 것 같다.

도대체 뭐야, 너무 좁은데?!

자신이 아닌 대상도 중심에 넣을 수 있다면 계는 진짜로 초흉악 스킬이거든?!

"다시 본론인데 말이야, 전자레인지 있잖아. 요리를 데우는 데 쓰는 도구거든."

"어째서……. 대체 어째서 너 따위가 이런 수준의 힘을 가진 거냐! 무엇 하나 신념도 지니지 않은 너 따위가!!"

원통해하는 이름간드를 무시한 채 「나」는 변함없이 생뚱맞을 만큼 긴장감 없이 이야기를 이어 나갔다.

"처음에는 순수하게 상자 안쪽이 뜨거워지는구나~ 생각했었거든? 사실은 그게 아니더라. 이게 막 파도 같은 게 안쪽에 있는 물체를 미세하게 진동시켜서 열을 만들어 내는? 꽤 대단한 기술이었던 거야."

아, 어디선가 들은 것 같아. 물 분자를 진동시키는 게 원리랬지?

늘 가까이 있는 편리한 가전제품인데, 이게 굉장한 물건이었구나 감동했던 기억이 난다. 무슨 텔레비전 방송에서 잠깐 본 겉핥기 수준의 지식이지만.

그래도 그런 얘기를 이세계에서, 게다가 적에게 이야기하다니……. 무슨 생각을 하는 거야, 이 「나」는?

그런 생각을 하던 때 「나」는 묘한 소리를 입에 담았다.

"같은 기술을 말야, 인간에게 쓰면 어떻게 될 것 같아?"

"……무슨 소리를 하려는 것인지 모르겠군. 태워 죽이겠다고 겁주려는 건가?"

"그렇지? 아니면 삶은 음식 신세로 죽을 것 같겠지. 아니거든. 이미지를 마술 비슷하게 무리해서 재현한 탓이 있는지도 모르겠는데 시체 처리가 필요 없어지더라고."

마술 비슷하게.

계를 저렇게 표현한 건가.

이 녀석, 무슨 소릴 하는 거야. 사람을 레인지에 넣으면 어떻게 되겠냐고?

진짜 취미 고약한 살해 방법이네…….

상상한 적도 없었다. 어떻게 될지도 잘 모르겠는데……. 시체 처리가 필요 없다고?

"……기억해 둬라. 넌 기필코 벌을 받는다. 히비키 님께서, 여신님께서. 너를 반드시 벌할 것이다. 세상은 너를 인정하지 않는다, 절대로."

달걀귀신 이름간드가 분노하며 얼굴을 일그러뜨렸다.

"기쁜 말이네. 저쪽에서 먼저 와주면 수고도 줄어들잖아. 이제 끝이야, 잘 가."

"이름 군!!"

이름간드를 부르는 여성의 목소리.

그 소리를 방아쇠로 삼은 듯한 타이밍에 믿기지 않는 사태가 발생했다.

"아, 히비키 선배."

목소리의 주인은 선배였다.

아무런 일도 없었다는 듯이 선배를 부른「나」.

그 시선의 저편에서.

사람이 부풀어 올라 터졌다.

입고 있었던 갑옷까지 한순간에 부풀어 올랐다가 풍선이 터진 것처럼 폭발해서 날아갔다.

이름간드를 뒤덮고 있던 계, 불가시의 반구가 피로 검붉게 물들었다.

……읏!

레인지라니.

절대 아니라고 생각했는데.

「나」는 무슨 짓을 한 거지?

저런 처참한 방식으로도 사람이 죽을 수 있구나.

붉은 반구는 곧 사라졌다. 흔적은 바닥에 얼룩 비슷한 것이 조금 남았을 뿐. 그곳에서 사람이 죽은 직후라고는 쉽사리 믿기지가 않을 지경이다. 시체도, 살점조차 남지 않았으니까.

"미스미 군, 너……!"

"감히, 이름 씨를!!"

이곳에 달려왔을 때 마침 「그 광경」을 목격했던 선배와 무녀 소녀가 「나」를 노려본다.

상쾌할 만큼 증오와 분노가 가득 찬 눈으로.

눈앞에서 동료가 살해당했다면 무리도 아닌 반응이기는 하다.

그런데 이름간드가 흑기사란 이름을 쓰고 선배의 동료라고?

게다가 저기 두 사람이 「나」에게 쏟는 증오는 명백하게 지금 막 발생한 감정이 아닌 것 같아.

놀라움이나 혼란에 빠진 분위기는 전혀 없고, 당장에 분노 및 증오로 직결될 수 있다는 것은 요컨대 예전부터 쭉…….

잠깐만, 설마!

살짝 고개를 숙이고 있던 「나」의 입가에 미소가 떠오르는 것을 보고 나는 조바심쳤다.

농담이지? 왜 「내」가 그런 짓을?!

토모에는, 미오는, 시키는 뭘 하는 거야?!

눈에는 딱히 감정을 드러내지 않고.

입꼬리만 끌어 올리는 미소를 머금은 채.

얼굴을 든 「나」는 왼손을 선배와 무녀에게 향했다.

이 녀석, 멈춰라.

멈추라니까?

"좀 늦게 왔네요. 선배 다음은 여신이니까 금방 끝내드릴게요. 아마 아프지는 않을 거예요."

멈춰라!

"내가 널 완전히 잘못 봤어. 돌이킬 수 없는 실수였다는 걸 이제

와서야 깨닫다니. 구제 불능이네, 정말로."

"아뇨, 인생이 다 그런 법이죠. 아, 선배."

살기 따위 티끌만큼도 없이 잡담이나 나누는 말투로.

그럼에도 나는 곧 이어질 「나」의 행동을 알 수 있었다.

웃기지 마!

왜 선배를, 「내」가?!

"전제레인지의 원리가—."

그러니까.

"—멈춰!!"

헉, 허억, 거친 숨소리가 내 입에서 나오고 있다는 것을 깨닫는데 조금 시간이 걸렸다.

이마를 만지자 땀에 잔뜩 젖어 있었다.

미끈거리는 독특한 감촉. 식은땀이야, 알아.

되풀이되는 거친 호흡을 일단 멈춘 뒤 깊숙이 숨을 들이마신다.

길게, 숨을 토해 냈다.

"꿈인가?"

이곳은 아공, 내 침실이었다.

전장도 아니고 선배도 없다.

"……꿈, 맞지?"

뜬금없는 내용이었던 주제에 이상하리만큼 선명해서 무심코 자신에게 물어본다.

이름간드는 이미 죽었을 텐데.

게다가 리미아의 용사 주위에도 호프레이즈 가문의 주위에도 흑기사라는 인물은 나타나지 않았다.

선배를 지키는 기사라면 분명 파티에 다른 사람이 있지 않을까.

왕국의 누구 기사라든가.

다시 잠들 마음도 안 든다.

완전히 잠이 깨어버렸다.

쳇. 문어 풀빵도 문어 샤부샤부도 엄청 인기라서 모처럼 즐거운 저녁 식사였는데.

시키는 아예 「냄비 요리의 심오함은 대체 얼마나 더 깊단 말인가」라는 말을 꺼내며 진짜 기뻐하는 얼굴로 인사해줬거든. 좀 웃겼지. 술이 얼근하게 들어갔었다지만, 꽤 재밌는 콩트였다.

"하핫."

조금이나마 편한 기분이 들면서 살짝 웃음이 새어 나왔다.

어차피 꿈이잖아. 신경 써 봤자 시간 낭비다.

……맞다.

"좀 이른 시간이지만 활이나 쏴볼까. 마음을 가라앉히고 싶기도 하고."

침상에서 나온 뒤 옷을 갈아입는다.

활을 준비하고 방 바깥으로.

부지 내에 만들어 둔 궁도장으로 향했다.

그리고 아침 해가 뜰 때까지 나는 무심으로 활을 쏘고 또 쏘았다.

4

묵직하게 손에 전달되는 분명한 무게감에 한 마디.

"무겁네."

"감상은 무게뿐이야?"

탁자를 사이에 둔 채 대면하고 있는 은발의 청년이 살짝 불만스러워하며 입술을 삐죽였다.

나는 지금 롯츠갈드의 모험가 길드 응접실에 있다.

"그럼 무게뿐이지, 뭐. 다른 건, 생각보다 많이 조그맣다거나?"

"그 물건을 직접 본 경험이 있는 휴만은 한 손으로 헤아릴 수 있는 숫자뿐인데 말이야. 귀한 상위 용의 알이잖아? 용과 관련된 연구자라면 부모를 죽여서라도 갖고 싶어 할 텐데."

럭비공 정도 크기의 알을 본다.

"아, 말을 듣고 보니까……."

"신비감이 좀 느껴져?"

"미오가 알면 맛보고 싶어 할 테니까 조심해야겠어."

"……."

눈앞에 있는 중성적인 용모와 정체를 알 수 없는 분위기를 지닌 미남자는 모험가 길드의 모든 것을 통괄하는 수장, 펄스.

—저건 세간의 눈을 피하기 위한 가명이고 진자 정체는 상위 용의 정점이라고 불리는 환상의 용, 만색(萬色)의 루토다.

취미로 모험가 길드를 만들어 운영하는 진짜배기 변태이자 자신의 성별까지 휙휙 바꿀 수 있는 **양성류**. 몇백 년인지 몇천 년인지

긴 세월 동안 단련한 철두철미 내숭 스킬도 보유하고 있다.

솔직하게 말해서 별로 친해지고 싶지 않은 녀석이었다.

지금은 자유자재의 포커페이스도 기능하지 않고, 내 앞에서 얼굴을 실룩거리며 어이없음과 곤란함이 뒤섞인 미소를 띠고 있다.

"뭐, 그런 것보다도. 이걸 제국의 영토 안쪽에 있는 바닐라 사막의 그론트 씨에게 가져다주면 된단 말이지?"

"응. 가능하면 네가 용들의 사회도 봐주기를 바라서 말야. 일단은 그 아이, 랜서부터. 무리하게 의뢰를 맡겨서 미안하다는 생각은 가지고 있어. 물론 케류네온의 사정도 포함해서 충분한 보답을 약속할게."

루토의 표정이 평소처럼 부드러운 미소로 바뀐다.

이번에 루토가 맡긴 의뢰는 한때 용 살해자라고 불렸던 모험가, 소피아 부르거가 상위 용을 대상으로 벌였던 흉행과 관계되어 있다.

이 양성류는 소피아에 대해 「나의 피를 이어받은 녀석이야」라며 간단하게 소개했었지만, 그 이상으로 깊이 이야기하려고 들지 않는다.

언젠가 때가 온다면 이야기한다는데 어떻게 되려나, 글쎄.

의뢰를 맡기며 같이 알려준 정보는 썩 많지 않았다.

지금 건재한 상위 용은 셋이며, 다른 용들은 알이 되어 있다는 것. 알은 각지에 있는 용의 권속이나 신봉자 등이 맡아서 언젠가 다시 태어날 때를 기다리고 있다는 것.

또한 녀석들의 정보와 소재지.

그리고 나는 거기에 이 알을 배달하는 게 임무다.

루토에게 제시받은 보수는 형태가 있는 종류가 아니라 이 녀석이 아는 정보의 제공 및 마족의 영토 안에 존재하는 나라— 케류네온에 대한 원조 등.

상위 용의 알이 비록 꽤 귀중품이라지만, 물품 배달의 보수치고는 파격의 대가였다.

"보수, 기대할게. 어차피 그리토니아에는 갈 생각이었으니까 겸사겸사고."

"후후후, 그리토니아의 릴리 황녀구나. 너를 초대한 데는 황녀뿐 아니라 용사의 의사도 반영됐을 거야. 마코토 군이 마음을 터놓을 만한 상대는 아니지만, 느닷없이 잡아먹히는 전개도 없을 테고. 적당히 경계하면서 제국 관광이라도 하고 오면 되겠네. ……후유, 나도 같이 가고 싶었는데."

"제국 관광? 나중에 리미아 왕국에도 가게 될 테니까 관광이라는 기분은 딱히 안 드는데. 뭐, 재미있게 지내다 올게."

요슈아 왕자에게 연락을 해달라며 선배에게 부탁받은 뒤 나는 곧장 실행에 옮겼다.

그런데 왕자, 아니, 공주……?

아, 몰라, 이 문제도 되게 귀찮네!

그냥 요슈아 씨로 부르자.

요슈아 씨에게 연락 주고받을 때는 일단 담당 부서를 통해달라는 말을 들었던 터라 리미아의 관리와 얘기를 진행하던 중 조만간 왕국에 가기로 결정됐다.

한편 그리토니아 제국의 릴리 황녀에게도 이런저런 문의를 받던 참이라서 이쪽도 제국에 한번 들러야 할 분위기가 됐다.

딱히 으름장을 놓았다거나 뭔가 강요당한 것은 아니지만……. 뭐랄까, 이게 거절하는 게 조금 힘들달까. 괜히 끌려다니는 느낌이 든다.

"리미아 왕국……. 아, 그쪽은 요슈아 왕자에 용사 히비키구나. 후후, 너도 완전히 인기인이 됐어."

루토가 남의 일처럼 웃는다.

"혼자 재밌다고 웃지 마, 나쁜 자식아."

"실제 재밌으니까 어쩔 수 없잖아. 내 도움이 필요하면 언제든 말만 해. 네가 의지만 해줘도 나는 기쁠 테니까."

"도움을 받고 싶어지면 그때는 부탁할게."

"……기다려볼게. 그리고, 왕국과 제국은 어쨌든 간에 혹시나 「더욱 북쪽」에 갈 마음이라면—."

"……뭔데?"

"알이 있으니까 길드에 들려주고."

"아……. 그래그래."

그러고 보니 마족의 영지에도 알 배달할 곳이 있었다.

상위 용의 알을 가지고, 전쟁 벌이는 각 세력에 인사 순회인가. 모르는 사람이 보면 엄청나게 수상한 일행으로 보일 것 같네.

하다못해 행동은 조금 얌전하게 하도록 하자.

……가능한 범위에서.

"동행자는 토모에와 시키였댔나? 제국의 용사, 토모키는 토모에한테 집착이 있어. 조심해."

"충고 고맙네."

"가는 사람이 네가 아니었다면 토모키의 발키리 문제로 주의를 줘야 할 테지만. 그쪽은 걱정 없겠지."

발키리……? 처음 듣는 말인데.

총 이외에 다른 문제는 지금까지 제국의 정보를 별로 안 모았거든.

루토의 말 때문은 아니지만, 이 기회에 이것저것 보고 다니는 시간을 가질 필요도 있겠지 싶네.

"발키리? 걱정은 무슨 뜻이야?"

"토모키한테 푹 빠진 아이들, 대충 이렇게 생각하면 될 거야. 걱정이란 말은……. 나한테도 안 흔들리는 네가 어중간한 미인계에 넘어갈 것 같다는 생각은 도저히 안 드니까 필요 없다는 말."

"……너한테 흔들리겠냐."

양성류잖아? 아니, 상위 용이잖아, 이 자식아.

전부 다 알면서 받아들이려면 상당히 경험 풍부한 맹자에 한정되지 않을까.

"지금 바깥에서 기다리고 있는 비서도 나한테 푹 빠져 가지고……."

"알, 책임지고 배달할게. 그럼 나중에 보자, 변태(루토)."

루토가 말을 마치기 전에 나는 재빨리 자리를 떴다.

"……뭔가 굉장히 실례되는 호칭으로 불린 것 같은데. 뭐, 됐어. 또 보자, 마코토 군."

제국으로 떠나는 아침.

상위 용에게 의뢰를 받는 꽤 진지한 상황이 분명히 맞을 텐데도 뭔가 묘하게 지쳤다.

그리토니아인가. 처음으로 가는 나라인데 어떤 곳일까.

사실은 릴리 황녀는 어쩐지 좀 꺼림칙스럽기도 하다.

하다못해 마음 편한 장소라면 좋을 텐데 말이야.

◇◆◇◆◇

"누, 눈이 엄청나네. 위도는 왕국이랑 별 차이가 없을 텐데 이 차이는 도대체 뭐야."

무심코 저런 감상이 입 밖에 튀어나왔다.

리미아 왕국은 녹음 가득한 풍요로운 나라라고 들었다.

그야 그리토니아 제국은 심한 추위의 땅이라는 걸 책이나 소식을 들어 알기는 알았지만 말야. 실제 보니까 기가 막히는 수준이다.

이러고도 지도에서는 왼쪽 오른쪽 나란히 위치한다는 게 진짜 신기하다니까.

"그리토니아는 높다란 산도 많은 땅이니 말입니다. 장소에 따라서는 겨울철 적설량이 수 미터에 달하는 경우도 있다더군요."

토모에는 하얀 입김을 내뱉으며 저 멀리 우뚝 서 있는 험준한 산을 바라봤다.

선두에서 가던 시키가 걸음을 멈춘 뒤 고개 돌렸다.

"그러나 이렇듯 타국의 기후를 접해보는 것도 여행의 즐거움이기는 하지요."

황금 가도를 걷고 있는데도 이렇게 달라 보이는구나.

츠이게에서 본 황금 가도는 쭉 똑같은 풍경이 이어지니까 오직 쭉 뻗어 나가는 길만 보인다는 느낌이었는데.

"이곳보다 더욱 북쪽에 있고 산들이 더 많다는 마족의 나라는 과연 어떤 곳이려나. 상상도 안 되는걸."

"마족 녀석들이 사는 곳은 아예 빙원이라고 말해야 할 테지요. 물론 눈도 이곳보다 많이 내리는 데다가 바람도 추위도 격이 다릅니다그려."

"휴만에게는— 아뇨, 생물에게는 지극히 험한 기후이죠."

두 사람은 그곳을 알고 있구나.

그나저나, 생물에게 험한 곳인가……. 가보고 싶기도 하고, 방안에서 따끈따끈하게 지내고 싶기도 하고…….

제국령에 진입해서 조금 지나자 눈이 내리기 시작했다.

발밑에 쌓이는 눈도 두께가 불어나고 있다.

롯츠갈드에서 출발할 때 준비했던 방한구는 절대 호들갑이 아니었다고 생각을 달리하게 된다.

설국(雪國)의 특집 같은 데 실리는 큼지막한 귀마개에도 큰 도움을 받고 있다.

우리는 먼저 로빈이라는 도시로 간다. 그곳에서 제도로 연결되는 전이진을 이용하도록 협의가 된 상황이다.

이런 눈 속을 하염없이 걸어가려면 꽤나 힘이 들 테니까 전이를 이용할 수 있다면 무척 고맙지.

"황금 가도를 걷는 게 아니라면 조난할 자신이 있어, 난."

"……어째서일까요. 도련님의 입에서 조난이라는 말을 들어도 전혀 위기감이 안 느껴집니다."

"죄송하게도 저 또한 동감이군요."

종자들이 나한테 너무하다.

확실히 며칠 안 먹어도 버틸 수 있고, 눈은 어쨌든 간에 기온 자체는 썩 춥게 느껴지지 않는다. 만약 어딘가에서 방향을 잃고 헤매더라도 아공에 돌아가면…….

어라, 조난이라는 말의 비장감이 점점 약해지네.

"그, 그러고 보니, 토모에는 말이야! 제국의 용사하고 면식이 있다고 했지? 어쩐지 별로 좋아할 수가 없다는 말을 하지 않았던가? 진짜 안 내키면 시키한테만 맡기거나 라임을 불러서 바꿔도 괜찮았을 텐데."

"처음에는 그렇게 할 생각이었습니다만, 라임은 따로 로렐에 보낸 참이라서 말입니다. 게다가 히비키의 기억은 비록 도련님만큼은 아니었습니다만, 대단히 재미있는 내용이었던 터라. 만에 하나, 제국의 그 녀석이 재미있는 사실을 알고 있기를 기대하며 따라왔습니다. 이전에 읽어 들였던 기억을 덜컥 파기했던 것은 좀 섣부른 행동었습니다."

"흐음. 뭐, 토모키 군? 걔도 일본인이니까 뭔가 내가 잘 모르는 부분을 알고 있기는 할 거야. 직접 만나는 게 싫다면 시키한테 이것저것 부탁할 테니까 부담 없이 말해줘."

그렇게 대답한 뒤 나는 깨달았다.

어라? 뭔가 마음에 걸리는데.

"……저기, 도련님. 사소한 문제입니다만. 음, 이때는 제가 토모에 님께「부담 없이」말하시라 뜻을 전해야 할 상황이 아닌지……."

시키가 쓴웃음 지으며 자기주장을 하고 있다만, 그게 아니라…….

앗!!

"뭐야. 잠깐만, 토모에."

"무슨 일이신지?"

"라임을 로렐에 보냈다는 소리는 뭐야?!"

은근슬쩍 말하고 넘어간 탓에 흘려들을 뻔했어!

"뭘요, 히비키가 저희에게 흥미가 있는 것 같아서 말입니다. 기본적인 경고는 해 두었습니다만, 일단 라임에게 감시를 부탁했지요. 그게 전부입니다, 안심하시길."

뭐래, 안심하겠냐!

경고는 또 뭔데, 경고는! 무서운 짓 하고 다니는 거 아니지?

"기본적인 경고면, 무슨 말 했어?"

"호기심은 고양이를 죽인다고 말이죠. 어디를 들여다보든 자유이나 들여다본 결과로 어떤 조처가 이루어지든 자기 책임이라고 말해줬습니다. 뭐, 경고라기보다는 극히 평범한 주의로군요. 제국이다, 왕국이다, 케류네온이다, 마족이다, 저희가 바삐 움직여야 할 텐데 자꾸 기웃거리면 귀찮잖습니까."

……다음에 만나면 애가 막말해서 죄송했다고 사과는 조금 해야겠네.

그나저나 토모에는 선배를 꽤 경계하고 있구나.

상회— 아니, 나를 생각해서 한 일이겠지만.

오히려 내가 선배한테 너무 무방비한 걸까.

그래도…… 같은 일본인이고 같은 고등학교의 선배이고, 나쁜 사람은 절대 아니었어.

그런 사람도 신경 써서 경계해야 하는 걸까…….

확실히 오랜만에 만난 선배에게 약간은 위화감을 느꼈다.

자세하게 어디라고 말할 순 없지만, 예전에 내가 알았던 선배와 아주 똑같지는 않을지도 몰라.

의심도 필요한 건가……. 왠지 좀 싫구나.

위화감.

응. 고민은 무슨 정체든 이유든 깨달은 다음에 하면 된다.

용사와 얽히게 된 지 별로 오래되지도 않았고, 급히 처리해야 할 일도 아니잖아.

◇◆◇◆◇

—제국에 배신당했습니다.

사실은 나, 제도 루이너스의 외관을 무척 기대했거든.

판타지 세계에 있는 설국의 대도시라니까 어떤 환상적인 풍경일지 궁금하잖아.

예를 들어 스팀 펑크 느낌으로 증기가 여기저기에서 뿜어져 나오는 투박한 기계 도시라든가.

예를 들어 녹지 않는 얼음을 깎아서 만든 건축물이 햇살에 반짝이는 환상적인 얼음 도시라든가.

전혀 없었다.

물론 훌륭하지만, 뭐, 성채 도시랄까, 뻔한 느낌이야.

이러면 맨 처음 들렀던 큰 도시— 로빈이 오히려 설국 정취가 있었지.

지금 내가 있는 곳은 높은 산의 중턱에 있는 전이진 시설.

이곳에서 제도 루이너스를 한눈에 내다볼 수 있다.

루이너스까지는 이제 한 번의 전이를 남겨 놓았는데, 로빈부터 따라와준 안내 담당자가 꼭 제도를 구경해보시라며 시간을 따로 빼줬다.

쓱 내려다보니 주위는 하얀빛 일색인데도 정작 도시의 안쪽에는 눈이 쌓여 있지 않았다. 롯츠갈드와 비슷하게 평범한 광경.

아마 도시의 관리 부분에서 마술을 쓰는 게 아니려나. 눈을 다 녹여버린다거나.

기대했던 장면과 너무 다르잖아…….

찌그러진 원형으로 퍼져 나가는 제도는 세 개의 외벽에 의해 바깥 둘레부터 중추까지 구획이 나뉘어 있다.

중앙에는 여기에서도 곧장 알아볼 수 있는 성이 위치한다. 저곳이 황제가 있는 장소겠구나.

제국에서는 주민들에게 등급을 매긴다니까 저 외벽은 주민들의 신분 차이를 나타내는 기준일 수도 있겠다.

계급 사회란 말이지.

휴만과 아인 사이에 당연하다는 듯이 신분의 차이가 있기도 하고, 같은 규칙이 휴만끼리도 존재하는 게 딱히 이상하지는 않다.

그런 관습을 한 번쯤 몸소 느껴보는 것도 귀중한 기회 아닐까.

"제도는 어떠십니까? 도련님."

"글쎄, 눈이랑 얼음이 많을 것 같은 이미지였는데."

"저도 마찬가집니다. 뭐라 표현할까, 풍치가 없는 도시이지요."

"기대했던 광경이랑 조금 다르네. 이번에는 이틀쯤 체류 예정이라서 이것저것 구경하고 다닐 시간 여유는 없을 테니까 이렇게 전체를 볼 기회가 주어졌다는 게 기쁘긴 한데. 도시 분위기 같은 건 시키가 대신 조사해줄래?"

"분부 받들겠습니다. 빈 시간에 도시의 상황을 살펴보고 오지요. 이 지리 조건에 이 시기, 도시가 눈에 뒤덮이지 않은 것 하나로도 상당한 국력이 있음을 예측 가능합니다만, 확실히 풍치가 없다는 말도 할 수 있겠습니다. 후후, 두 분의 견해는 무척 재미있습니다."

"잘 부탁할게. 나는 이 녀석을 직접 배달해줘야 하니까."

자신이 등에 메고 있는 커다란 자루를 본다.

랜서의 알이라고 했지.

이 물건을 그론트라는 상위 용이 있는 곳까지 가져다줘야 한다.

길 안내는 루토가 릴리 황녀에게 이미 연락을 마쳐 놓았다.

루토, 그 녀석 진짜 수수께끼의 인맥을 갖고 있구나. 여지가 없는 변태지만, 이런 세세한 배려는 순수하게 고맙다.

"아차. 안내자분을 너무 기다리게 하면 미안하지. 슬슬 가볼까?"

"네."

"가십시다."

토모에와 시키에게 말을 건넨 뒤 멀리서 이쪽을 보고 있던 안내 담당자에게 손을 흔들어 신호했다.

남은 전이는 한 번. 그다음 제도 내부에서 몇 번쯤 보안 체크를 받은 뒤 황녀의 거처로.

그곳에서 제국의 용사가 기다리고 있다.

이와하시 토모키인가.

나이는 나보다 두 살 아래인데, 용사로서 전장에 나가 대활약을 펼치고 있다던가.

그럼 제도에서 조금 떨어진 위치에 보이는 크레이터 같은 흔적은 저 녀석이 저지른 짓이려나.

기대가 절반, 불안도 절반.

태연하게 걷는 종자 두 사람을 믿음직하게 생각하며 나는 전이진에 올라섰다.

◇◆◇◆◇

"그럼 라이도우 님은 이쪽 방에서 잠시만 기다려주십시오. 다른 두 분은 저희와 함께 가시지요."

"……알겠습니다. 토모에, 시키. 이따가 보자."

황녀에게 인사를 할 때는 대표만 하는 것이 관습이라기에 두 종자는 안내자를 따라 성 안쪽으로 사라져 갔다.

딱히 교섭을 할 거리가 있진 않을 테니까 고분고분 말을 들어서 방에 들어간다.

교섭 관계로 나만 고립시키려는 수법이어도 상의한 뒤 연락하겠습니다, 라고 시치미 떼기로 정해 뒀으니까 별 의미가 없고 말이야.

그게 아니면 무엇을 위해 토모에랑 시키를 데려왔냐는 얘기가 되지.

그나저나 격리한다면 내가 아니라 토모에가 대상일 것 같았는데 조금 의외구나.

릴리 황녀를 기다리는 동안 안내받은 방을 둘러본다.

과연 대국의 수도답게, 게다가 황제가 거처하는 성답게 자라 씨와 렘브란트 씨의 상회에 있는 응접실보다 더욱 호화롭다.

쓸데없이 번쩍번쩍하는 게 아니라 차분하게 안정된 분위기의 장식과 더불어 비치한 물건 하나하나가 기품과 고급감을 만들어 내고 있었다.

무슨 소리를 하고 싶냐면, 진정이 안 된다는 거다.

깊이 파묻히는 소파에 앉아 대접받은 차를 마신다. 허리 주변이 너무 푹신푹신해서 자세가 자꾸 흐트러진다.

음, 인기척이네.

두 사람. 조금 뒤쪽에 세 사람 더.

전부 다섯 명? 많구나.

이미 방 바깥에서 경비를 맡은 두 명이 대기 중이었고, 실내에도 메이드 씨가 있는데.

뭐, 일어나서 기다리는 게 좋겠지.

자리에서 일어난 내게 반응하며 얼굴을 들어 올렸다가 직후에 문이 열리자 메이드 씨는 곧 한 발짝 물러나서 본래 위치로 돌아갔다.

내가 감지한 대로 들어오는 사람은 다섯 명.

"잘 와주셨습니다, 라이도우 님. 롯츠갈드에서는 신세를 많이 졌죠. 다시금 감사의 말씀을 전하고 싶습니다."

맨 처음 입을 연 사람은 릴리 황녀였다.

이 중에서는 유일하게 내가 얼굴을 아는 사람이다.

"이렇게 귀한 곳에 초대해주셔서 감사합니다, 릴리 황녀. 이 깊숙한 눈 속에서도 이토록 거대한 도시를 번영케 할 수 있는 제국의 힘을 몸소 느끼고, 부끄럽게도 저 같은 사람에게는 너무 과분한 곳이 아닌가 싶어 송구스러웠습니다. 하오나 롯츠갈드에서 만나 뵈었던 분과 이렇듯 재회할 수 있어 조금은 안심이 되는군요."

살짝 떠듬떠듬했지만 간신히 대강 격식을 차린 인사를 마쳤다. 머릿속에 준비한 말과 썩 다르지 않은 무사히 읊은 것 같다.

"제도를 칭찬해주시니 기쁘군요. 유감스럽게도 체류 일정은 많이 짧아져버렸지만, 즐겁게 지내실 수 있도록 안내해드릴게요. 음, 곧 떠나시겠지만……. 당신의 얼굴을 보니 자꾸자꾸 욕심이 솟아나는군요. 돌아가실 때까지 많은 것들을 직접 보시고 꼭 우리 나라에 점포를 내고 싶다고 느껴주신다면 더욱 기쁘겠어요. 아무쪼록 검토를 잘 부탁드릴게요."

어라, 롯츠갈드에서 만났을 때보다 전체적인 말투나 분위기가 누그러졌네.

자기 나라라서?

그래도 교섭을 하는 자리는 아니라더니 말 곳곳에 함축을 담아내는 게, 이미 단순한 안부 인사는 아니게 된 것 같다.

무엇보다 입가는 평온한데도 눈 안쪽은 웃질 않거든.

역시 어렵구나, 이 사람.

암튼, 그 옆쪽에 있는 녀석이 용사인가. 황녀의 옆에 나란히 있으니까 틀림없겠네.

일본인이라고 들었는데. 오드 아이라고 하던가? 왼쪽 오른쪽 눈동자 색깔이 다를 뿐 아니라 머리카락 색깔도 천연의 은색. 용모를 만지작거린 걸까. 아니면 그냥 부모님이나 조부모님이 외국인인가?

두 살 아래인데도 신장은 꽤 크다. 확실하게 180센티미터는 넘기겠는걸.

이 세계의 휴만과 섞여 있어도 별 위화감이 없는 미남자다. 그 점은 히비키 선배와 똑같구나.

오호라~ 흠흠, 이런 녀석이 여신의 취향인가.

내 시선을 알아차린 릴리 황녀가 옆쪽 남자를 소개했다.

“아, 맞다. 재회를 기뻐하기만 할 자리가 아니었죠. 라이도우 님, 소개할게요. 이쪽이 제국에 힘을 다해주고 계시는 용사, 토모키 님이세요.”

역시나.

“당신이 용사님이셨군요. 처음 뵙겠습니다. 쿠즈노하 상회의 대표 라이도우라고 합니다. 만나 뵈어서 영광입니다.”

“이와하시 토모키다.”

퉁명스럽게 답한 토모키 군은 뚫어져라 나를 쳐다봤다.

“왜요?”

“왜요? 왜겠냐. 너, 일본인이지? 휴만 얼굴도 아니고, 그렇다고 아인은 아닐 테고. 게다가 라이도우? 가명인 게 뻔한 이름을 지껄이는 이유가 뭐냐."

…….

한 방에 들켰습니다.

어휴……. 그야 뭐, 나는 얼굴이 시원찮지.

라이도우라는 이름도 일본 느낌은 살짝 있는데 요즘에 쓸 이름이 아니니까 아는 사람은 알 수 있거든?

으음~ 그래도 바로 들켜버리네.

"아, 하하하. 뭐, 사정이 좀 있어서요. 지금은 여기에서 장사 쪽 일을 합니다."

"본명은?"

내가 웃으며 얼버무려도 아랑곳 않고 토모키는 거침없이 질문했다.

솔직한 거야, 무례한 거야.

"토, 토모키 님? 무슨 일이신가요?"

릴리 황녀가 나를 힐끔 본 다음에 토모키에게 물었다.

나와 토모키의 사이에 모종의 관계가 있는 것 같다는 사실을 알고 적잖이 동요하는 모습이었다.

"이 녀석, 라이도우라는 이름으로 둘러댔는데 말이야. 나랑 똑같이 이세계인이거든. 얼굴 생김새로 거의 확실하게 일본인 확정. 즉 나와 같은 나라에서 온 인간이란 뜻이지."

"토모키 님과 똑같은…… 용사?!"

"—인지 아닌지는 아직 몰라. 여신한테 세 번째 용사가 있다는 말은 전혀 못 들었다고. 게다가 이 녀석은 가명 쓰면서 웬 장사꾼 노릇을 하고 있다잖아. 쳇, 이봐. 이름이나 가르쳐줘라."

"……미스미 마코토. 나는 고등학교 2학년 때 이쪽에 왔어. 너보다는 두 살 위겠네."

"내 나이는 어떻게 알아?"

"히비키 선배한테 들었지. 여기에 오기 전 롯츠갈드에서 선배를 만났거든."

뭐야, 이 녀석. 내가 연상이라고 말을 해줬는데 언제까지 반말로 떠들 셈이야?

"선배? 그러면 너, 히비키랑 똑같이 나카츠하라 고등학교의 학생이었던 거냐."

히비키?!

선배까지 이름을 막 불러?!

굉장하네. 전혀 이해할 수 없는 존재가 나타났다.

말투에 항의를 하고 싶지만, 지금 따지면 좀 상황이 귀찮아질 것 같았다. 황녀도 있는 자리이고 아마 용사의 동료이거나 친한 사이일 듯한 사람도 뒤에 세 명이 있고 말이야.

"맞아, 그렇게 되네."

"……흐음. 별로 마음에 안 드는데, 그거."

엥?! 마음에 안 든다는 게 무슨 소리야!

어떤 의미인지는 둘째로 쳐도 대놓고 할 말은 아니잖아?!

"저기, 토모키 님? 이 자리는 인사만 나누기로 한지라, 서로 소개를 마친 뒤 다음 이야기는 나중에……."

나와 토모키 군의 이야기가 길어질 수 있겠다는 생각이 들었는지 황녀가 눈치 빠르게 대화를 끊어준다.

그건 그렇고…… 이 녀석, 토모키 군. 본인은 누구와도 대등하다고 생각하는 타입의 중학생이었던 걸까.

으음, 나이가 더 많다는 데 얽매이는 내가 옛날 사람인가?

나한테는 한 살만 더 많은 사람이어도 존댓말 쓰는 게 당연한데.

궁도부에서도 이랬던 탓에 부 활동의 인간관계가 무의식중에 배어든 걸까.

"아니야, 릴리. 이 녀석이 일본인이라면 내가 잠깐 이야기를 해야겠어. 그래야 더 빠를 테니까."

"하오나 그 말씀은……. 이분은 제가 초대한 손님이기도 하고, 다른 사안으로 부탁을 받아 온 분이기도 해서요."

"미안. 전부 나중으로 미뤄줘. 이 녀석은 부하들 둘이 따라왔으니까 그쪽에 말해서 시키면 될 거다."

이 자식, 네가 마음대로 정하지 마!

도대체 뭐야. 나 잘났다 지상주의네.

릴리 황녀가 말한 「다른 사안」은 그론트가 있는 곳으로 길 안내와 전이진 사용 허가일 테니까 나랑 직접 관계가 있는데 말이죠?!

아, 진짜. 제대로 설교 좀 해줄까?

"……라이도우 님."

"네."

황녀가 나를 라이도우라고 불렀다.

마코토라고도 미스미라고도 부르지 않았다.

"펄스 님에게 의뢰를 받은 건 말입니다만……. 실제 이동하시게 될 분은 동반하신 두 부하분 중 한쪽일까요? 그러면 제가 상세한 내용을 대신 전달해드릴 수 있습니다만.”

……엥, 이걸 황녀가 져준다고?

주위의 메이드 씨랑 황녀의 뒤쪽에 있는 3인조는 전부 토모키 군의 매료가 가진 힘에 당한 탓인지 핑크빛 분위기라서 말이 안 통하겠다는 느낌이고, 믿을 사람은 지배하게 안 들어갔을 황녀 하나뿐인데…….

그건 그렇고 생각보다 매료의 힘은 기분이 나쁘다.

독한 향수를 뿌린 사람들이 가득 찬 엘리베이터 안에 올라탄 느낌이야.

“아……. 그거 말인데요. 제가 직접 갈 예정이었던지라, 얘기는 제가.”

“……라이도우 님이? 실례되오나 그론트의 영역은 절대 만만찮은 곳이……. 아, 그랬지요. 토모키 님과 같은 이세계에서 온 분이라면 확실히 감당할 수 있는 능력은 지니셨겠지요. 알겠습니다, 잠시 저희는 자리를 비우도록 하죠.”

릴리 황녀는 일어나서 뒤쪽에 대기하고 있던 여성들에게 눈짓했다.

“릴리. 자리 비우는 건 릴리 하나면 돼. 다른 여자들은 여기에 놔두면 좋겠는데.”

“그럼 전 잠시 실례하지요. 일행분께도 드릴 말씀이 있는지라 그쪽에 가보겠습니다.”

“그래.”

“아, 네에.”

와아, 진짜 황녀가 밖에 나갔어.

토모키 군, 이 나라에서 권력이 얼마나 센 거야?

제국의 용사라는 게 이렇게 절대적인 존재였어?

"흠, 좋아."

토모키 군은 내 맞은편 소파에 호쾌하게 몸을 던지더니 편한 자세로 앉았다.

방금 막 말한 대로 메이드 씨와 의상에 꽤 신경을 쓴 드레스 차림 아가씨 셋은 실내에 있다.

특히 아가씨 셋은 어딘가 흐리멍덩한 표정으로 토모키 군의 뒤쪽에 대기하고 있다. 다들 예쁘긴 한데 아까도 느꼈듯이 매료의 힘이 코를 자꾸 찔러서 기분이 안 좋다.

"설마 일본인 남자와 만나게 될 줄은 몰랐네. 아, 앉아라."

"……."

재촉하는 대로 나 역시 앉는다.

뭐랄까, 누구에게든 이런 태도인 걸까.

"자, 툭 까놓고 얘기해볼까? 일단 난 이번에 너희들한테 반드시 요구하고 싶은 게 딱 하나 있어. 먼저 말해도 되냐?"

"그 전에, 내가 토모키 군보다 두 살 위인데 말야. 선배한테 존댓말은 안 쓰는 거야?"

"뭐래? 좀 먼저 태어났을 뿐 처음 만난 녀석한테 무슨 존댓말? 난 사람에 따라 태도 바꾸는 게 오히려 실례라고 생각하는데? 나랑 넌 지금 막 만난 사이이고, 사회에 나가 위아래를 정하는 건 나이가 아니라 실력, 더 분명하게 말하면 신분이잖아?"

먼저 태어났다는 것도 처음 만난 사이라는 것도 나한테는 충분히 존댓말을 쓸 조건에 들어가는데.

히비키 선배, 이런 녀석이면 미리 말해줬어야죠.

그랬으면 나도 처음부터 포기한 채 왔을 텐데.

……아마도.

"……아, 그러셔."

"애당초 존댓말인지 뭔지 따지려면 엄연히 내가 용사인데 상인에 불과한 네가 공손하게 존댓말 쓰는 게 맞지. 같은 일본인이고 나이가 어리다고 태도를 바꾸는 네가 예절을 말할 자격이 되냐? 선배 후배 이전에 지위가 중요하니까 말이야."

"……."

……이 자식, 진심이냐.

대충 알겠네, 토모에가 싫어하는 이유도 선배가 말을 흐렸던 이유도 대강 짐작이 된다.

떠드는 말 하나하나를 따지지 않아도 전부 자기한테 유리하게 해석하려는 경향이 아주 역력하다.

한 입으로 두말하는 정도가 아니라 세 번이든 네 번이든 자기가 한 말을 바꿔 치겠어.

그야 상인이랑 용사면 지위는 용사님이 더 대단한 게 맞긴 맞겠지. 근데 히비키 선배는 자기 지위를 방패 삼아서 태도를 함부로 하지 않았거든.

"뭐, 이 부분은 더 따지지 않겠어. 서로 마음 편하게 얘기하자고. 아무튼……. 아, 맞다. 내가 너희들 쪽에 할 요구 말인데."

어라, 이 흐름은 뭘까. 어느 사인가 내가 실례를 저질렀다는 느낌으로 마무리됐어.

우리 말고도 네 명이나 사람이 더 있는데 아무도 이 녀석에게 이의를 제기하지 않은 것도 좀 이상하고.

"……들어볼게."

겨우 마음을 다잡고 짤막하게 대답을 했다.

"토모에, 나한테 줘라."

엉?

이 바보가, 뭐라는 거야?

단지 저 한마디를 생각하는 데 제법 긴 침묵을 필요로 했다.

왜냐하면 머리가 새하얘졌으니까.

왜 여기 앉아 있는지 진심으로 잊을 뻔했다.

사고가 싹 날아간다는 말이 진짜였구나, 생각이 들어서 말야.

"뭐?"

내가 되묻는 목소리가 방 안에 울려 퍼졌던 것은 또다시 조금 더 시간이 지난 다음이었다.

5

"물론 공짜로 달란 소리는 아니다."

"……."

토모에를, 내놔라?

분명 이 자식이 한 말이었다.

매료의 힘 덕에 탈 없이 지내는 것 같은데, 그 마안의 힘으로도 손에 넣지 못했던 토모에를 꼭 갖고 싶어졌구나. 그래서 나한테 토모에를 내놓으라고. 그런 거지?

장난감 사달라는 어린애도 아니고.

"이 녀석들 말야, 원래는 제국 귀족의 영애거든. 하지만 전투 능력에도 제법 적성이 괜찮아서 내가 단련시켰어."

저 말을 신호로 고개를 끄덕거린 세 명의 여성이 토모키의 곁에서 나의 양옆과 등 뒤로 다가왔다.

웃기지도 않은 발언 때문에 잠깐 멍해졌지만, 지금은 아마 냉정하다.

나는 묵묵히 이어질 말을 기다렸다.

"레벨은 셋 모두 400을 넘겼지. 얼굴과 몸매는 뭐, 보는 바대로. 이쪽에서도 제법 먹히는 여자라니까? 뭐, 일본이랑 비교하면 이쪽 세계의 녀석들은 다들 미형이지만 말이야, 하하!"

토모키는 상품 설명이라도 하듯이 주절주절 여자들의 신상을 내게 떠들기 시작했다.

"……."

양옆의 두 사람은 나와 또래쯤 되겠네.

아름다운 분위기의 아이와 귀여운 분위기의 아이다.

또 한 명, 등 뒤에서 살짝 몸을 구부린 채 나의 턱에다가 손을 가져다 대는 여성은 좀 연상으로 보인다.

릴리 황녀가 나의 취향이라도 알려준 건지, 아니면 단순히 이 녀석의 취미인지는 알 수가 없다.

귀여운 쪽의 아이가 무릎 위에 놓아두었던 내 손을 자신의 가슴으로 가져간다.

대놓고 유혹하는 거구나.

뭐, **뻔한 수작**은 아무래도 좋아.

"토모에의 레벨은 릴리에게 들어서 알아. 단순하게 세 명의 레벨을 다 더해도 조금 모자라니까 뭣하면 더 붙여주도록 할게. 나중에 내 하렘으로 안내할 테니 적당히 몇 명 골라 데려가라."

"……."

진짜 웃음도 안 나오는 자식이다.

어떤 경위든 간에 자신에게 마음을 준 여성들인데.

게다가 말야.

토모에는 내 가족과 마찬가지. 소중한 존재라고.

물건을 거래하듯이 사람을 주고받으려 하는 녀석에게 넘겨줄 마음은 티끌만큼도 없다.

"입이 붙었냐? 아, 긴장해선가? ……알겠다, 너 경험 없구나? 걱정하지 마라, 이 녀석들은 내가 빈틈없이 조교했거든. 처음은 이 녀석들에게 다 맡기면 괜찮을 거다. 내가 명령하면 누구의 침대에도 들어가고, 누구의 말에도 복종하지. 아까도 한 말인데 보통 사람 이상의 전투 능력도 갖췄다. 너한테 헌신하도록 잘 타일러서 넘겨주겠다고 약속하지."

"……."

매료로 지배해서 훈련을 쌓게 만들어 전투에도 이용한다.

루토가 말했던 발키리는 이 아가씨들이었구나. 아니면 토모키의 하렘에 있는 여자들을 전부 발키리라고 부르는 건가?

어느 쪽이든 간에 전혀 거침없는 태도다.

사람을 물건 취급한다. 일본인이며 여기에 왔을 때에는 중학생이었던 녀석이 용케 이렇게까지 태연하게.

일본에서 산 기억과 경험은 벌써 다 잊어버렸다는 말인가.

이제껏 쭉, 아마 앞으로도 매달릴 나는 굉장히 우습겠군.

"이봐, 말 좀 해봐라. 네가 원하는 것! 여자는 몇 명 원하냐? 돈이나 땅이야? 상업의 권리를 갖고 싶다면 뭔가 특혜를 만들어주지. 왜 입을 다무는 거야."

숨을 깊숙이 들이마셨다.

좋아.

"……거절이야."

"앙?"

작은 목소리로 한 말은 분명히 아닌데도 다시 되묻는다.

뻔히 들었을 텐데 못 들은 척 저러는 거다.

이 자식이 나를 압박하려는 의도다.

다만 어차피 자라 씨와 비교하면 산들바람같이 어설펐다. 진짜 신기하네. 상인 길드의 대표라지만, 용사보다 신분도 낮은 사람인데 자라 씨의 말이 나한테는 훨씬 더 와닿았다.

"거절한다고 말했어. 토모에는 나한테도 상회의 운영에도 대체할 수 있는 사람이 아니니까. 포기해."

"……그 말, 진심으로 지껄인 거냐?"

"포기해라. 토모에는 안 줘. 난 대답했어."

대놓고 나를 압박하며 거부의 말을 용납하지 않고자 위세를 쏟아 내는 토모키에게 딱 잘라서 대답해줬다.

"……너 말이다. 여신에게 별 대단한 힘도 못 받았잖아? 딱히 강하지도 않고. 토모에와 또 하나, 남자 녀석은 꽤 강하지만. 그런데 여기에 네 부하들은 없지. 릴리가 할 말 있다고 찾아갔으니까."

"그래서?"

"나는 네 능력의 효과, 이미 대충은 파악을 했단 말이지. 너는 나한테 못 이긴다. 꼭 힘으로 가르쳐줘야 고개를 끄덕거릴 테냐, 미련한 놈이. 여기는 방음도 완벽하다고?"

"……제대로 불러주지도 않는데 굳이 이름을 가르쳐준 의미가 별로 없구나. 처음 만났는데 어떻게 능력을 다 파악했다고 자신할 수 있어? 용사는 허풍이 특기인 거야? 허세만 부릴 줄 알고 사실은 쌈박질도 할 줄 모르는 타입이냐, 너는."

대충 뭘 파악했는데.

토모키가 어떤 도구를 써서 내 힘을 측정했다는 것은 안다. 저 자식한테는 일단 근거가 있는 거만함이다. 하지만 선배조차 내 힘은 알아낸 낌새가 거의 없었는데 이딴 녀석에게 파악될 것 같진 않거든.

설령 아까 본 크레이터를 만든 인물이 이 녀석 맞더라도 별거 아니다. 아무 위협이 안 된다.

"바보냐? 진짜 멍청하네. 아무래도 자기가 처한 상황도 제대로 이해를 못하는 놈 같아."

토모키의 말에 이어서 순간적으로 내 목과 심장, 아울러 손목 부근에 싸늘한 칼날이 육박했다.

말할 필요도 없이 아까 다가와서 몸을 붙이던 여성들의 행동이다.

다만 칼날은 마력체에 막혀서 직접 피부에 닿진 못했다.

비록 얇다지만 마력체를 베어 가를 만한 힘이 이 여자들에게는 없는 까닭에 경계할 필요도 전혀 없겠다.

그래도 토모키의 얼굴은 의기양양한 미소로 비뚤어졌다.

"이러고도 또 건방진 소릴 할 수 있겠어? 라이도우 님?"

"……."

끝까지 부아를 자극하는 녀석이구나.

어지간한 휴만보다도 짜증이 난다.

"나는 상대의 힘을 대강은 읽을 수 있거든. 방법은 기업 비밀이지만 말이야. 넌 거기 여자들 셋 중 누구에게도 못 이긴다. 그런데도 토모에를 거느릴 수 있는 이유라면—."

"……."

"네가 가지고 있는 게 강력한 테임 능력이기 때문이겠지. 너는 분명히 마물이나 용을 상당히 강력한 힘으로 지배할 수 있을 거다."

……완전 틀렸어.

어쩌다가 내린 결론인지는 잘 모르겠는데 반론할 마음도 안 든다. 애당초 진짜로 힘을 측정할 수 있는 능력을 가졌다면 아무리 이 자식 성격이 건방져도 이렇게까지 강하게 나오지는 않았을 테고.

다만 한 가지, 날붙이를 꺼내 협박했다는 게 고맙다.

먼저 손쓴 사람은 너잖아. 조금이나마 마음이 편해지는구나.

그냥 그란트가 있는 장소는 토모에한테 탐색을 부탁해서 알아내고 속공으로 볼일을 마쳐버리자.

이딴 나라에 오래 머무르고 싶지는 않아.

가능하면 두 번 다시 오기 싫다.

"와, 대단하네. 설마 꿰뚫어 볼 줄은 몰랐어. 과연 용사는 경시할 수 없는 존재구나."

마음에도 없는 소리를 꺼내며 나는 원래 방 안에 설치되어 있었던 방음 결계를 더욱 강화시켰다.

벽을 강화하고 문에도 자물쇠를 채운다.

끝. 밀실 완성이다.

"그러니까 네가 토모에를 양보해주면 녀석은 내게 따를 수밖에 없지. 맞잖아?"

"아하, 아하."

여자들 셋이 손에 든 칼날을 무시한 채 소파에서 일어나기 위해 다리에 힘을 넣었다.

"아니, 너—!"

"꺅!"

여자의 짧은 비명이 토모키의 말을 가로막는다.

여자의 손을 벗어난 칼 하나가 나와 토모키의 사이에 있는 탁자에 떨어져서 날카롭게 소리를 냈다.

일어선 나는 아직껏 앉아 있는 토모키를 내려다본다.

"이런 정도의 여자를 좀 쌓아주고 토모에를 손에 넣겠다? 내 종자를 무척 헐값으로 보는구나."

"이곳은 제국의 중추다. 이곳에서 나와 충돌하면 자신에게 얼마나 불리할지 알고 하는 짓이냐?"

토모키는 내 시선에 아랑곳 않고 등받이에 몸을 푹 기대며 되레 자신만만하게 마주 바라봤다.

"그래, 알아."

"뭐라고?"

"충돌해서 아예 부숴버리려고."

"훗, 허세는 관둬라. 겨우 한 명의 종업원을 내놓으면 대국 그리토니아의 비호가 약속되는데. 게다가 인재는 더 늘어나잖아? 잘 생각해라, 상인. 넌 그럭저럭 큰 상회의 주인이라지. 교섭 하나로 열 올리지 말란 소리다. 애당초 내 부탁을 받아들이면 너는 더 이상 장사꾼 짓을 안 해도 일평생 편히 살 수 있다니까? 저 녀석들을 모험가든 용병이든 부려 먹으면 되지."

"안됐지만 내가 대표여도 장식이나 마찬가지거든. 사실은 대표 신분이 잘 감당이 안 될 정도야. 만약에 네가 나한테 상인의 냉정함을 바랐다면 계산이 틀린 셈이지. 우리 상회는 조금 특수하거든. 지금 너를 두들겨 패지 않으면 아마 나중에 내가 토모에한테 혼날걸. 뭐, 이번에는 안 혼나도 패줄 테지만 말야."

토모키도 내 기세가 변한 것을 깨달았는지 살짝 거리를 벌리고 있던 여자 셋에게 지시를 내리려고 했다.

"너희들! 저 남자를—."

그러나 늦었다.

"잠들어."

마력체의 손을 뻗어서 여자들의 움직임을 막고, 아울러 직접 수면의 술법을 때려 박았다. 모르는 사람이 보면 내 말에 반응해서 아가씨들이 융단에 쓰러지는 것처럼 보였을 테지.

세 명에게서 떨어진 곳에 있던 메이드도 겸사겸사 재워 놓았다.

탁자를 걷어차서 길을 만든다.

"윽! 꺼흑."

곧장 토모키에게 돌진해서 놈의 관자놀이를 붙잡았다.

아직껏 일어서지 못한 토모키의 저항은 별것 아니었다. 용사로서 지닌 실력이 의심될 정도였다.

조건에 따라 강해지는 타입이려나.

그렇다고 해야 할 일이 달라지지는 않는다. 여차할 때 실력 발휘를 못 한다면 본인 잘못이잖아.

거머쥔 토모키의 얼굴을 바닥 융단에 내리찍어줬다.

큰 움직임으로 다리를 뒤로 들어 올렸다가 곧장 머리를 걷어 찬다. 꽤 거센 기세로 용사가 날아가서 벽에 쾅 부딪쳤다.

실내에 큰 소리가 울려 퍼져도 바깥 상황은 딱히 변동이 없었다.

방음과 강화는 충분히 효과를 발휘해주는 것 같다.

서두르지 않고 거리를 좁혔다.

"음."

다리를 멈췄다.

토모키의 손 부근에서 뭔가가 날아왔다.

술법이 아닌 도구다. 무기인가?

투척용 나이프가 셋. 평범한 나이프는 아닌 것 같은데 신경 안 쓴다.

다시 걸음을 떼며 막 날아드는 날붙이를 마력체로 막아 냈다.

나이프는 충돌의 순간 강한 광채를 쏟아 내며 폭발했다.

그래서 어쩌라고.

아랑곳 않고 거리를 좁혀 다가가자 토모키는 번뜩번뜩하는 눈으로 나를 노려보면서 술식을 날렸다.

갑자기 번쩍 빛나더니 뭔가가 마력체를 때린다.

빨랐다. 다만 약하다.

나를 겁먹게 만들려면 하다못해 소피아 정도의 화력은 보여줘야지.

굳이 피하지도 않고 공격을 전부 맞아주며 마력체의 손으로 토모키의 몸을 들어 올렸다.

아직껏 증오를 담아 쳐다보는 눈빛은 변함이 없네.

흐음.

토모에를 물건 취급했잖아, 나름 각오는 했겠지?

들어 올려서 벽에 밀어 친 토모키를 작정하고 패줬다.

딱 죽지는 않게 봐주면서.

동시에 여신 이외에는 처음일지도 모르는 기묘하게 뜨거운 감정의 존재를 마음속으로 느끼면서.

무슨 소리를 떠들든 무시하고, 무슨 발악을 하든 막았다.

그게 더 효과적이라고 생각했으니까. 그렇게 마음속에서 속삭이는 것 같았다.

입을 열었을 때는 얼굴을 집중적으로 노려 때리자 금방 다물었다.

마음껏 패면 좀 후련질까 생각했는데 딱히 기분이 풀리지도 않았다. 맨 처음 한 방 이외에는 딱히 응어리의 발산은 안 느껴졌다.

토모에한테 두 번 다시 손댈 생각을 못 하도록— 오직 단 하나의 목적을 갖고 폭력을 휘둘러 댔다.

이윽고 의미 있는 말을 못 하게 된 토모키를 내려준다.

"다행이네, 내가 약해서. 좀 맞고 끝났잖아."

아무 대답도 없이 몸을 구부린 채 두 팔로 머리를 감싸 쥐는 토모키의 꼴은…… 나에게 어떤 광경을 상상케 했다.

"……이번에는 네 입이 붙었나? 토모키, 이봐. 용사잖아? 맞을 때도 조금 더 당당하게 굴어야 하지 않아? 이래서는 마치 내가 강자고 네가 약자 같잖아? 아니라며?"

약자라는 말에 움찔 토모키가 몸을 떠는 게 보였다. 다만.

반응 하나를 파고들 의미가 없다.

토모키의 멱살을 직접 손으로 붙잡아서 가까이 끌어왔다.

마력체를 극히 자그맣게 압축한 뒤 대신에 계를 회복으로 변환시켜서 토모키의 상처를 치료한다.

마력체의 은폐가 해제됨으로써 내 주위에 마력의 빛이 새어 나왔다.

차라리 이 상태의 나를 판별했다면 토모키도 실력 행사로 몰아붙이자는 생각은 안 했을지도 모르겠네. 딱히 강자에게 도전하는 타입으로는 안 보이고.

선배든 간에 토모키든 간에 전투력에서는 특별히 대단할 게 없다.

아니……. 분명하게 잘라 말하겠는데 전쟁 자체가 나와 쿠즈노하 상회, 아공의 저력에는 위협조차 안 된다.

그러니까 토모에도 시키도 별로 나한테 잔소리를 안 하는 거지.

상황이 어떻게 굴러가든 돌멩이를 왼발로 찼다, 오른발로 찼다,

그 정도 차이밖에 없으니까 말이야.

전쟁 따위야 「귀찮아서」 굳이 관련되고 싶은 생각도 없지만.

이러저러하는 동안에 치료가 진행되며 토모키의 몸에서 외상의 흔적이 사라졌다.

나보다 키가 큰 토모키를 질질 끌면서 소파까지 데려다 놓고 강제로 앉혀 놓았다.

계를 다시 은폐로 설정하고, 아까 걷어찼던 탁자도 원래 위치에 갖다 놓는다.

어딘가 넋이 빠져나간 표정을 짓는 토모키의 뺨을 때려서 제정신을 차리게 했다.

"윽."

겨우 의사가 있는 눈으로 나를 쳐다보는 토모키.

다만 지금 눈빛에는 이제껏 보인 거만함과 오만함에 더해서 나약함과 두려움이 뒤섞여 있다는 것을 분명하게 확인할 수 있었다.

"다 회복시켜 놨으니까 마족과 전쟁할 때 아마 지장은 없을 거야."

토모키의 눈을 주시하면서 웃는 얼굴로 회복의 취지를 알려줬다.

"그러면 난 이만. 제국에는 다른 볼일도 있어서 말야. 꽤 바쁘거든. 물론 용사님만큼 다망하진 않겠지."

이야기하며 아가씨 셋과 메이드 씨도 내가 앉아 있었던 소파에 나란히 앉혀 놓는다.

나는 방에서 나가기 위해 바보들의 옆을 지나서 문으로 향했다.

문의 자물쇠와 벽의 강화를 해제한다.

"아, 맞다."

문손잡이에 손을 얹은 다음에 중요한 사실을 알려준다.

"두 번 다시 토모에를…… 아니, 쿠즈노하 상회의 그 어떤 것도 탐내지 마. 사고든 간에 고의든 간에 다음에는 용서 안 해준다. 네가 매료를 마음껏 쓰든 말든 상관 안 해. 관심 없어. 단 우리와 관련되지 않는 범위였을 때야. 잊지 마."

그래.

손을 뻗치겠다면 용서하지 않는다.

황녀도, 다른 나라의 사람들도.

딱 잘라 말하지 않은 까닭에 이딴 바보 같은 수작을 벌이는 거야. 역시 주인인 내가 빈틈투성이로 보이는 게 문제구나. 그게 쿠즈노하 상회를 맛있는 먹잇감으로 착각하게 만드는 거야.

따라서 여기저기 바보들이 자꾸 건드리려고 한다.

우리가 양보할 뜻 없는 최저한의 기준을 상대에게 딱 잘라서 알려주자.

그때 생기는 마찰은 필요한 비용이니까 감수해야겠지.

응.

이다음에 또 괴상한 흥정을 하는 바보가 나타나면 못 참아줄 테니까.

아공도 스사노오 님과 다른 신님들의 선물이 무엇인지 아직 정확하게 파악은 못 했고, 루토의 심부름도 아직 남아 있다.

리미아와 마족도 기다리고 있잖아.

그렇게 생각하면 여기서 토모키에게 가르침을 받은 게 결과적으로 플러스이려나.

제국에 온 의미도 조금은 있었구나.

복도로 나와서 방을 경비하고 있던 아마도 기사에게 할 얘기 다 끝났으니까 토모에랑 시키랑 합류하고 싶다는 말을 전했다.

누군가 안내인을 붙여줄 줄 알았는데 기사분이 직접 나를 안내해줬다.

설마 토모에와 시키까지 한바탕하진 않았겠지.

……그 둘이라면 걱정은 필요 없나.

후유.

두 손을 쥐었다가 펼쳤다가 하면서 결코 후회 때문은 아닌 한숨을 한 번.

어울리지도 않게 폭력적인 대응을 했네.

6

일면에 가득 펼쳐지는 모래의 대지는 하얀빛 일색.

와아…… 굉장하다.

그저 멋지다는 말밖에 나오지를 않아.

땅의 하얀빛과 하늘의 푸른빛.

내 시야는 두 색깔의 물감만 갖고 묘사한 회화 같았다.

"흐아……."

얼빠진 목소리가 나온다.

"라이도우 님. 만족하셨습니까? 저희 제국의 비경, 모래 바다입니다."

여성 기사가 뒤쪽에서 말을 걸어주어서 나는 간신히 여기 혼자서 온 게 아님을 떠올렸다. 그만큼 감동과 경탄에 지배되어 있었다.

"……정말로 멋진 경관이에요. 와, 진짜 감동 가득이네요."

"멋진 경관이라는, 말씀이십니까. ……그렇군요, 상인다운 감상인지도 모르겠습니다."

"상인다운 감상요?"

"실례. 상인답다는 말은 좀 아니군요. 전투에 몸을 둔 사람의 감상은 아니라고 느꼈을 따름입니다. 사막에는 마물도 다수 도사리고 있사온지라. 단지 아름답기만 한 장소는 아닙니다."

그리토니아 제국의 수도 루이너스에서 전이진으로 단 한 번.

이 여기사분은 비경이라고 말했지만, 사람들 사는 곳에서 많이 먼 곳은 아니다. 이곳은 루이너스에서 동쪽으로 산 하나가 막아주는 게 전부니까.

그러나 제국이 완전히 관리하며 출입 가능한 인물이 제한되어 있다는 의미에서는 사람의 손이 거의 닿지 않은 비경이라고 말하는 데 지장은 없겠다.

"하얀빛 모래 바다. 멋있어요, 좋은 구경을 했네요. ……그 변태한테도 고마워해야겠네."

"만족해주셨다니 저 또한 기쁩니다. 이곳은 제국의 관계자여도 그리 쉽사리 접근할 수 없는 곳이지요. 엄중하게 출입을 관리하고 있는 땅이온지라 그야말로 비경입니다. 라이도우 님은 이렇듯 직접 와 보고 계시지만, 물론 본래는 뜻을 이루지 못하셨을 겁니다. ……모쪼록 릴리 님과 토모키 님의 배려를 잘 알아주시면 감사하겠습니다.”

변태 발언은 흘려들어주기로 한 것 같아서 다행이다.

토모키 님이구나.

어제 용사 토모키에게 살작 본때를 보여준 뒤.

나는 토모에, 시키와 합류해서 릴리 황녀와 대화를 마쳤다.

루토에게 부탁받은 물건을 배달할 곳은 그리토니아 제국의 백색 사막이라는 장소. 그곳이 상위 용 그론트의 거처라고 한다.

마침 제국에 올 예정이던 우리가 겸사겸사 하기에 딱 맞는 용무이기는 하다.

그론트는 제국과 꽤 관련이 있는 용이라서 사막에 들어가려면 제국의 허가가 필요했다.

이 부분은 루토가 제국에 손을 써주겠다고 말을 들었는데, 그것도 릴리 황녀를 통한 방법이었구나. 다행히 토모키와 내 사이에 있던 충돌은 어째서인지 황녀에게 정확히 알려지지 않은 것 같다. 허가도 곧장 떨어졌고. 그 녀석, 자존심만 센 성격 같았지. 말을 못 했으려나.

그렇다 해도 요청들 이것저것 전부 다 통과될 만큼 가벼운 문제는 또 아니었다. 제국에 무척 중요한 장소라는 이 사막에는 나와 제국에서 붙여준 안내인만 가기로 결론이 났다.

일순간 안내인이 설마 토모키인가 생각이 들어 얼굴이 실룩거렸는데 아니라서 일단 안심이었죠.

안내인은 릴리 황녀 직속의 부하이며 기네비어라는 이름의 여성. 젊은 나이에 기사 계열의 최고봉이라는 로열 가드 직업을 획득하였으며 황녀의 호위― 이중의 의미로 로열 가드의 역할 수행 중이니까 상당히 우수할 거야. 이 세계에서 기사가 되는 관문 중 하나는 모험가 길드의 기사계 직업 획득이니까 학원의 학생이어도 고생하는 애들이 꽤 많았거든.

다만 기네비어 씨는 토모키의 파티 멤버이기도 하고, 매료의 힘에 푹 빠졌다.

자신의 호위이며 용사 파티의 일원에 든 인재를 내게 붙였다. 지금 기네비어 씨도 말했는데 그만큼 우리에게 주의를 기울이고 있다는 릴리 황녀의 말없는 메시지겠지.

그리고 나를 지켜보는 감시자이기도 하다고 토모에와 시키가 가르쳐줬다.

로열 가드는 기사의 최고봉 중 하나이지만, 이 사람은 거기에 또 하나의 말이 따라붙는다.

로열 가드 그론트.

상위 용 그론트에게 축복을 받은 최상급 기사라는 뜻이다. 이쪽은 정확하게는 모험가 길드의 직업에 붙는 칭호인데, 명칭 자체가 세상에 널리 퍼진 이상은 직업이든 기사의 서훈 부류든 간에 별 차이는 없는 것 같다.

토모에가 말하기를 수비에 한정하면 전 세계에서 손꼽히는 실력자. 철저하게 수비 태세를 굳힌 뒤 지리의 이점까지 확보한다면 1천의 군대여도 막을 수 있다던가.

굉장하구나, 토모에가 이렇게까지 말을 해준다니.

그다음에 「뭐, 저도 힘으로 밀어붙이자면 3분은 필요할 겁니다.

식후 운동에 딱 적당하지요」라는 말이 이어진 탓에 망쳐버린 것은 잊도록 하고, 20대에 이런 경지까지 치고 올라간 기네비어 씨를 순수하게 칭찬해주고 싶다. 나는 아무래도 모험가 길드 관련의 일 처리에 대해서는 비뚤어진 관점을 갖는 경향이 있으니까 슬슬 고쳐 나가야겠지. 왜냐면 뭘 해도 레벨 1에서 안 변하는걸요~.

지금 중요한 건 기네비어 씨가 황녀 직속의 기사가 된 이후 그론트의 시련을 통과해서 축복을 받기에 이르렀다는 점이다.

기네비어 씨는 이 백색의 모래 바다를 단독으로 돌파해서 그론트와 대면할 수 있는 힘을 보유했다.

내가 어디에 가든 이 사람이라면 따라갈 수 있다는 것이 황녀의 판단이라는 거지.

"상위 용 그론트. 세파(細波)라는 이명은 이 장소에서 유래되었으려나."

"라이도우 님, 실례되오나 저의 이야기는—."

"기네비어 님. 물론 황녀 전하께도 토모키 님께도 진심으로 감사드리고 있습니다."

"그러시다면야, 다행입니다. 방금 전 발언은 저의 독단이온지라 두 분께는 부디 비밀로 부탁드리겠습니다."

"네, 물론 잘 알고 있습니다. 그나저나…… 기네비어 님은 시련을 극복해서 그론트와 몸소 만나셨다지요. 그 용의 거처는 어느 방향에 있는지요?"

기네비어 씨를 돌아보면서 왼손으로 모래를 한 줌.

새하얗고 세세하게 고운 모래가 손바닥에서 사락사락 흘러 떨어진다.

감촉도 굉장하구나. 이게 뭐야, 카메라 같은 거 들고 왔으면 순식간에 망가졌겠다. 알갱이가 엄청 세세한데요.

"……저도, 목숨을 걸고 며칠인가 헤맨 끝에 기적을 얻은 것에 불과합니다. 그러나 그론트의 축복을 소망하는 사람에게 전해지는 말은 있습니다. 문에도 각인되어 있습니다만, 「그저 망설이지 말고 직진할 것」이지요. 물론 저 또한 저 말에 따랐습니다."

걸음을 떼면 곧 주위가 온통 하얀 모래투성이니까 방향을 가늠할 수 없게 되겠네. 똑바로 나아가라는 게 절대 간단한 요구는 아니다.

내일이면 돌아갈 예정이라서 며칠씩 시간을 들여 느긋하게 갔다올 입장이 안 된다.

우선은 똑바로 쭉 가보고, 기네비어 씨를 따돌리면 계로 용이 어디에 있나 찾아볼까.

"망설이지 말고 직진이군요. 감사합니다."

"라이도우 님? 미리 말씀드리겠으나 이 앞은 생명을 절대 보장할 수 없는 위험한 사막입니다. 마물도 나올뿐더러, 또한…… 무언가 짐을 갖고 계십니다만, 겨우 한 보따리의 장비로 사막에 들어가는 것은 자살행위입니다. 혹여나 이 앞에 가보실 의향이시면 다시 날을 결정하여 정성껏 준비를……."

기네비어 씨는 조심스럽게 이만 복귀할 것을 권했다.

"아, 오늘 중에는 돌아올 테니 걱정하지 마시길. 기네비어 님은 전이진이 있는 가옥에서 기다려주세요. 길 안내, 감사했습니다."

알이 든 천 주머니를 등에 멘다.

아침에 토모에와 시키가 알에 낙서하며 장난을 쳤지.

입원 환자의 깁스냐고.

……뭐, 중요한 건 알맹이니까 껍질에 뭔가 써 놔도 아마 문제없을 거야. 그 지긋지긋했던 랜서의 알이잖아. 어쩔 수 없나.

나로서는 이미 죽은 녀석이라는 인식이라 이것은 새로운 생명이라고 딱 구별할 수 있지만.

직접 맞붙지 못한 토모에는 특히 이 녀석에게 뭔가 저질러주고 싶은 기분이었던 것 같다.

결국은 나를 소중하게 여기는 마음의 표현이라고 생각하면……. 뭐, 낙서 정도야 괜찮지 않나, 결론이 나버렸다.

자, 슬슬 가볼까요.

"잠깐?! 라이도우 님!! 백색 사막은 그론트의 간섭 때문에 모래와 불꽃의 함정이 곳곳에 있습니다! 어서 돌아오십시오! 맙소사!"

기네비어 씨의 말을 무시한 채 오랜만에 코트의 색깔을 바꾼다. 스피드 중시의 적색이다.

가속 장치~.

심부름, 다녀오겠습니다~.

요렇게.

"자, 어디에 있으려나?"

땅을 박차며 높이 뛰어올랐다.

단박에 몸이 앞에 나가는 감각이 기분 좋다.

문득 돌아보면 내가 세차게 찬 지점에서 모락모락 하얀 모래가 흩날리고 있었다.

따라서 기네비어 씨의 모습은 안 보인다.

"아니?! 대체 어떻게 된 각력이지?!"

착지.

저 멀리서 기네비어 씨의 목소리가 들렸지만, 보아하니 금방 따돌릴 수 있겠네.

느긋하게 생각을 정리하며 계를 탐색으로 전환한 뒤 범위를 넓힌다.

진짜 너없은 곳이구나, 여기.

"우와."

갑자기 다리가 모래 속에 휩쓸렸다.

주위 모래도 엄청난 기세로 흘러 떨어지기 시작하면서 나는 절구통 형상이 된 모래의 공간 중앙으로 운반된다.

혹시 약속된 전개인가?

수수께끼의 거대 개미지옥일까, 모래 아래에 지하 공동이 나타나는 패턴일까. 생각을 굴리던 중에 양옆에서 사슴벌레 비슷한 뿔인지 가위인지가 불쑥 튀어나왔다.

"개미지옥이었네."

날카로운 끝부분이 내게 닥쳐든다.

"라이도우 님~!! 그쪽은 모래에 사냥감을 끌어들이는 마물의 소굴……. 늦었나! 지금…… 아니이이이?!"

사색이 되어 이쪽으로 달려오는 기네비어 씨의 목소리가 들렸다.

걱정해주시는 분께 대단히 미안하지만…….

"둘, 세엣!"

가위를 두 손으로 붙잡아 곧장 힘 꽉 넣어서 옆으로 들어 올려본다.

오오, 진짜로 개미지옥이네. 엉덩이 쪽은 꽤 징그럽다.

미안하지만 다른 사냥감을 찾아봐주려무나……. 기네비어 씨가 없는 방향으로, 나의 진로와 다른 방향으로 휙.

냅다 던져버렸다.

다음부턴 튀어나오길 기다리지 말고 뛰어서 도망치면 되겠네.

또다시 도약.

도약 후 착지를 되풀이하며 계의 탐색에 그론트의 기척이 걸려들기를 기다린다.

그렇게 기척을 포착하는 데 딱히 긴 시간은 걸리지 않았다.

아마도 여기겠구나 싶은 지점을 찾아냈다.

"정말 똑바로 가면 되는 곳이었네. 거짓말을 안 하는 용인가?"

갈라지는 사막, 모래 회오리, 불타오르는 모래의 강— 참고로 불도 하얬다……. 이런저런 함정을 마력체와 코트의 효과 덕택에 증가된 속도로 그냥 정면에서 쭉 돌파하며 치고 나아갔다.

어느새 기네비어 씨의 기척도 안 느껴지게 됐다.

그리고 드디어 계로 포착한 포인트가 눈에 보이는 거리까지 다다랐고……. 나는 그것을 목격했다.

"마지막은 하얀 원뿔이야? 저거, 모래가 고속으로 소용돌이치는 건가. 기네비어 씨, 며칠을 헤맸다더니 용케 저런 걸 넘어갔구나."

배도 좀 고프다, 후닥닥 알을 넘겨줄까.

원뿔의 바로 앞까지 전진했다.

"꽤 빠른 속도구나, 이 녀석. 회오리의 반대 버전인가 생각했는데 훨씬 흉악할 것 같아. 새하얘서 안쪽이 전혀 안 보이고 말이야. 정면으로 곧장 들어가면 다진 고기가 되지 않을까."

혼자 중얼거리며 한 발짝 앞으로.

"실례하겠습니다."

우격다짐으로 마력체의 두 팔을 집어넣은 뒤 원뿔 형상의 모래와 그것을 구성하고 있는 술식을 찢어 가르면서 나는 안으로 들어갔다.

◇◆◇그론트◆◇◆

"이게, 뭐람……."

나는 유례가 없는 체험을 하는 중이다.

몇 번 천년의 세월을 헤아렸는지도 알 수가 없는 긴 삶을 다 돌아봐도 단 한 번 겪지 못했던 체험이다.

이 백색의 모래 바다에서 「세파」라든가 「시험의 용」이라고 불리고 있다. 그것이 나, 상위 용 그론트다.

흙과 불꽃을 몸에 품고 있으나 최근 들어서 그 힘으로 적과 싸웠던 바는 없었다.

나는 이 모래 바다를 지나서 온 강자에게 축복을 내려주며, 긴 시간 정령과 협력하여 세계의 자연을 지켜봐왔다.

사실 후자는 루토의 임무이지만, 그 녀석은 우리의 수장인데도 뜬금없이 모험가 길드를 만들더니 휴만의 사회에서 살고 있다. 잠깐 임시로 대신 맡아야 했을 역할이거늘 문득 깨달았을 때는 이미 나의 천분과 같은 일이 되어버렸다.

아, 다만 지금은 저기에 신경 쓸 수가 없구나.

무시무시한 속도로 이 모래 바다를 돌파해서 온 인물이 있다.

문을 지나온 자는 일전에 축복을 내려주었던 기사와 저자까지 두 명.

다만……. 비록 사전에 기사의 조언을 들었다지만, 고작 한 시간도 걸리지 않고 여기까지 왔다는 게 영문을 알 수가 없군.

모래 바다의 마물이 방해해도 쓱쓱 피하면서, 게다가 한 마리도 해치지 않았다.

내가 설치해 둔 함정은 심지어 전부 몸을 던져서 받아 내며 강행 돌파를 감행하고 있다. 저 많은 함정에 다 걸렸다는 것도 드문 사례지만, 이렇다 할 대미지를 전혀 안 입었다는 것이 또 황당무계하다.

속도가 떨어지지 않았으니까 아마도 멀쩡할 테지.

나의 축복을 동시대에서 두 명이나 받는 쾌거가 이루어질 줄은 예상치 못했다만, 그것이 싹 퇴색되는 충격이다.

과거의 최단 기록은 정확히 사흘.

시간으로 따지면 일흔두 시간 정도.

모름지기 기록이란 깨질 때는 아주 맥없이 깨진다는 말이 있었지.

그러나…… 불과 한 시간이 안 걸렸다는 것은 좀 너무하잖아?

문부터 이곳까지는 직선 거리로 대략 70킬로미터.

시속 70킬로미터로 도중에 마주쳤던 마물과 함정을 거의 대부분 뿌리치고 쭉 달려서 이렇다 할 표식도 없는 사막을 일직선?

아, 머리가 이상해질 것 같다.

농담이 아니라고.

저런 자와 곧장 만나준다면 과거의 도전자들에게 미안한 처사가 되지 않겠는가.

좋아, 그렇다면.

나는 전력을 쏟은 술식으로 대량의 모래를 휘감았다. 거기에 광폭한 의사를 지닌 백염을 둘러쳐서 원뿔의 형상을 이루도록 나선 궤도로 회전시켰다.

제아무리 높은 방어력을 자랑하는 인물일지라도 일순간에 찢어서 녹이고 티끌로 만들 수 있는 장벽이다.

이런 정도의 심술을 부려도 괜찮을 거야.

……뭐, 아예 막막하면 시련이라기에는 좀 불공평하잖아? 술식을 역산하면 해제 가능한 방법이 있는 구조로 만들어줬어.

이럼 조금은 시련의 고단함을 느끼게 될 거야.

휴만이든 아인이든 너무 손쉽게 얻은 힘은 손쉽게 써버리니까. 그뿐 아니라 획득한 힘을 자신에게 당연히 허락된 것이라고 마음 어딘가에서 단정을 지어 놓는다.

루토가 레벨 어쩌고 하는 모험가 길드의 시스템을 만들었을 때도 위험하다고 생각은 했지.

역시 힘이란 힘에 걸맞은 수련과 시련을 겪어서 자기 것으로 만드는 게 옳아.

이번 도전자에게도 힘의 대가를 알려줘야지. 아니면 나의 이름이 울 거야.

"뭐, 이자의 얼굴을 보는 게 기대된다는 것은 부정하지 않겠지만…… 말이야."

그 혼잣말이 나의 마지막 여유였다.

"앗……!!"

무엇인가가 내가 만든 특제 장벽을 뚫고 들어왔다.

"어떻게……? 팔? 마력을, 뭉친 덩어리라니? 이 장벽까지 우격다짐으로 찢어 놓는다고?"

격이 다른 마력.

장벽과 접촉함에 따라 상대의 정체가 나에게도 전해졌다.

휴만이다.

그러나 저 몸의 바깥에 온 세계의 마력을 한곳에다가 모은 듯한—계측하기도 바보 같아지는 양의 마력으로 생성된 무엇인가를 두르고 있었다.

저 마력 덩어리에서 나온 두 개의 팔이 장벽을 파고들고 있다.

나의 상식이 지금 이 순간에 허물어진다.

사람의 몸으로 용을 능가하는 마력을 지닌 인물이라면 로렐의 무녀 중에도 몹시 드물다.

아니, 이런 기준으론 저자를 표현할 수 없다. 신 이외의 일개 존재가 이토록 파격적인 마력을 운용한다는 것은 세계에 대한 반역이며, 온갖 생물의 천적이라고 불리기에 손색이 없다 하겠다.

이런 수단에 뚫린다면 상위 용의 체면이 무너진다.

장벽의 유지에 더욱 힘을 쏟아부었다.

천천히 이쪽으로 다가들던 인영이 걸음을 멈췄다. 불꽃의 정령마저도 위축될 백염이 미쳐 날뛰는 공간에서, 대지의 정령마저도 모래와의 대화를 포기할 폭풍 속에서!

"어라."

젊은 남자의 목소리다.

내 위치에서는 저 남자의 목소리를 들을 수 있지만, 저 남자는 나의 존재를 아직껏 감지하지 못한 것 같다.

장벽의 밀도가 높아진 것은 알아차렸군.

저런 마력 덩어리를 몸 바깥에 방출하여 안정시키는 능력이라면 물론 알아차릴 수 있겠지.

하지만…….

……장벽을 강화했는데도 찢겨 나가는 장소가 복구되지 않는다.

힘이, 더욱 올라갔다?! 설마, 내가 무엇을 보고 있지?!

"과연 마지막 함정답구나. 돌아갈 때도 걸리적거릴 것 같으니까 미리 찢어버릴까."

아주 태연하게 중얼거리더니 타오르는 듯한 색깔의 코트를 입은 남자는 마력의 팔을 쭉 집어넣은 형태에서 단번에 양측으로 벌렸다.

술사인 나에게만 와닿는 감각으로, 술식의 구성이 뚜둑뚜둑 찢겨져 나간다.

고속으로 회전하는 모래도 백염도 아무 장해가 되지 못했다. 그뿐 아니라 접근하는 대상은 동족마저도 불살라버리고자 하는 백염들이…… 겁을 집어먹었다.

이자는…… 다르다.

시련을 받으러 온 인물의 실력이 아니었다.

이런 도전자는 없다.

설마, 얼마 만이지. 나를 토벌하고자 온 인물인가?

그리토니아 제국이 만들어진 이후 한 번도 없었던 일이지만. 태고부터 헤아리면 저런 인물이 아주 없지는 않다.

축복을 받은 기네비어는 혹시 협박을 당해 이곳까지 길 안내를 강요받았나?

가능성은 있다. 기네비어도 이런 괴물은 막을 수 없다.

아니, 설령 제국 전체가 힘을 쏟아서 이 개인을 막고자 시도한들 과연 가능하겠는가.

"……."

결국 안개처럼 흩어진 장벽을 험한 눈으로 쳐다보며 나는 기다렸다.

널찍한 공간, 내가 거처하는 사당의 안에서.

이렇게 된 이상 정면에서 맞이할 수밖에 없다. 그것이 상위 용의 긍지이기도 하다.

상대는 곧 나타났다.

놀랄 만큼 가벼운 차림. 소지한 짐은 등에 멘 천 자루뿐.

자유롭게 쓸 수 있는 것은 오른손뿐이고 무기다운 무기는 아무것도 지니지 않았다.

붉은 코트는 아마 방어구일 터이나 사막을 건너다니기 위한 준비는 아무것도 하지 않았다.

맨 처음 느꼈던 대로 휴만의 기척이다.

분명 휴만의 기척인데도 내가 알던 느낌과는 무척 달랐다.

모든 것이 다.

"아, 당신이 상위 용 그론트인가요?"

남자가 입을 열었다. 아무 긴장감도 없는 느긋한 목소리였다.

"……그 말이 맞아. 넌 나의 축복을 원해서 온 거야?"

"축복? 아뇨, 전 그냥 심부름으로 잠깐 들른 거예요. 그론트 씨, 루토의 「아주머니」 되시죠?"

"루토?! 아주머?!"

루토와 아는 사이야?!

아니, 그게 아니라!

아주머니라고?!

예상도 못한 이름을 듣게 된 것보다 내가 절대로 용서할 수 없는 단어를 입 밖에 꺼냈다는 괘씸함이 머릿속을 채운다.

"어어, 음, 루토한테 받아 온 물건이 있어서요. 뭐라더라, 「아주머니」한테 맡기는 게 가장 안전하니까 모쪼록 잘 부탁한다고 말을 전해달래서……."

"……두 번이나 말했겠다?"

"네?"

그래, 더 확인할 필요도 없어.

이 아이, 분명 두 번을 말했어.

"루토와 아는 사이라면 나랑 **그 여자**가 가족이 아니라는 것 정도는 뻔히 알고 있겠지? 애당초 상위 용이 어째서 자기들끼리 가족 사이가 된다고 생각하는 거야? 평범하게 생각해도 이상하잖아? 우리가 탄생한 과정만 잘 생각해도! 그런 강력한 힘을, 경이적인 마력을 자유자재로 운용할 만큼 세상의 이치에 정통한 인물이라면 생각이 미치지 못할 리 없잖아! ……그런데, 두 번이나 말했겠다?"

루토도 한 번밖에 말을 안 했는데.

그리고 농담이라며 금방 사죄까지 했는데.

"어? 어?"

아무 미안함도 없이 시치미 뚝 뗀 얼굴로 되묻기까지.

"그래, 사과를 할 마음이 아예 없구나?"

"아, 죄송해요! 사실은 제가 용들 사이의 예절이라든가 잘 몰라서요. 루토한테는 그냥 이 물건을 건네주고 오라는 말만 들었습니다! 뭔가 실례를 저질렀다면—."

뭔가 실례를 저질렀다면?

그래…… 요컨대 뭐가 실례인지도 모르겠다는 말이지.

유죄.

감당이 되냐 안 되냐 차원의 문제가 아니야.

가르쳐줄게? 연상의 여성에 대한 예의라는 것을!

루토도 유죄. 이렇게 앞뒤 분간도 못하는 휴만을 어쩌자고 보내는 거야. 만약에 내가 이 녀석에게 죽는다면 일거리 팍팍 늘어서 기절이나 하라지!

나도 슬슬 젊은 모습으로 돌아가자는 생각을 하고 있었는데 마침 잘됐네. 이제까지는 누군가 축복을 내린 인물에게 목을 쳐달라고 부탁했었는데 괜한 수고를 덜 수 있잖아.

이제 몰라.

아무튼 열 받았어.

열 받았거든!

"그럼 용의 예법을 가르쳐줄게. 밖으로 나와."

"어딜요? 어? 으, 으앗!"

사정을 잘 모르겠다는 모습의 남자아이에게 문답 무용으로 포효를 쏟아 냈다.

어지간한 휴만이면 벌써 못 움직이게 되었겠지만, 역시나 아무 효과가 없다.

상관없어. 미쳐 날뛰는 모래와 불꽃까지 쏟아 내면서 나는 천천히 앞에 나아갔다.

사당의 출구로 향하는 나에게 밀려 나가는 모양새로 적은 앞질러서 바깥으로 향하고 있다.

수분을 약탈하는 갈증의 숨결.

뼛속까지 스며들어 태우는 숨결.

그리고 용족 최고의 경도를 자랑하는 비늘. 이 몸을 휘둘러서 날리는 갖가지 공격.

백색의 모래 바다에서 모래와 불꽃을 극한까지 단련한 나와 싸운다는 것의 의미를 네 몸에 새겨주겠어.

나의 전력을 다한 시련으로 환영해줄게.

가차 없이 내리쬐는 햇빛 아래에서 나는 저 남자와 대치했다.

◇◆◇◆◇

"그나저나 토모에 님, 정말 도련님을 혼자서 보내드려도 괜찮았던 겁니까?"

"그론트의 건 말인가? 그거라면 문제없을 테지. 녀석, 세파는 용들 중에서도 온후한 성격인지라 싸움도 좋아하지 않지. 도련님도 초대면의 상대에게는 대체로 정중한 편이시지. 혹여 실수로도「절대 금지」의 호칭은 쓰지 않으실 게다."

한 짝의 남녀가 제도 루이너스를 나란히 걷고 있었다.

남자는 다소 걱정되는지 눈살을 찌푸리고, 여자는 전혀 개의치 않는 모습으로 껄껄 웃는다.

토모에와 시키.

라이도우와 동행하여 그리토니아 제국을 방문한 종자들이었다.

"그렇다면야, 괜찮겠습니다만."

"그쪽은 아무래도 좋다네. 저녁 무렵에는 도련님께서도 돌아오실 테니 우리는 어서 조사를 마치도록 하지, 시키."

"토모에 님은 아무래도 어제부터 기분이 좋으시군요."

시키는 척 봐도 기분이 좋은 토모에에게 이유를 물었다.

"흐흥. 알아보겠나. 무얼, 도련님께서 조금 기쁜 행동을 보여주셨을 뿐이지."

"오호, 도련님께서. 어제 용사와 뭔가 대화를 했던…… 그때입니까?"

"아무렴. 그때이지."

"그리토니아의 용사, 이와하시 토모키. 매료가 만연하고 있는 이 제도를 살펴본 바로 실력은 어쨌든 간에 성격에는 문제가 많은 듯합니다만."

"그 탓에 도련님이 일갈을 터뜨리신 게지."

"다만 내용은 딱히 언급이 없으셨지요."

"나는 대강 짐작할 수 있었다네. 참으로 좋은 기분이야."

"그러셨습니까. 그럼 토모에 님, 이제부터는……."

"음, 제도의 분위기라고 도련님은 말씀하셨다만, 알고 있을 테지?"

토모에의 눈매가 쓱 좁아졌다.

"물론입니다. 총의 개발 상황, 용사가 거둔 전공의 상세 내용. 남은 시간 중 가능한 한 많은 정보를 모아 오겠습니다."

시키는 입가를 비뚤게 하여 씩 미소 지었다.

"그럼 둘로 갈라져서 우선 미행을 따돌리도록 할까. 이따 합류할 시각과 장소, 어기지는 말게나."

"사실 제국의 거리에서 판매하는 요리에도 조금 흥미는 있습니다만. 아무튼 지각은 하지 않겠습니다."

"어차피 아공의 요리만 못할 게 뻔하잖나."

"그렇다 해도 발상의 단서는 되지 않을까 기대하고 싶군요."

"마음대로 하게나. 이따가 보지."

"예, 잠시 후에"

한 번의 눈 깜빡임.

고작 찰나의 시간 사이에 두 사람의 모습은 은밀한 감시자의 시야에서 사라졌다.

◇◆◇◆◇

'허수아비군.'

토모에는 저녁 식사 자리에서 만난 제국의 왕, 즉 황제를 보고 곧바로 판단을 마쳤다.

이미 제국은 실질적으로 용사 토모키와 황녀 릴리가 다스리는 나라가 되었다는 사실도 별반 토모에를 놀라게 하진 않았다.

이곳은 제국의 유력 귀족들, 황제와 다른 친족들, 용사의 동료까지 나름 실력이 있는 인물들이 모인 연회의 장.

하지만 정작 토모키는 보이지 않는다. 긴급한 임무 때문에 성을 비웠다는 이유가 쿠즈노하 상회 측에 전달되었다.

제국과 상회 사이에 아무 결실도 없이 식사가 끝났다.

쿠즈노하 상회는 제국을 대상으로 하는 분점이나 유통의 참가에 별로 적극적이지 않았다. 어디까지나 학원제 때 방문했던 황녀의 초대에 응했을 뿐이라는 자세를 무너뜨리지 않았다.

그렇다고 예의에 어긋나는 태도는 물론 아니었고, 주로 시키가 전면에 나서서 마코토와 함께 능숙하게 제국 제후들과 대면을 진행해 갔다.

그런 와중에 토모에는 황제를 비롯한 참가자들에게서 제국 및 용사 개인에 대한 갖가지 정보를 수집하고 있다.

연회가 끝날 무렵에 릴리 황녀가 희미하게 내비친 분해하는 표정이 이 자리의 승자가 누구인지를 대변하고 있었다.

"토모에 님."

"시키인가. 도련님은?"

"쉬고 계십니다. 밤의 제도에 나가보실 뜻은 털끝만큼도 없으신가 봅니다."

"밤의 제도인가. 그럭저럭 「그쪽의 즐거움」은 많은 도시 같은데 유감스럽게 되었군."

"그나저나 명색이 상위 용과 일전을 치른 당일에 저녁 식사도 잘 드셨고, 평소와 마찬가지로 잠을 청하셨잖습니까. 과연 대단하시다는 말밖에 못 하겠습니다. 상처 하나도 없는 모습으로 돌아오셨으니 제국 측에서도 예정대로 저녁 식사 연회를 진행하는 게 고작이었을 테지요."

시키가 쓴웃음을 지으며 오늘 하루를 돌아다본다.

"시련을 극복했다는 기사를 감시자로 붙여 놓고도 순식간에 놓쳐버렸는데 딴말은 하기 어려울 테지, 녀석들도. 게다가 도련님께서 「그론트와 만나 얘기를 하고 왔다」라는 말까지 하시는 데야 사태를 공공연하게 언급한들 그 여기사의 체면이 안 서질 않나."

"그렇지요. 지금 제국에서는 유일하게 그론트의 시련을 극복한 기사이니까요. 후후후."

"그래 제국의 총기류 개발 상황은 어떻던가? 좀 파악이 됐나?"

토모에가 화제를 바꾼다.

자신의 주인이 비경에 가 있던 동안에 마친 조사의 내용이다.

"그쪽은 문제없었습니다. 가장 중요한 강선의 기술은 물론이고 많은 부분이 저희의 예상보다 아득히 뒤떨어져 있습니다. 이런 상황이면 황녀가 더욱 투자를 확대해 봐야 10년 단위의 개발 기간이 필요할 겁니다."

"총신 내부의 강선 이전의 문제였던가. 그러하면 도련님께도 좋은 보고를 올릴 수 있겠군."

"다만……."

"음?"

"황녀도 개발 상황은 잘 이해하고 있는 상태인지라 조금 염려가 되는 방향으로 목표를 바꿔 나간다는 느낌을 받았습니다."

"요컨대 총이 아닌 방향으로 연구를 전환시켰다는 의미인가?"

"예. 구체적으로는 화약 자체의 활용과 가능성을 목표로 삼기 시작했습니다."

"화약……? 그딴, 척 봐도 불안정하고 사고만 날 물건에 말인가?"

토모에의 물음에 시키가 떨떠름하게 고개를 끄덕였다.

제국과 관련하여 마코토가 항상 주의를 기울였던 별로 안 좋은 가능성을 토모에도 깨닫는다.

"……폭탄, 인가."

"비록 핵심까지는 조사하지 못했습니다만, 아마도. 단지 화약으로 만든 물건이 아니라 미약하게나마 마력을 간섭시킴으로써 위력과 유효 범위를 높이려 하는 것 같습니다."

"단순한 화약 주머니라면 초보적인 마력 장벽으로 어떻게든 방어할 수 있잖은가. 어느 정도의 실력자이거나 적당히 경호를 받는 인물에게는 무력하지. 그건 그렇고 마력을 병용하는 건가."

"위력을 높이는 데 성공한다면 꽤 높은 요인이어도 제국의 「작전」 대상이 될 수 있습니다. 물론 안정화 및 기폭 방법에 대한 개발이 필요한 데다가 이쪽도 일조일석에 성과를 거둘 순 없겠습니다만."

"흠. 시키, 너는 역시 학원에서 강사 흉내를 내는 동안에 사고가 선량함에 물든 것 같구나."

토모에가 시키에게 엄한 눈빛을 보낸다.

"음? 토모에 님, 무슨 말씀이신지?"

"제국 용사의 첫 번째 특기가 뭔가?"

"말할 필요도 없이, 이 도시를 다 뒤덮을 기세의 매료이지요. 규격 외의 마안입니다, 그것은."

"……그것이 기폭 장치라네. 최악의, 수법이지."

"예? ……아, 이제 알겠습니다. 확실히, 제 생각이 많이 모자랐군요. 더 바짝 긴장하겠습니다."

설령 직접 손에 들어서 불을 붙이는 방법이 아니면 기폭이 되지 않더라도 토모키에게는 자신을 위해 기뻐하며 말에 따라줄 인원을 얼마든지 확보 가능한 수단이 있다.

토모의 말은 저러한 가능성의 암시였다.

그리고 최근 사람으로서 선량한 모습을 드문드문 보이고 있는 시키에게 들려주는 경고를 담아 깨우쳐줬다.

"그리하게나. 너는 이제부터 도련님과 마족의 수도에 가야 하잖나. 미오는 또 미묘하게 성향이 다른지라 막상 알아차리고도 이래저래 무시할 가능성이 있군. 상식 담당은 너다."

"예."

토모에의 말에 시키가 고분고분 대답했다.

"자. 릴리, 기네비어, 유키나츠, 거기에 모라라고 했던가. 토모키 본인뿐 아니라 저 녀석들에게도 제국의 용사에 대한 정보를 모을 수 있었지. 히비키와는 또 다른 의미이나 참으로 인간적인 용사더구나, 토모키라는 남자는."

그렇게 말한 토모에의 말투는 결코 토모키를 높이 평가하는 분위기가 아니었다.

"인간적, 입니까."

"그래. 인간과 휴만의 사이에서 여신이 외모 이외에 무엇을 바꾸었는지는 알지 못하네만. 양쪽 다 기본적으로 욕심이 많지. 욕망이야말로 인간의 원천일지도 모르겠다는 생각이 들 만큼."

"……평소의 도련님을 대하다 보면 잊어버릴 것 같은 부분입니다만, 확실히 그 말씀은 사실이라고 생각합니다"

조금 거북한 내용이었는지 시키는 쓴웃음을 살짝 지었다.

"도련님께도 욕심은 있다네. 물욕이나 색욕과 같은 노골적인 방향으로 뛰쳐나가지 않았을 뿐."

"그러나, 그것만으로도 인상이 상당히 달라지더군요."

"……이와하시 토모키라는 남자는 힘을 갈구했다. 다만 힘을 가지기 위한 노력은 바라지 않았고. 소속된 작은 사회에서 행세하기 위한 노력마저도 게을리한 결과, 운이 나빴던 까닭도 있어 비뚤어졌지."

"……."

"솔직히, 삶의 대부분이 사람은 아니었던 나의 가치관으로 말하자면 저 남자에게 동정의 여지는 없군. 적자생존, 약육강식. 그것이야말로 세상의 근간에 있는 이치라고 생각하니까 말일세. 될 만했기에 그리 되었던 패배자, 낙오자의 부류라네."

"……그러면 꽤나 기뻐했겠군요. 이 세계에 와서, 특별한 존재가 되고, 힘을 얻었으니."

시키가 감정 없는 음색으로 맞장구를 친다.

"아무렴. 또한 필요한 존재가 되었잖은가."

대답하는 토모에의 얼굴에 멸시의 빛이 떠올랐다.

"그 결과가 타자와의 관계를 이렇듯 일방적으로 지배하는 매료와 학살에 가까운 전투 스타일인 겁니까. 히비키와는 참 많이도 다르군요."

"그쪽 세계에 있던 시절의 생활과 사고는 역시 영향을 크게 미쳤을 테지. 어디에 있든지 일과 삼아서 궁도를 할 때가 가장 만족하는 모습인 도련님은 별개로 치고."

"그 부분은 변함없나 보군요, 역시."

갑자기 토모에와 시키의 사이에 따뜻한 분위기가 감돈다.

무척 생뚱맞았던 그 분위기는 분명하게 존재하다가 곧 안개처럼 흩어졌다.

"전혀 달라지지 않으셨더군, 신기하리만큼. 그래, 히비키는 저쪽에서 겪었던 성공 체험으로 이쪽에서도 차근차근 성과를 쌓아 올리며 현실을 자신이 바란 모습으로 바꾸고자 발버둥 치고 있지. 좌절하거나 잃어버리거나 하면서 말이지. 반면에 토모키는……."

일단 말을 멈췄다가 토모에가 무겁게 한숨 쉬었다.

그 한숨에는 진심으로 어리석다고 느끼고 있는 토모에의 감회 전부가 담겨 있었는지도 모르겠다.

"토모에 공?"

"한 차례 좌절했던 이래로 끝내 제대로 다시 일어나지 못했던 그 녀석은 이 세계에 오게 된 자신의 처지에 진심으로 감사하며—."

"……."

"이번에야말로 아무것도 실패하지 않는, 틀리지 않는 인생을 살아가고자 하고 있군. 그에 더하여, 자신이 원하는 모든 것을 실현하고 이룰 수 있는 완벽한 인생을 말이야."

마치 비웃는 듯한 말이었다.

"……그렇군요, 정말, 바보짓입니다."

시키도 「어리석다」라는 단 한 마디만을 토모키에게 보내는 듯이 쓰디쓴 표정을 짓고 있었다.

"아주 동감이군. 가능할 리 없지. 이것저것 바라는 것 전부를 다 손에 넣어서 세계를 구원하고 세계를 지배한다? 저항하는 자는 무력과 매료로 굴복시키고, 그 목적을 위해서라면 무엇을 희생하든 상관 않겠다는 태도를 고수하는 녀석이라네."

"후, 그런 까닭에 무모한 육체 개조를 하고, 그런 까닭에 망설임이 없는 겁니까. 이래저래 납득이 되는 기분입니다."

"릴리도 역시 어머니를 잃은 뒤 광기에 빠져 마족은 물론 여신에 대한 반역의 뜻까지 가슴에 품게 되었지. 토모키와는 서로 간에 최악의— 아니, 어떤 의미로는 최고의 상성이겠군. 그야말로 기적의 만남이라 말할 수 있겠어."

“……광기의 가속입니까. 분명 성대하게 자신의 삶을 망치게 될 겁니다.”

“쿡쿡, 네가 하는 말이라서 설득력도 불어나는군.”

“당연합니다. 저 또한 비슷하게 한번은 글자 그대로 뼈만 남았었던 처지이니까요.”

시키는 광대가 인사를 하는 동작을 흉내 내서 고개를 숙여 보였다.

“크흐흣!”

“후후.”

잠시 후 두 사람의 입에서 거의 동시에 웃음이 새어 나왔다.

그것이 심야의 보고회가 끝났음을 알리는 신호도 되었다.

“……유감이나 이렇게 이 세계에 소환된 두 사람의 용사와 우리 도련님은 치명적인 수준으로 상성이 나쁘다는 것이 두드러지게 되었군.”

“……토모키는 어쨌든 간에 히비키도 말입니까?”

“토모키와 도련님은 세력의 범위 이외에는 타협의 여지가 없어. 이쪽이 양보를 할 이유도 없군. 나는 도련님이 아닌 누군가를 섬길 뜻 따위야 털끝만큼도 없고. 나의 신명은 이미 도련님께 바쳤으니까. 그리고 히비키는 도련님을 자기 뜻대로 이용하여 전쟁에 동원한 뒤 이후에는 도련님을 자멸로 몰아넣거나 세계에서 격리하자는 심산을 갖고 있어.”

“하다못해 어느 한쪽이라도 도련님의 좋은 벗이 되어주기를 한때마나 기대했습니다만…….”

“그 부분은 나도 같은 의견이라네. 언젠가는 도련님께도 흉금을

털어놓고 고민을 상담할 수 있는 또래의 친구와 만났다면 좋았으련만. 이쪽 세계에서 도련님은 아직 한 명일지라도 마음을 열 벗을 두지 못하셨잖나. 그 가능성으로 용사는 분명 유력한 후보였지. 한데 이래서야, 원."

토모에의 말에 실의가 배어난다.

연극을 하는 듯한 기색도 없이 진심에서 우러나온 감정이 구석구석 담겨 있었다.

"그나마 다행인 것이 양쪽 다 저희 도련님께 위협이 될 만한 존재는 아닙니다."

"유일한 위안이, 될 테지. 이쪽의 영역을 침범하겠다면, 혹은 도련님을 끝내 이용하려 헛수작을 시도하겠다면……."

"그때는 철저하게 깨달음을 주어야겠지요. 이 세상에는 범접해서는 안 되는 금기의 영역이 있다는 것을."

"그래, 그 마음가짐으로 도련님의 수행을 부탁하지, 시키."

"염려 마시고 맡겨주십시오."

불빛이 꺼진다.

쿠즈노하 상회의 중진 두 사람이 가진 내밀한 자리는 아무에게도 발각되지 않고 무사히 종료되었다.

◇◆◇◆◇

"다음에는 꼭 출점 관련의 협의까지 이루어지기를 기대하겠습니다."

"세세히 검토해보겠습니다. 릴리 님께서 무척 중요한 손님임을 저희도 잘 알고 있사온지라. 아쉽게도 용사님은 부재중인 듯하니 이만 실례하겠습니다. 초대해주셔서 감사했습니다."

"그 말씀, 믿겠습니다."

굳이 전이진까지 배웅을 나와준 릴리 황녀에게 인사로 답한 뒤 작별을 고한다.

진짜 속마음을 말하면 제국에 가게를 낼 생각은 전혀 하나도 없었지만, 일부러 부정은 하지 않았다.

한바탕 날뛴 그론트에게 랜서의 알을 넘겨준 뒤 나는 해 질 녘을 조금 지났을 무렵에 제도로 돌아왔다.

예정보다 조금 늦어졌지만, 토모에와 시키는 나를 기다려줬다. 그 후 제도에서 처리할 볼일을 무난하게 마친 우리는 지금 제도에서 귀로에 오른 참이다.

그건 그렇고…….

설마하니 상위 용이 나이를 좀 언급했다고 화까지 낼 줄은 도저히 생각을 못 했어.

왜냐하면 몇백 년, 몇천 년을 살면서 다시 태어나는 데도 익숙해졌을 용이잖아. 사실상 영원한 삶을 살아가는 종족이니까 나이 개념도 이미 사라졌을 거라 생각했지.

그런데 브레스에다가 포효에다가 꼬리에다가 덤으로 사막의 지형을 활용하는 강력한 마술까지 써서……. 아주 마음껏 날뛰더라고.

그런 공격들 전부 받아넘기고 무력화시키자 겨우 진정한 그론트에게 나는 정식으로 사죄했다. 그리고 본론을 포함해서 겨우 그론트와 대화를 나눌 수 있었다.

말을 나눠보니까 의외로 한창때 여성 비슷한 젊음을 가지고 있는 용이었다.

오래 살면 정신적인 부분은 자기 자리에 멈추는지도 모르겠다.

나이를 걸고넘어진다거나 아주머니라든가 할머니라든가 저런 발언만 입 밖에 꺼내지 않는다면 온후한 용이었지.

루토가 말한 용 사회 견학은 그론트가 말하기를 아마 이곳에서는 모래 바다를 보여주는 것이 목적이라는 설명. 외관은 더할 나위가 없을 만큼 환상적인 백색의 사막이지만, 그 모래는 상당한 양의 피를 빨아 마셨을 뿐 아니라 사람과 용의 역사가 쌓인 무대이기도 하다. 그론트의 시련이라든가 제국의 여명기라든가 그런 이야기를 몇몇 들었다.

다른 상위 용은 권속을 두거나 시종을 따로 두니까 먼저 상위 용과 사람의 역사를 보여주고자 했겠지. 다만 그 흐름의 안에 나와 그론트가 대립하도록 말장난을 쳤다는 게 녀석다운 악취미다. 나만 한 생각이 아니라 그론트도 나중에 루토에게 반드시 따져 묻겠다며 화냈다.

큰일이 나지 않아서 암튼 다행이기는 하다.

릴리 황녀를 비롯해서 배웅을 나온 무리에게 토모에와 시키도 머리 숙였다.

그럼 돌아갈까.

"용무가 있으실 때는 롯츠갈드에 연락 주십시오. 저희 쪽에서 조달할 수 있는 물건이라면 기꺼이 납품하겠습니다."

얼굴을 들고 한마디 더 상인다운 인사치레로 마무리하고 떠났다.

"다시 꼭 연락드리죠. 그럼 돌아가는 길 조심하시길."

그렇게 말한 뒤 온화하게 미소 짓는 릴리 황녀의 얼굴에서 다른 의도는 읽을 수 없었다. 황녀에게 뭔가 생각이 있어 나하고 용사를 만나게 두긴 했을 텐데…….

여기에 없는 토모키도 그렇고 그리토니아는 도무지 움직임이 안 읽힌다.

단순히 마족과의 전쟁에서 승리를 거두자는 게 아니라 복잡한 목적이 있는 것 같은데.

언젠가 이 사람이 바라는 때가 온다면 분명해지려나.

적어도 제국에서 우리를 어떻게 생각하는지 대강 태도는 알 수 있었고, 내가 취해야 할 자세도 결정되었다. 그런 점에서 이번 방문은 엄청 플러스였다고 생각한다.

전이의 빛에 감싸였다가 풍경이 바뀌었다.

빨리 이동해서 로빈을 떠나자. 그럼 거리낌 없이 아공으로 돌아갈 수 있다.

롯츠갈드에 돌아가면 다음은 마왕님한테 인사구나. 케류네온으로부터 조금 더 나아간 곳에서 마족 장군 중 하나, 로나와 만나기로 약속을 했지.

장소 지정은 토모에가 담당했다.

케류네온의 이야기는 꼭 나올 테니까 그쪽도 매듭을 지어버리고 싶은 것 같다. 나로서도 더할 나위가 없다는 마음이다.

물론 상황에 따라 어쩌면 조금 더 나중의 일이 될 수도 있겠지만.

어쨌든 간에 피곤한 제국 방문이었다.

빨리 돌아가서 푹 자고 싶어.

◇◆◇◆◇

“그랬어, 결국 라이도우가 모래 바다에 어떤 용무가 있었는지는 알아내지 못했구나?”

“면목 없습니다. 터무니없는 속도로 사막을 베어 가를 기세로 가버린지라 도저히 따라갈 수가…….”

“그론트가 뭔가 저지르리란 걱정은 안 되지만, 펄스의 인맥은 정말 종잡을 수가 없구나. 상위 용하고도 알고 지내는 사이였다니. 라이도우는 모래 바다에 볼일이 있으니까 원하는 대로 들어주라는 말이었는데, 설마 그런 행동에 나선다는 것은 맹점이었어. 한 방 먹었지. 종자가 아닌 라이도우 본인이 간다기에 설마 안쪽 깊숙이까지 단독으로 진입할 줄은 몰랐어.”

쿠즈노하 상회 일행이 몇몇 전이진을 갈아탔을 무렵, 방에 돌아온 릴리는 기네비어를 불러 상세한 보고를 듣고 있었다.

그래 봐야 기네비어가 제도에 돌아와서 곧장 올렸던 보고에 약간의 설명이 더해졌을 뿐이라 요지는 크게 달라지지 않은 내용이었다.

모래 바다에서 놓쳐버린 뒤 라이도우가 무엇을 했는가 알지 못한다.

저 멀리서 큰 소리가 울려 퍼지다가 얼마 뒤 잠잠해졌고 라이도우는 몇 시간 만에 돌아왔다.

일단 그론트의 무사를 확인하기 위해서 지금 연락을 시도하고 있는 중이다.

이상이 기네비어가 말한 내용이었다.

"토모에와 시키, 그 종자 두 사람도 성 바깥에서 행방을 놓쳐버렸고……. 상대는 리미아도 마족도 아닌 기껏해야 상회인데 정말 이리저리 휘둘리는구나."

"……릴리 님은 그자들을, 어떻게 생각하십니까?"

"쿠즈노하 상회? 글쎄……. 정체를 알 수 없는, 적인지 아군인지 분명하지 않은 녀석들, 정도일까. 특히 라이도우는 토모키 님께서 말씀하시기를 일본인— 즉 이세계인이라던데."

"이세계인?! 그, 그럼 그자도 토모키 님과 똑같은 용사입니까?!"

기네비어는 놀람을 숨기려고도 않으며 눈을 크게 떴다.

"—꼭 그렇지는 않아. 토모키 님과 리미아의 용사 히비키는 여신의 신탁을 받아 나타났지. 그런데 그런 경우가 아닌 이세계인도 이제껏 다수 사례가 있었으니까."

"처음 듣습니다. 그런 인물이 있었습니까?"

"일단 로렐에서 타국에 숨기는 사실이거든. 그래도 그자들의 사회에는 잘 녹아든 것 같더라. 현인이라는 말은 들어본 적 있지?"

"현인……. 분명 특수한 지식이나 능력을 가진 로렐의 특권 계급이었지요."

"그렇게 타국에는 알려져 있는데 실제는 이세계인을 보호한 로렐에서 특권을 부여한 거야. 그게 현인이지. 지금은 한 명도 없다는 것 같은데 아직 자손은 남아 있고, 그 특수한 지식은 로렐이라는 나라를 어떤 의미로 건드리기 어렵게 만들고 있지."

"……."

"아무튼. 기네비어, 오늘은 고생 많았어. 물러가도 좋아, 이만 쉬려무나."

"넷. 실례하겠—."

"아. 오늘도 토모키 님의 처소에는 가면 안 된다? 조금 더 혼자서 있게 해드리렴."

"앗?! 아, 알겠습니다."

퇴실하는 기네비어가 지켜보다가 릴리는 제 얼굴에서 웃음을 지웠다.

라이도우와 상회의 중심적인 인물을 제국에 불러들이는 데는 성공했을지언정 후속 목적은「거의」달성하지 못했다.

릴리로서는 달갑지 않은 결과였다.

물론 이번의 첫 회담에서 곧장 쿠즈노하 상회를 포섭할 수 있으리란 기대는 갖지 않았었다.

그렇다 해도 내밀한 정보를 입수하거나 가능하면 제국 내에 쿠즈노하 상회의 분점을 하나 정도는 유치하고 싶었다.

가게를 세워 운영하는 과정에서 상품 분석이 가능하며 추후 간섭도 수월해진다.

용무가 있을 때마다 롯츠갈드까지 찾아가는 것은 릴리가 보기에도 별로 바람직하지 않았다.

게다가 현 상황에서 가능성은 낮아도 라이도우가 롯츠갈드의 가게를 닫아버리면 이후 용무가 생겼을 때 심지어 츠이게라는 터무니없는 변경과 연락을 취해야 하는 처지가 되잖은가.

연락뿐이라면야 걸음을 옮길 필요가 없이 주고받을 수 있겠지만, 왕래가 불편해지는 것은 확정이다.

'성공한 것은 고작해야 토모키와 라이도우의 접촉뿐이구나. 그쪽은 어느 정도 의도했던 결과가 나와준 것 같기는 한데. 둘이 대면한 자리에서 라이도우가 이세계인이라는 정보나마 얻은 덕분에 뜻밖에도 보탬이 됐어. 이세계인……. 다만, 의외로 라이도우에게서 여신의 힘이나 가호를 느끼지는 못했어. 용사가 아니라는 것과 관계가 있을지도 모르겠네. 여신의 힘이 느껴지지 않는 이세계인인가…….'

릴리는 이번에 라이도우가 이세계인, 일본인이라는 사실을 알았다.

토모키의 추리는 비록 트집이나 다를 바 없는 억지소리였지만, 라이도우는 시원하게 자기 신상을 밝혔다.

'휴만이라면 말이 안 되는 볼품없는 용모. 그래도 아인은 아니야. 넘겨짚기에 불과한 근거로 대강 떠보는 말이었을 수도 있었는데. ……아, 어쩌면, 측근에 둔 인물도 당황하지 않았던 것을 본다면 오히려 거짓 교란일 가능성도 생각해야겠구나. 확실히 그 시점에서 자신의 신상을 밝혀 봐야 이점은 적었을 테니. 토모에와 시키라는 사람, 머리가 상당히 잘 돌아가는 부류였잖아. 롯츠갈드에서도 라이도우는 두 사람을 상당히 의지하는 듯이 보였어. 그래도…… 그럼 반대로 일본인이라고 출신을 속여서 얻을 이득은 무엇이 있지? 토모키와의 관계가 내 추측대로라면 딱히 친분을 다질 의향도 라이도우에게는 없다고 판단하는 게 타당한데…….'

"후유."

릴리의 입에서 작게 한숨이 새어 나왔다.

지금은 방을 나와서 토모키의 개인실로 향하고 있다.

라이도우와 대화를 나눈 이후에 토모키는 자기 방에 틀어박혀서 식사도 먹지 않고 쭉 혼자 있기를 고집했다.

토모키 본인이 바랐기 때문에 파티 멤버도 들어갈 수 없었으며 또한 릴리도 입실을 금지당했다.

'우선 토모키의 상태를 확인하는 게 먼저겠지. 그럼 라이도우가 무엇을 했는지도 알 수 있어. 녀석의 힘도 조금은 바닥을 가늠할 수 있지 않을까.'

똑똑.

정중하게 문을 두드린 뒤 반응이 없음을 확인한 릴리는 조심스러운 목소리로 이름 불렀다.

"……토모키 님, 릴리입니다. 쿠즈노하 상회의 사람들은 귀로에 올랐습니다. 요전 날의 이야기를, 모쪼록 제게 들려주세요."

"릴리. 지금은, 만날 수 없어. 조금 더, 조금만 더 혼자 있게 해줘."

돌아온 것은 가냘픈 목소리.

늘 자신감 가득 넘치던 토모키의 대답 같지가 않을 만큼 허약했다.

그러나 릴리는 전혀 놀라는 기색을 보이지 않았다. 이 역시 상정한 범위 안이라고 말하는 듯한 얼굴이었다.

"도대체 무슨 일이 있었던 거죠? 그자들은 제가 초대한 손님. 라이도우가 뭔가 저질렀다면 마땅히 저의 죄이기도 합니다. 토모키 님, 제발 방에 들어갈 수 있게 허락해주세요."

대답이 없음에도 불구하고 릴리는 잇따라 말을 지어냈다.

토모키를 철저하게 치켜세우고 또한 위로한다. 스스로를 비하하며 토모키를 높여주는 화법은 릴리가 토모키 다루는 방법을 누구보다도 잘 알고 있다는 사실을 나타내준다.

얼마 뒤 천천히 열렸던 문이 무엇보다 분명한 증거였다.

"……들어와, 릴리."

토모키는 시선을 맞추려고 하지 않으며 머리 숙인 채 작게 중얼거렸다.

"토모키 님! 대체 어떻게 되신 거예요, 이렇게 풀 죽어 계시다니요!"

토모키가 얼굴을 보인 순간, 릴리는 이제껏 밋밋한 가면 같았던 표정을 당장에라도 울음이 터져 나올 것 같은 모양으로 바꾼 뒤 온몸으로 토모키에 대한 위로를 표현했다.

방에 들어간 릴리는 침대에 걸터앉은 토모키의 옆에 앉은 뒤 라이도우와 토모키의 사이에서 일어난 일을 맞장구치며 정성껏 캐물었다.

기습을 당한 바람에 비록 선전했지만 힘이 못 미쳐서 라이도우에게 협박과 폭력을 당했다고.

토모에를 넘겨받으려던 목적은 이루지 못했다고.

'토모키의 말을 해석하면 실상은 발키리가 전혀 대항하지 못한 채 격퇴당했을 뿐 아니라 토모키 본인도 라이도우에게 완벽하게 제압당한 상황이었구나. 소피아를 물리쳤던 그 공격은 실내에서는 쓰지 못하는 데다가 전투용 장비는 최저한의 몇 개밖에 착용하지 않았으니까 생각할 수 있는 범위이기는 해. 다만 라이도우 본인도 무기라고 할 물건은 아무것도 소지할 수 없었다는 것은 감안해야지. 녀석은 술사일까, 아니면 본래 전사로서 수련을 쌓았을까. 토모키의 이야기만 듣고 판단하자면 양쪽 다 가능성을 남겨 두는 게 무난하겠어. 몸을 사용할 줄 아는 술사…… 귀찮은 타입이네. 게다가 불완전한 상태에서도 토모키를 압도하는 수준이라면 예상 이상으로 까다로운 존재인가.'

토모키의 이야기에서 각색이 첨가되었을 부분을 제거한 뒤 라이도우를 분석하는 릴리. 눈에 눈물을 글썽이며 다정하게 토모키의 손을 붙잡는 동작과는 반대로 머릿속은 몹시 차갑고 맑은 상태였다.

'그 녀석에 더하여 토모에, 시키, 미오. 세 명의 측근도 실력은 검증이 끝난 초일류. 마족을 몰살하자는 사상만 가져주었다면 이 물건은 버리고 갈아타고 싶은 수준이지. 나는 뽑기 운이 안 좋았던 걸까……. 아니야, 좀 다르구나. 만약 토모키가 아니라 히비키가 제국의 용사로 소환되었더라도 그 여자는 나의 의도대로 움직여주었을 가망이 거의 없는걸. 아인들에게 하는 태도만 봐도 라이도우 역시 가능성은 낮아. 전쟁을 하는 단 하나의 목적이라면 눈앞에 있는 이 물건은 오히려 가장 「적격자」이지. 아무 망설임도 없이 적들을 죽이면서 다녀주니까.'

만약 히비키나 라이도우 중 누군가를 뽑았더라면……. 가만히 시뮬레이션을 한 릴리는 곧 자신의 생각을 부정했다. 설령 그러한 상황이었더라도 자신의 생각에 방해가 되었을 것을 쉽게 추측할수 있었기 때문이다. 머리에 떠올렸던 두 사람은 각각 다른 의미로 릴리의 소원을 이루어주기 위해서는 움직여주지 않을 존재였다.

"토모키 님, 라이도우는 정말 두려운 힘의 소유자였군요. 어떻게 하는 게 좋을까요? 그자를 저희 동료로 끌어들여야 할까요? 만약 토모키 님께서 바라신다면, 저는……."

"그 녀석, 마코토, 아니, 라이도우를 동료로……?"

되묻는 토모키의 말 곳곳에서 증오와 분노가 배어 나온다.

"네. 토모키 님께서도 힘을 빌려주셔요. 온갖 예의를 다해서 자격에 맞는 지위를 준비한 뒤 그자의 바람에 저희가 고분고분 따라 준다면 혹시 가능할지도 몰라요."

"그 녀석에게, 머리를 숙이라고?"

"……다른 사람이 아닌 토모키 님 본인을 위해서예요. 그자가 적으로 돌아서면 모든 것이 엉망진창이 될 수밖에 없어요. 그런 사태를 막기 위해서 저와 기네비아, 유키나츠, 그리고 모라와 다른 사람들이 모두 조금씩 잠시만 인내를 하면 해결되는 문제입니다."

라이도우가 과연 여자를 원할지는 물론 모른다.

아니다, 직접 대화를 나눈 토모키라면 그 가능성은 한없이 낮음을 깨달았을 것이다. 냉정하게 생각만 할 수 있다면.

"릴리……."

"게다가 쿠즈노하 상회를 저희 쪽으로 포섭하면 결과적으로 같은 진영이 되는 셈이죠. 토모키 님의 소망에도 부합됩니다."

"토모, 에!"

"네. 그러면 제가, 당장 사절을 보내서—."

"안 돼!!"

토모키는 몸을 일으키려고 한 릴리에게 고함지르며 제지했다.

"토모키 님?"

'그래야지, 너는 잠시라도 인내를 할 사람이 못 되는걸. 실질적으로 라이도우를 윗사람인 양 모셔야 하는 입장이면 용사로서 절대로 견딜 수 없어. 만약 히비키라면, 필요하면 별일 아니라며 기꺼이 견뎌주었을 테지만 말야.'

릴리는 마음속으로 비웃었다.

자신의 위에 누군가가 오르는 것을 허락할 수 없는 성격인 토모키는 라이도우에게 머리 숙여서 제국으로 「모시는」 방법 따위 도저히 용납할 수 없다.

그럼 어떻게 할 텐가.

그것이 릴리의 목적이었다.

라이도우를 써서, 토모키를 일전에 본인이 이미 주저했던 「어떠한 판단」으로 이끄는 것.

지금의 토모키에게는 마치 지옥에 드리워진 거미줄처럼 보이고 있을 것이라 릴리는 상상해본다.

그리고 그 상상은 조금도 틀리지 않았다.

"그딴 자식은, 필요 없어. 나는 용사야. 마족을 무찌르고, 마왕을 무찌르고, 세계를 통치해야 할 사람이라고. 같은 일본인이어도 상관없어. 그딴 자식한테는 절대로 의지하지 않아."

용사의 임무는, 적어도 여신이 용사라는 이름에 내린 책임은 마족을 격퇴하는 데까지다. 마지막의 통치 운운은 릴리가 토모키에게 시간을 들여 불어넣은 가짜에 불과했다.

"……하지만. 그자는 강하기에 이대로 두면 중대한 장해가 될 수도 있습니다."

남은 것은 천천히 부추겨서 움직일 뿐.

릴리는 차분하게 용사를 결론으로 이끌어 간다.

"그럼 내가 더 강해지면 돼. 그래, 고민할 필요가 전혀 없었어. 아주 간단한 거야."

"안 돼요. 토모키 님은 이미 생명을 깎아서 쓰는 힘까지 동원하여 마족과의 전쟁에 임하고 계시잖아요. 더 이상 도대체 어떤 힘을 또 받아들이겠다고 말씀하시는 거죠?"

토모키가 획득한 새로운 힘— 그것은 용 살해자라고 불리는 세계 유수의 맹자를 일격으로 쓰러뜨렸던 강력한 마술이라고 릴리는 들은 바 있다.

지극히 넓은 범위에 일절 위력의 감쇄도 없이 최고 화력으로 발동하는 빛나는 불길.

게다가 만에 하나 불길에서 살아남아도 몸에 특수한 독을 부여하는지라 전쟁에는 무시무시하게 유효한 수법이다.

토모키는 수명이 줄어드는 대가를 이야기한 뒤 그런 까닭에 남용은 불가능하다고 말했다만, 막상 필요해졌을 때라면 지금의 상태에서는 주저 없이 사용하리라 릴리는 확신하고 있다.

릴리로서도 토모키가 이렇듯 새로운 힘을 획득하여 더할 나위가 없는 기쁨을 느꼈었다.

물론 그것이 원인이 되어 토모키는 더한 힘의 획득을 망설이고 있다.

아니, 정확하게는 힘의 획득에 뒤따르는 리스크를 두려워하고 있었다.

안 그래도 수명을 갉아먹는 술식을 습득했는데 더욱 생명에 영향을 끼칠 가능성이 있는 힘에 손길을 뻗쳐야 하는가 두려웠을 테지.

"릴리. 롯츠갈드에 가기 전에 네가 말했던 그것. 아직 준비할 수 있지?"

"토, 토모키 님. 그 방법은 몸에 해가 됩니다. 저희 제국이 마족에게 대항하기 위해 수행한 인체 개조와 관련된 기술이에요. 이미 강력한 힘을 습득한 토모키 님에게는 더 이상 필요 없습니다."

"아니. 결국 내 매료도 토모에한테는 소용없었어. 그래도…… 부족하다면 늘려서 해결할 수 있잖아. 그 녀석은 용이지. 그럼 모라처럼 용 소환사의 인자라든가 테이머의 인자를 이식하면 그 녀석도 저항할 수 없는 매료의 힘이 손에 들어온다! 게다가 더 다양한 적성의 힘을 확보한다면 공격력에 직결되지. 검술이든 마법이든 뭐든지 좋아. 강해질 수 있는 인자를 닥치는 대로 나에게 넣어다오!"

"토모키 님, 안 되세요! 마족을 쓰러뜨려도 그 이후 통치를 행할 생명이 남지 않는다면 아무 의미가 없잖아요. 제발 스스로의 생명을 소중하게 다뤄주세요."

"……나는, 이길 거야. 전쟁도, 뭐든 전부 다. 이기는 끝이 아니라면 의미가 없단 말이다. 더 이상 스스로를 속이며 살아가는 처지는 사절이다. 나는, 나는 내키는 대로, 후회하지 않고 살 테다! 라이도우도 마족도 쳐부순다. 토모에는 내 여자로 만든다. 포기는, 절대로 안 해! 릴리, 네가 협력해주지 않는다면 난 혼자서라도 그 방법을 실행할 거다. 절대로 끝까지 간다!"

토모키의 눈에 위험한 빛이 가득히 들어찬다.

"그렇게까지, 절박한 심정이셨다니……."

얼굴을 돌린 채 감정이 복받친 사람처럼 어깨를 떠는 릴리.

"부탁한다. 한번은 거절했던 주제에 염치없는 말이라는 건 알아. 하지만! 내게 힘을 빌려다오! 나는 힘을 가져야 해. 처음으로, 진심으로 노력했는데. 여기서 포기하고 싶지 않아!!"

토모키는 릴리에게 매달리다시피 하며 애원했다.

"……."

"릴리!"

"알겠…… 습니다. 부디, 오늘 밤에는 이만 쉬세요. 준비를 진행시키겠습니다."

"고마워! 고마워, 릴리!"

"몸에 이상이 발생하면 반드시 제게 말씀해주세요. 아셨죠?"

"그래. 내가 기필코 제국에 승리를 가져다주겠어!!"

"그날을 고대하고 있겠습니다. 그러면 전 이만. 푹 쉬어주세요, 토모키 님."

등 돌린 채 토모키의 말을 듣다가 비통하게 각오를 다져 굳어진 표정으로 황녀가 고개 돌리더니 깊숙이 머리를 숙여 보였다.

토모키의 방에서 퇴실한 뒤 잠시간.

릴리는 자기 방으로 돌아올 때까지 딱딱하게 굳은 표정을 쭉 유지한 채 복도를 걸었다.

심상치 않은 황녀의 분위기가 성내에 널리 알려지면서 몇몇 억

측을 불러왔다.

그리고.

자기 방에 돌아와서 보안 장치를 취침용으로 고정한 릴리는 천개가 딸린 침대에 몸을 던져서 똑바로 드러누웠다.

오른팔로 눈을 가리고, 입가가 미소로 비뚤어진다.

"큭, 후후후, 아하하! 우훗, 아하하핫!! 이렇게나 간단한 애가 어디에 또 있을가. 전쟁에서 끝까지 승리를 거둬도 이미 토모키에게는 평화와 향락을 즐길 시간이 사라졌는데. 저 아이의 마지막 망설임을 용케도 잘라 내줬어. 라이도우, 고마워. 당신을 이유로 자극하면 앞으로 토모키는 철저하게 힘을 추구하겠지. 최저한의 일은 해준 셈이야, 우후훗."

웃음 섞인 황녀의 독백은 이어졌다.

토모키에게 더욱 강력한 힘을.

마족에게 더욱 처참한 피해를.

전쟁에 의한 거대한 전화를.

토모키가 아닌 전쟁에 매료된 듯한 황녀는 미친 사람처럼 웃기를 되풀이했다. 동시에 토모키를 사랑스럽게 느끼는 마음이 릴리의 가슴 깊은 곳에서 응어리지며 두 감정이 마음속을 양분한다.

토모키의 매료가 불어넣는 호의. 그것은 극히 강력하며, 아울러 토모키가 호의를 보내는 상대에게 더욱 강하게 작용한다.

겹겹이 대책을 마련해 놓는 황녀조차 조금씩 스며드는 힘에는 저항하지 못할 만큼 강력했다.

다만 릴리는 아직 푹 빠지지 않았다. 언젠가는 매료에 푹 빠지게

될 날이 올지도 모르겠지만, 그때까지 먼저 모든 것을 손쓸 도리가 없게 만들어버리면 된다. 자신의 광기가 먼저 목적을 달성하면 아무 문제가 없기에 릴리는 계속 웃음 짓는다.

"……정말, 이상적인 용사야. 우리는, 역시 만나야 할 사람끼리…… 만난 사람들이구나, 토모키. 라이도우도 히비키도 아닌 너야말로 나의 소원을 이루어줄 용사. 그런 거야……. 그런 거지? 여신."

단 한 번.

웃기를 멈춘 뒤 싸늘하게 아득한 먼 곳을 바라봤던 황녀가 눈동자게 아무것도 비추어 내지 않으며 멍멍하게 중얼거렸다.

그 후에도 잠시 황녀는 홍소를 터뜨렸고, 곧 희미하게 오열이 섞이며 새근새근 숨소리가 나기 시작했다.

◇◆◇◆◇

으음…….

사막인가.

분명 사막에 갔었잖아.

아공으로 돌아온 나는 토모에와 시키에게 제국의 인체 실험 및 그들의 전투 기술, 또한 발키리의 정보, 아울러 총기 연구에 대한 보고를 받았다.

분명 도시의 분위기를 조사하도록 부탁했었는데 두 사람은 꽤나 심각한 정보까지 수집해줬다.

내가 신경을 쓰는 것은 하나.

총이다.

토모키에게 대강 개념을 들은 릴리 황녀는 총을 재현하는 데 **한 때** 열심이었다던가.

다만 폭발률과 사이즈의 문제를 클리어할 수 없었기에 결국 토모키가 아는 총의 형태로 ― 권총과 소총이었다 ― 재현 성공한 것은 다량의 마력을 필요로 하며 몇 번에 한 번 정도 금속 탄환을 날릴 수 있는 정도의 물건에 불과했다.

달리 말하자면 적당한 힘을 보유한 술사의 경우 호신용 무기로 쓰지 못할 정도는 아닌 수준의 물건이 만들어진 것 같았다.

토모에가 말하기를 생산 비용은 전혀 채산성이 없고, 신뢰성과 정비성도 부족한 탓에 추후의 실전 증명(컴뱃 프루프)은 기대할 수 없을 것이라 했었다.

하지만 릴리 황녀는 넘어져도 그냥 일어나지는 않는 사람인가 보다.

폭발의 피해에서 화약의 가능성에 주목했는지 황녀는 화약의 이용법을 폭탄에 한정 짓도록 연구 방침을 바꿨다던가.

이쪽은 마력을 이용해서 위력을 높이는 쪽도 가능하고 더불어 일반 전사와 시민도 일정 위력을 발휘할 수 있는 도구로서 제법 모양이 잡히고 있다. 그야말로 집념이구나.

폭탄과 휴만……. 별로 좋은 조합은 아니라는 생각이 든다.

총과 폭탄 중 무엇이 더 위험할지는 나도 좀 판단이 안 되는 입장이네.

아무튼 뭐, 제국 관련의 보고를 들은 소감인데 말이야.

뭐랄까, 나는 지금 사막을 보고 있다.

백색의 모래 바다가 아니야.

왜냐면 나는 아공에서 잠들었으니까.

…….

알겠다, 그냥 다 꿈이구나.

이번에는 부감(俯瞰)으로 보고 있다. 게임 용어로 말하자면 쿼터뷰? 공이 꽤 들어갔네.

"사막에서 보는 달은 이 세계에서 가장 아름다운 달 중 하나라고 생각하는데, 너는 어떤가?"

나직하고 차분한 음색.

장년의 남자가 내는 목소리로 들렸다.

"허, 네가 할 소리냐? 여기에서? 엉? 마코토."

마코토? 그럼 나잖아?

……으엉~

목소리의 주인을 찾아봤더니 밤의 사막에는 두 개의 인영이 있었다.

"안타깝게도 지구의 사막에는 간 적이 없는 까닭에 백색의 모래 바다에서 본 달밖에 비교를 못 하겠군. 확실히 나 따위가 할 말은 아닌지도 모르겠어."

목소리의 인상대로 장년이고……. 턱수염. 본 적이 없는 갑옷을 걸쳤고 손에는 검을 들었다.

「소년」인 내가 「아저씨」인 내가 되어서 수염 길렀어.

저 사람, 어디에서 온 라이도우 씨야?

"바보냐. 네가 만든 사막에서 지껄일 소리냐고 따진 거다."

"누가 만들었든 사막은 사막이잖나? 토모키."

토모키.

아, 확실히 토모키다.

은발이고 얼굴을 충분히 알아볼 수 있어.

"나한테는 독하게 미쳤다는 둥 떠들더니 말이야. 오히려 네가 훨씬 더 미치광이잖냐. 보통 나라를 통째로 사막을 만들어버리냐고. 그것도 고작 일격의 마술로."

"토모키 너도 핵을 흉내 낸 술식까지 사용하지 않았던가? 그것도 넘치도록 비인도적이었다만. 충분히 미치광이의 짓이지."

"똑같이 취급하지 마라. 내 경우는 자기 생명을 갉아먹는 약점이 있고, 상대에게 공포를 주는 목적이 있어서 썼을 뿐이다. 단 한 발을 터뜨려 투항을 유도하면 이후 전쟁에서 불필요하게 스러지게 될 목숨을 구할 수 있지."

"……말은 하기 나름이군. 너의 그 힘이 릴리의 광기를 쓸데없이 더욱 가속시켰다. 그 탓에 모든 것을 돌이킬 수 없게 만들었지."

핵을 날렸다는 둥 사막을 만들었다는 둥 진짜 뒤숭숭한 대화다.

얼마 전 봤던 선배가 나온 꿈도 마찬가지였는데 너무 폭력적이잖아.

나, 위험한 사상이라도 갖고 있었나?

아니면 깨닫지 못했을 뿐 지쳤던 걸까…….

"돌이킬 수 없게 만들었다? 휴만은 마족을 멸망시켜야 살아갈 수 있다. 히비키가 일찌감치 죽어 나갔던 탓에 부담은 그리토니아에 모조리 쓸려버렸지. 전쟁이 격화된 것을 한탄하려면 그 무능한 히비키를 탓해야겠지."

"선배 말인가. 그 사람도 나와 네가 도우러 가면 구출했을 가능성은 있었다. 이오에게 맥없이 죽어 나가지는 않았을지도 모른다."

선배가 이오에게 살해당했다?

토모키가 구하러 갔다면? 즉 여기에 있는 두 사람 사이에서 선배는 아마도 얼마 전 왕도 습격전 때 이오에게…….

"만약의 이야기는 관둬라. 그때는 자국의 수비부터 단단히 해야 했다. 그게 릴리의 판단이기도 했지. 게다가 만약의 이야기를 하면 말이야, 세계의 끝에서 죽어 갔었던 너를 내가 주워주지 않았다면……. 너는 지금 이곳에 존재조차 하지 못했을 텐데?"

"꽤나 옛날 이야기를 하는군. 그때의 도움에는 일단 감사하는 마음이 있다. 그 황야를 1주일 이상 방황하며 죽음을 각오했던 나를 너희가 보호해줬지. ……이래저래 돌아본다면 그곳에서 일찍 죽었어야 차라리 행복했을 것 같다는 생각도 든다만."

"헹. 말이랑 달리 손쓰는 게 아주 대단하잖아. 뭐냐고, 이 꼬락서니는. 이게 은인에게 할 짓이냐?!"

"딱히 네 명령을 어기지는 않았을 텐데? 릴리의 유언이다. 그러니까 나는 오늘까지 너를 거역하지 않고 따랐다. 그야말로, 나에게 해가 끼치는 종류의 지시마저도 순종하며 들어줬지."

"……로렐을 손에 넣으라고, 내가 말했는데?"

"그러니까 그 제정신인지 의심이 되는 명령을 완수해서 손에 넣어줬잖나? 이곳이 로렐이다. 마음대로 해라. 사람도 역사도 지식도 전부 먼지로, 아니, 모래로 만들었다만. 이곳은 틀림없이 로렐 연방이었던 장소다."

"같이 데려갔던 발키리들은 어쨌지?"

"유감스럽게도 희생되었다."

"죽였군?"

"누가 들으면 오해하겠군. 작전에 휘말려서 죽었을 뿐이다. 너도 자주 벌이던 짓이 아닌가."

괴, 굉장하네.

대화에서 상황을 추측하면 이 일면의 사막은 원래 로렐 연방이었던 땅?

게다가, 「내」가 무슨 마술을 써서 이렇게 만들었다?

얼마 전 꾼 꿈의 「나」는 계를 명백하게 나와는 다른 방법으로 썼었고, 그러면 여기에 있는 아저씨인 내가 비슷한 힘을 가졌다고 이상할 건 없겠지. ……뭐, 저번에 그게 정말로 나였냐고 묻는다면 지금도 위화감이 엄청나지만 말이야.

"먼저 잠입했던 유키나츠는?"

"글쎄다. 도망쳤다면 어딘가에 버티고 있을 테고, 도망을 못 쳤다면 죽었을 테지. 전쟁에서는 사람이 죽는 법이다. 적이든 아군이든 다."

"그렇다 해도, 뒤에서 아군을 쏴도 되는 전쟁이 대체 어디에 있지."

"흐음……? 황제와 그 휘하의 파벌을 몰살하면 자신이 차기 황제다, 라고 지껄였던 사내의 말 같지가 않군."

"그 황제에게 붙은 패거리는 극히 일부의 소수파뿐이었잖나!"

"네가 대부분의 인물을 완전하게 매료시켰기 때문이지. 예외였던 저 사람들은 끝까지 휘둘리지 않은 충신이었다. 매료는, 네가 한 행동을 정당화시켜주지 않는다."

"……민중도, 관료도, 군대도. 나의 황제 즉위를 바라고 있다."

"결국은 매료잖나. 애당초 나는 어째서 네가 그토록 매료를 강화하고, 그 힘에 의지하는지 알 수가 없군."

"……뭐라고?"

음, 여기에 있는 「내」가 방금 꺼냈던 말. 사실은 나도 같은 생각이다.

왜 토모키(이 녀석)는 이렇게가지 매료에 집착하지?

이것은 꿈이지만 제국에서 만난 토모키도 비정상적일 만큼 매료에 의지하며 마구 사용하는 것 같았다.

"너를 긍정하고 의지하는 사념을 타인에게 불어넣는다? 그것은 사람을 너의 사상에 물들이는 강압이다."

"그게 어쨌다는 거냐? 뭐가 잘못됐나. 매력을 무기로 세상을 활보하는 게 대체 무엇이 이상하다는 말이지."

"매력이 아니다. 매료다. 네가 하는 짓거리는 극단론으로 말하면 네게 복종하는 너 자신을 양산하는 행위에 불과하지 않나? 타인에게 자신에 대한 강제적인 사모를 불어놓고 노예로 만들지. 자기애가 강한 너라면 신경이 안 쓰일지도 모르겠지만, 내가 보았을 때 너의 행동은 결국 상호 이해가 아닌 자위행위나 마찬가지더군."

"이, 이 자식이……!"

"히비키 선배의 카리스마가 올바르고 너의 매료가 잘못되었다는 말은 아니다. 대인 관계의 디딤판으로 쓰겠다면 양쪽 다 비슷비슷한 수법이 될 테니. 하지만 너는 지나치게 의존했다. 그 결과, 제국은 너와 네 인형밖에 없는 그야말로 좀비의 나라로 전락했지."

"닥쳐라. ……가만 놔뒀다면 말이다, 네놈과 히비키처럼 내게 말대꾸하는 바보 자식들이 자꾸자꾸 솟아나지 않았겠냐!"

토모키의 얼굴이 분노로 일그러졌다.

"……후후훗, 알겠군. 그런가, 자신에게 거역하는 의사는 전혀 불필요하다는 말인가. 그래, 오래도록 품은 의문이 이제야 다 녹아내리는군."

"……잘난 척하긴. 그럼 넌 뭐냐? 릴리, 릴리. 그 녀석도 내 노예 중 하나다. 맨 처음에 노예로 만든 여자다. 그런 녀석에게 집착해서 나라를 모래로 바꾼 넌 도대체 뭐냐. 할 말 있으면 지껄여봐라!"

내, 내가 릴리 황녀를 사랑했다는 분위기?

아니, 여기에 있는 「내」가 말이지.

진짜 판타지 느낌 가득 넘치는 전개구나.

"릴리는, 애당초 너의 매료에 걸리지 않았다. 마지막 순간까지도."

"……뭐, 라고?"

"너의 힘을 이용했을 뿐이다. 릴리는, 여신이 침묵하고 있던 동안에 어머니를 잃었지. 그 슬픔을 감당할 수 없어서, 마주하게 된 사실을 받아들이지 못한 채 릴리는 제국의 정치 세계에서 살았다. 그 비틀린 마음에 용사라는 존재는 무척 재미있게 보였을 테지. 변덕스럽게 침묵하거나 도움을 주는 여신이, 어머니를 구해주지도 않았던 여신이 이제 와서 보내준 용사. 바로 너다, 토모키. 릴리는 네가 어떻게 되든 혹사시켜서 마족을 죄다 죽이고, 그다음은 어머니를 죽게 놔뒀던 제국까지 엉망진창으로 망치려 했다. 아니, 결과적으로는 뜻이 다 이루어졌나."

"나를, 이용했다? 릴리가? 너, 마코토. 무슨 웃기는 소리를……."

"하다못해 내가 릴리와 만났더라면……. 너보다 먼저 만날 수 있었더라면 릴리의 광기와 슬픔을 이렇게까지 그릇된 결과로 이끌지는 않았을지도 모른다. 어리석게도 스스로의 우유부단함이 부른 결과로 릴리를 잃고 말았지, 아무리 후회해도 모자라군."

"그래서 나한테 화풀이냐. 결국 넌 과거에만 매달리고 다가올 미래는 모조리 무시하는 게 아니냐! ……이런 힘이 있었다면 전쟁도 더욱 편하게 끝낼 수 있었을 텐데. 릴리쯤이야, 내가 쓴 중고품이라도 괜찮다면 차라리 엎드려 빌었어야 했다. 그러면 넘겨줬겠지."

"……어쩔 수 없었다. 내가 자신의 힘을 깨달은 것은 마왕을 죽였을 때이니까."

"……뭐?"

……마왕을, 죽였다고?!

자, 잠깐만 기다려봐.

애당초 황녀를 사랑하는 마음도 아예 없고, 오히려 굳이 따지자면 거북하거든?

그야 연상의 아름다운 여성이고 외모만큼은 살짝 취향이기는 한데!

게다가 딱 잘라 말하겠는데 지금은 마왕을 죽이고 싶은 생각이 전혀 없단 말이다.

내가 들어도 진짜 생뚱맞은 소리야!!

"그때 처음으로 힘을 갈망했다. 꼴사납게 네가 나뒹구는 옆에서 말이지. 그 결과로 각성. 도무지 감사하지도 기쁘지도 않은 타이밍이다. 벌써 전부가 늦어버렸으니까. 너의 말대로 하다못해 이렇듯 네게 화풀이를 할 김에 아무 소식도 없는 그 망할 여신에게 시비를 거는 데밖에 힘을 쓸 용도가 안 떠올랐다."

"마왕은, 내가, 내가 그 술식으로 죽였—."

"너는 마왕의 진짜 실력을 끌어냈을 뿐이다. 네가 기분 좋게 잠들어 있는 동안에 내가 죽였지. 마왕도, 마족도. 그리고 이제 너를 죽이겠다."

"무슨, 소리지?"

"그렇게 하면 여신도 나타날 테지. 나타나지 않는다면 다시 하나둘, 사막을 늘려주겠다. 세계의 황야가 넓어지는 셈인가. 과연 언제까지 여신이 잠자코 숨어 있을지 기대되는군."

아무 표정도 없이 담담하게 말하는 「나」.

"이 세계는 겨우 전쟁을 끝냈단 말이다!! 이제부터는 평화를 만들어 가는 게 보통이잖아? 너는, 완전히 미쳐버렸어……."

"전쟁이 끝난 뒤 평화의 도래를 누가 결정하지? 전쟁이 끝난다면 다음 전쟁이 벌어질 뿐. 충분히 흔한 전개가 아닌가."

"……정말로, 그때 너를 구해주는 게 아니었다. 그래, 이곳에서 다시 목숨을 거두어주마. 말해 두겠는데 나한테 네 술식은 안 통한다. 일방적인 싸움이 되더라도 불평하지 마라."

"밤 동안, 뿐이겠지? 너의 불사, 그것도 여신에게 받은 힘이 아닌가. 상관없다, 아침까지 죽이고 또 죽여주겠다. 떠오르는 해와 함께 저세상으로 가라…….”

이봐, 이봐들.

싸우는 거야?

그런데 여기에 있는 「내」가 어떻게 싸울지 조금 궁금하기도 하다.

사막을 만들어버릴 만큼 대단한 일격을 날린다잖아.

게다가 손에 든 검도 신경 쓰이고.

나한테는 검의 소양이 전혀 없다. 하지만 분명 이곳의 「나」에게는 있겠지. 소양이 있다면 대체 어떻게 검을 휘두를까.

보고 싶어.

끝까지 보고 싶어.

저번 꿈은 도중에 나 자신이 못 버티겠다는 심정이었지만.

이번에는…….

앗, 뭐지?! 시야가 흐릿해지네…….

대치하는 두 사람이 멀어져 간다.

하늘로 들려 올라가는 듯한 시야의 변화.

점점 사막의 광대한 전모가 보이고, 아…….

"……제길, 역시나 꿈이잖아. 제국이나 롯츠갈드에서는 안 꾸던 꿈이었는데."

똑바로 누워 잠들어 있던 나는 조용히 눈을 떴다.

"그나저나 되게 위압감 있는 얼굴의 아저씨가 됐구나, 내가. 말투도 뭔가 거칠었고. 저번처럼 토모에랑 아무도 없었고."

게다가 1주일 이상 황야를 헤맸다는 말이 나왔지.

그렇게 오래 돌아다녔다면 확실히 죽을 뻔했을 거야.

그때 내가 어느 쪽으로 발을 내디뎠는지— 그 선택에 따라 벌어질 수도 있는 상황이었다거나?

그렇게 생각하면 등골이 오싹하네.

"아공에서 활 쏘는 습관을 들인 다음부터였나? 타이밍이 좀. 예지몽이 아니라는 건 알겠는데 도무지 뒷맛이 씁쓸하네."

잠이 안 와서 일어난 김에 활이나 쏘러 가자는 생각도 잠깐 들었지만, 왠지 몰라도 이번에는 굳이 또 일어나고 싶지가 않다.

나는 모포를 뒤집어쓰고 억지로 잠을 청하고자 눈을 감았다.

7

"그럼, 안녕히 다녀오십시오, 도련님."

"안녕히 다녀오세요, 라이도우 선…… 아니, 라이도우 님."

자욱하게 안개가 낀 겨울의 아침.

케류네온 국경의 낭떠러지에 걸린 다리를 건너가는 세 명의 등에 머리를 숙이는 일행이 있었다.

이미 세 사람의 뒷모습은 안개에 가려져서 희미하게 흐려졌다.

안 그래도 추위가 혹독한 계절인데 안개까지 낀 이날은 몸에 스미는 냉기를 한층 더 강하게 느껴졌다. 하지만 배웅을 나온 인물들은 부들거리지도 않고 정연하게 서 있었다.

다만 조금 기묘한 부분도 있다.

이들 중에는 명백하게 휴만이 아닌 이질적인 인영도 다수 목격

할 수 있었다.

"자, 복귀하실 무렵까지 또 보고를 올릴 수 있게 마무리를 지어 놔야죠."

선두에서 배웅하고 있던 두 사람 중 한 명이 입을 열었다.

살짝 키가 작은 폭신폭신한 몸에서 나온 목소리는 여성의 음색.

다만 외모는 인간의 형상이 아니었다.

보이는 대로 표현하자면 이족 보행의 돼지이자— 하이랜드 오크라고 불리는 종족이다.

"지, 진짜로 마족과 회담을 하러 가시다니……. 변함없이 바닥을 알 수가 없는 분이네요."

다른 한 사람도 입을 연다.

롱 헤어에 안경을 쓴 지적인 인상의 여성. 이 인물은 순수한 휴만이었다.

"에바, 돌아가죠. 괜찮죠? 겨울에 심어서 수확 가능한 작물도 있다며 자신만만하게 이야기했던 부분부터 다시 진행할 겁니다."

"에마 씨. 확실히 몇 가지 짚이는 게 있다는 말씀은 드렸는데요. 일단 작물을 심을 경작지의 확보가 안 되는 상황이에요. 먼저 개간의 진행 상황에 주목하는 게……."

"이미 확인을 마쳤습니다. 둔해요. 분명하게 말해서 당신들의 일 처리는 정말 둔합니다. 앞으로 겨울이라서 안 된다는 이유는 일절 인정하지 않겠습니다. 아, 아울러 세율도 다시 설정하도록 하죠."

"으읏. 세율 말인데요, 국고가 거의 텅 빈 상황부터 시작한지라 당분간은 조금이라도 국가 예산을 확보해야 좋을 것 같아서요……. 물론 주민들의 생활을 첫 번째로 고려했으니까 비록 대국과 비슷한 수준이어도 상식적인 세율은 되었다고 봐요."

에바라고 불린 휴만 여성과 에마라고 불린 오크 여성— 이름은 비슷해도 입장은 상당히 다른 듯하다.

무엇보다 휴만과 기타 다른 종족의 대화에서 휴만이 저자세로 나오는 사례 자체가 극히 드물었다.

"칠공삼민(七公三民)의 어디가 상식적이죠? 도련님께서 직접 데려와주신 주민의 생명이에요. 어떠한 종족이든 간에 아사나 동사는 인정할 수 없습니다."

"치, 칠공……?"

"오공오민(五公五民)으로 시작하는 게 타당하죠. 정말이지……. 국가를 일으키는 중대사인데 정작 정치에 관련된 자가 이런 안이한 자세로 임할 줄이야. 바보라는 말밖에 나오지 않습니다. 휴만과 아인이 혼재된 이 나라에서 과거 휴만에게나 상식이었던 국가 운영의 방식을 정녕 똑같이 사용할 수 있겠어요?"

"……죄송합니다."

일방적인 핀잔, 어딘가 부조리하다고도 받아들일 수 있는 질책이었으나 에바는 고분고분 사죄했다. 그 이유는 한동안 알고 지내는 동안 에마라는 여성의 능력과 성격을 얼마간이나마 이해했다는 데서 비롯되었다.

칠공삼민도 오공오민도 에바는 비록 의미를 다 알지는 못할지언정 자신이 설정하고자 한 세율이 좋지 않다는 평가임은 판단할 수 있었다.

'오크라는 종족은 이름과 모습이 달라도 본능만 따라 살아가는 단세포만 잔뜩인 줄 알았는데. 하이랜드 오크……. 어디에 서식하는 종족인지 잘 모르겠지만, 이자들은 학자와 비견될 지식을 보유하고 있어. 명색이 학원에서 사서로 일했던 내가 전혀 감당을 할 수 없는걸. 라이도우 선새— 라이도우 님과 알고 지내는 사람들은 정말 평범하지가 않구나…….'

에바가 마코토에게 소개를 받아 에마와 만난 시기는 케류네온에 온 직후였다.

「믿음직하고 다정한 사람이에요」라며 대면시켜주었다.

상식을 버리자, 어떤 현실에 직면하든 비상식이라며 놀라지는 말자고 다짐했던 에바의 결의는 한순간에 산산이 부서졌다. 무리도 아니었다. 설마 자신의 인생에서 오크와 대화를 할 날이 올 줄은 상상도 하지 못했으니까. 하물며 가르침까지 받게 된 것은 완전히 정신에서 허용 가능한 범위를 뛰어넘는 사태였다. 더 이상 어떠한 일이 일어나도 놀랄 까닭이 없노라고 에바가 자신의 부서진 마음에 새겨 넣었던 순간이기도 하다.

태어났던 나라가 멸망했고, 영지를 잃었고, 일가친척은 왜 살아남았냐며 오히려 타박을 놓고……. 그런 각박한 처지에 몰렸던 에바의 마음은 거의 절반쯤 광기에 지배되었었다. 그런데 지난 처절함은 롯츠갈드에서 라이도우, 즉 마코토와 만남으로써 허망할 만큼 싹 날아갔다.

이러한 비상식의 연속에 의해.

다만 이것이 제정신으로 회귀한 결과인지 새로운 광기로 덧칠되었을 뿐인지는 아직 분명하게 드러나지 않았다.

"각 종족의 상황은 어떻습니까?"

에마가 고개를 돌린 곳에는 본인보다 상당히 큰 체구의 오크, 푸른 비늘의 리자드맨, 하얀 날개를 가진 익인(翼人), 그리고 에마와 대강 비슷한 신장에 탄탄한 체격을 지닌 드워프가 있었다.

"……그렇군. 에바의 말은 어쨌든 간에 현 상황에서 새로 개척을 할 만한 장소는 없는 게 아니려나. 밭을 만들 만한 정도라면 제법 있다만. 게다가 무작정 개척을 하여 평지만 불려 나간들 마물에게 대처하지 못하면 의미가 없지."

맨 처음에 답한 인물은 리자드맨이었다.

"대처. 어느 정도의 마물들에게 말인가요? 케류네온에 온 주민 중에는 모험가와 전직 모험가, 전투에 소용이 있는 인물도 분명히 제법 많지 않았던가요?"

리자드맨에게 보고를 받은 에마의 미간에 주름이 진다.

"이 나라의 환경에 미처 대응하지 못할 인물이 아직껏 많다. 게다가 순수한 실력 부족도 부정할 수 없군. 마족의 침공을 받았던 탓에 눈이 내리는 환경에서 하는 작업에 익숙한 인물 자체가 휴만 중에는 적어졌을 테지. 본래부터 이 주변의 출신이었던 인물이 더 많이 살아남았다면 조금은 달라졌을 터이나……."

"없는 겁니까?"

"몇 명뿐이다. 전투 경험자는 전무하군. 그들에게 물어 조사한 정보는 에마 공에게도 보고가 올라갔을 터인데, 어쨌든 간에 여신의 축복에 의지하여 살아온 부류들이지. 과연 얼마나 실용적인 지식일지는 의문이군."

그 말에 에마는 실망을 뻔히 드러내며 탄식했다.

"……농작업을 하려고 해도 경비는 필요하죠. 그러나 마물 상대로 자기 역할을 다할 수 있는 경비 인력이 적단 뜻이군요."

"그리되는군. 몇 명이나마 제대로 쓸 만한 모험가가 있는 정도인가. 외부에다가 의뢰를 맡겨 데려오거나 우리가 직접 호위를 담당하는 게 현실적일 테지. 현 상황의 조사 결과로 판단하자면 이 나라에 서식하는 마수 다수는 오히려 겨울에 활발하게 움직이는 경향이 있다. 훈련을 실시하더라도 봄을 기다린 이후가 타당하다는 에바의 보고가 아예 틀리지는 않았어."

"알겠습니다. 외부의 협력, 모험가를 데려오는 문제에 대해서는 제안을 올리겠습니다. 전부 다 저희가 해결해주면 무의미하니까요."

"알겠다. 다만 당장의 훈련과 경비는 속행해도 무방할 테지?"

"물론입니다. 잘 부탁드릴게요."

이 대화에 에바는 거의 끼어들 수 없었다.

다만 표정에는 불만이 없고, 딱히 감정을 숨기려는 기색도 아니었다.

에바는 라이도우에게 소개받은 마물 및 아인과 지내는 동안 그들의 상식을 습득하고자 마음에 다짐했다.

무엇을 하든 간에 이들이 요구하는 수준은 터무니없이 높았지만, 애당초 일개 상회가 국가를 손에 넣었다는 사실 자체가 황당함과 파격의 부류이다. 주위 일대가 마족에게 완전 지배된 지역에서 건국을 완수해 낸 라이도우와 쿠즈노하 상회가 비정상적임은 말할 나위도 없겠다.

다만 이들에게 의지한 것은 다른 누구도 아닌 자신이었고, 망국 이후에 재흥을 이룬 현재의 케류네온이 의지할 수 있는 존재는 오직 이들뿐이다.

그렇다면 이들과 같은 기준의 일 처리 능력을 갖추자— 에바는 그렇게 결의했다.

따라서 지금은 열심히 학습하고 있는 단계다.

에마도 다른 인물들도 결코 에바를 홀대하지 않고 가볍게 대하지도 않는다.

어디까지나 나라의 대표자로서 단련시키기 위한 태도이다.

무시무시할 만큼 엄격하다만.

꺾이고 싶어도 꺾이게 놓아두지 않는다. 그것이 에바가 처한 상황이었다.

리자드맨이 한 걸음 물러난 뒤에 에마는 오크에게 눈을 돌렸다.

다만 에마가 고개를 들어 올려다본 오크는 조용하게 고개를 옆으로 흔들었다.

"딱히 할 보고가 없다. 계속해서 마수의 정보를 수집하며 식량 확보를 힘쓰고 있지. 수렵의 임무는 모험가를 중심으로 하는 이유도 있어 진척은 꽤 순조롭다. 에마의 기준으로 봐도 8할 정도의 수치는 달성했을 거다."

"……나머지 2할은 못 따라오는군요. 담당 인원의 수를 더 늘릴 수 있습니까?"

"……문제는 없다. 다만 뜻밖의 사망을 확실하게 피하고 싶다면 몇 명으로 자제해주길 바라고 싶군. 인원을 늘리는 게 마냥 좋지만은 않다. 보호자 역할을 하는 우리에게도, 사냥에 힘쓸 인물에게도 말이지."

"알겠습니다. 우선 세 명 정도 수배할 테니 잘 부탁드립니다."

"알겠다."

오크끼리의 짧은 대화 후 곧이어 앞에 나온 인물은 익인.

이 중에서는 가장 휴만과 닮은 외모였지만, 정작 등에 자라난 날개가 동질감을 부정하고 있다. 특성에도 꽤나 이질적인 점이 다수인지라 이들이 아인 중에서도 이단의 존재임을 알게 된 에바는 무척 놀랐다.

"국경 경비는 문제없습니다. 가끔 마족으로 보이는 자가 다가오지만, 침입은 물론 허용하지 않았지요. 몇 번인가 경고를 무시한 채 오는 자들과 전투로 발전했던 경우도 있었습니다만, 모두 다 무난하게 격파했습니다. 저희의 손해는 전무합니다."

"수고했어요. 그럼 경비와 다른 임무를 맡을 인원의 배정은 현 상황을 유지하는 게 이상적일까요?"

"아뇨. 경비를 담당하고 있는 인원의 손이 비는 상황입니다. 적응에 따른 담당 구역의 확대, 토모에 님께서 색적 기술을 강의해 주시는 등의 요인이 있어 몇 명쯤 다른 임무로 옮겨도 문제없을 겁니다."

"그렇습니까, 고마운 보고군요. 그럼 나중에 후보를 추려주시겠습니까?"

"알겠습니다."

케류네온은 낭떠러지를 고스란히 국경으로 삼은 특이한 나라였다.

또한 국경의 경비는 비행 능력을 갖춘 익인이 담당했기에 다른 누군가의 침입을 일절 허용하지 않는다.

지금 케류네온에 들어오고 싶다면 쿠즈노하 상회의 허가가 반드시 필요했다.

그렇게 마지막으로 나선 인물은 드워프.

다만 입을 열기 전부터 난처한 표정이었다.

"자, 무엇부터 이야기해야 할까."

"도구의 배치는 역시 지체되는 상황이군요."

"지금 케류네온에는 우리와 같은 장인이 아무리 많아도 모자라는 시기잖은가. 국민 중에 흙 속성의 마술을 특기로 하는 인물이 더욱 많다면 상황도 조금 달라질 텐데……. 인원 부족은 어떻게 할 수 있는 수준이 아니야. 그렇다고 우리들 중에 더 이상 인원을 동원할 순 없고 말이다. 저번에도 한 제안이네만, 다른 드워프를 국민으로 불러들이면 안 되겠는가? 케류네온에는 화산이 다수 있는 만큼 드워프에게 꽤 좋은 환경이다만."

"그 사안은 도련님의 판단을 기다리고 있는 중입니다. 아마도 로렐 연방에서 인력을 빼돌리는 셈이 아니냐고 망설이는 모습이셨습니다만……."

"도련님을 고민케 하여 죄송할 따름이군. 하나 로렐의 드워프에게도 연방에 대한 귀속 의식은 전혀 없지 싶네만. 우리는 어차피 어디에서든 일꾼 취급이니까 말일세. 정령 신앙에 빠져버린 자는 예외라 쳐도 드워프가 직접 고개를 끄덕인다면 문제가 없다, 이렇게 한번 아뢰어주겠나?"

"말씀은 드려보겠습니다. 다만 도련님의 성품은 다들 아시죠. 결과적으로 로렐 연방의 국력을 깎는 가능성을 고려하고 계실 테니까 과연 결단하시는 데 보탬이 될지는 알 수 없습니다."

"어쨌든 데려오면 로렐의 잠재적인 국가 역량이 줄 가능성도 있단 이유인가. 어려운 문제를 굳이 다 고려하시는군. 아무튼 말일세. 우리는 인원이 몹시 부족하다네. 휴만이든 아인이든 대장장이 일에 관심이 있는 인원을 보내주는 등 조속한 대처를 부탁하지. 무구, 농기구, 건축물에 토건 작업까지 할 일이 산더미야."

"많은 부담을 드려 죄송합니다. 가능한 한 오늘 중에는 인원을 보내드리겠습니다."

"부탁하지. 나도 로렐의 드워프 사회에 관하여 아는 특징을 이것저것 정리해서 도련님께 참고가 될 만한 자료를 만들어 두지. 나중에 갖다주겠네."

"도움이 되겠군요. 그러면 에바, 이만 복귀하죠. 물론 잘 알고야 있겠지만, 오늘도 수면 시간은 평소와 같습니다."

이때까지 흥미진진하게 대화에 귀를 기울이고 있었던 에바가 갑작스레 듣게 된 에마의 말에 얼굴을 실룩거렸다.

다른 면면은 이미 거리를 향해 걸음을 옮기고 있다.

"평소와 같단…… 말씀이군요. 저기, 제가요, 지난 사흘 동안에 제대로 잠을 못 잔 것 같은데요. 혹시 그게 평소와 같은 수면 시간이라는……?"

"꼬박 한 시간은 재워줬잖아요. 몸 상태에 문제가 발생하지 않게 분명히 보조 약품도 꼬박꼬박 줬을 텐데요? 설마 복용을 안 했나요?"

"먹었어요! 먹었으니까 마음이 지쳤는데도 몸은 쓸데없이 기운이 넘치는데요! 지금 같은 상황은 도대체 언제까지 이어지는 거죠?!"

며칠 한정의 일정이라는 생각으로 버텼던 에바는 격무에 끝이 안 보이는 정도가 아니라 이런 상태가 당연함을 통보하는 말에 무심코 반론했다.

"언제까지? 당연히 저희의 조력이 필요 없어지는 수준으로 당신이 성장할 때까지입니다. 다 큰 어른이 걸음마도 못 하는 상태나 마찬가지니까요, 열심히 죽기 살기로 힘내보세요."

"걸음마……?! 그치만, 이렇게 터무니없는 계획을 진짜 진행하는 게 말이 되나요! 게다가 라이도우 선생님도, 정치나 경영에는 딱히 해박하지 않으신데요?!"

"무의미한 소리를……. 도련님을 예로 들어서 어쩌자는 거죠. 당신, 걸음마로 대지를 가를 수 있습니까?"

"……."

"엄살입니다. 자, 등을 쭉 펴고 당당하게 걷도록 해요."

에마는 에바의 절규를 일축한 뒤 척척 앞서 나간다.

뒤를 쫓아가는 에바는 구부러지려고 하는 등을 힘겹게 쭉 펴며 걸어갔다.

겨우 따라잡았을 즈음 리자드맨과 오크가 입을 열었다.

"에바, 하나의 나라를 대표한다는 게 쉬울 리 있겠는가. 지식,

지혜, 힘. 타국과 교류하지 않아도 되는 지금의 상황에서도 일정 이상의 수준은 필요하지. 추후 외교가 시작되면 지금이 오히려 편하게 느껴질 거다. 에마 공이 요구하는 이상의 페이스로 성장하지 못한다면 케류네온의 미래는 어둡다."

"동감이군. 너에겐 딱히 인심을 휘어잡는 압도적인 매력도 없지 않은가. 지금 이 나라의 백성은 본래부터 이곳에 살던 인물들이 아니지. 주민들을 이끌어 나가자면 무척 곤경이 많겠지만, 기어코 해내야만 한다. 이때 필요한 것은 지식과 지혜와 힘. 셋 중 가장 익히기 쉬운 것은 지식이지. 죽기 살기로 배워라."

익인, 드워프도 에바에게 고마운 말을 해준다.

"귀족이든 왕족이든 혈통만을 근거로 해서 당연하게 세습하니까 그렇게 약한 마음이 생기는 겁니다. 영지를 다스리며 다른 사람의 위에 서겠다면 마땅한 자격과 실력을 증명할 수 있어야겠죠."

"반쯤 미쳐서 꿈꾼 소원이렷다. 아무튼 이루어진 이상은 책임도 생겨나지. 포기하지 말게나."

에바의 얼굴에는 경련 비슷한 웃음이 붙어 있었다.

"차라리 롯츠갈드에 있던 때처럼 미쳐버리면 편할지도 몰라……."

"광기인가. 나름 괜찮은 방법이 될 수 있겠지. 확실히 지금보다야 너에게 각오 및 힘을 가져다줄 것이다."

미스티오 리자드가 진지한 얼굴로 광기를 긍정했다.

"중요한 것은 네가 수장으로서 적합한 능력을 갖고 판단을 내리는 거다. 딱히 제정신일 필요는 없지. 좋은 방안이 되지 않겠는가?"

하이랜드 오크의 말에도 위로 따위 티끌만큼도 없었다.

“도련님을 실망시키는 결과가 될 바에는 미쳐서라도 역할을 완수해주세요.”

“어차피 같은 결말에 도달한다면 하다못해 제정신은 붙들고 버텨야 너도 큰 기쁨을 누릴 수 있지 않겠느냐?”

익인에 드워프까지. 전혀 자비심 없는 말이 잇따라 날아들었다.

“여러분, 에바의 어리광을 받아주지 마세요. 이 아가씨는 케류네온을 짊어지고 서야 하니까요. 도련님과…… 그래요, 계약을 맺은 처지니까요. 미쳐서 편해지겠다……?”

용납할 리가 없다.

에마의 발언 이후에 따라올 말은 전원의 눈에서 에바에게 전달되었다.

에바는 힘없이 고개 숙였다.

망국의 부활.

그것은 기적이다.

그런데 이루어져버렸다.

그렇다면 그 대가는, 보수는…… 어떠한 종류가 되었든 간에 지불해야만 한다.

터무니없는 입장에 놓이게 됐다— 그렇게 생각하면서 에바는 앞을 보고 걸었다.

과거의 자신과 만날 수 있다면 「제발 현실을 똑바로 봐라」라며 멱살을 틀어잡아서 호통치고 싶다. 그런 후회와도 비슷한 감정을 아주 약간만 품은 채.

◇◆◇◆◇

짙은 안개가 주위를 감싼다.

이 주변에서는 드문 현상이 아님을 잘 아는 여자도 오늘만큼은 제발 안개가 끼지 않기를 바라는 마음이었다.

팔짱을 낀 여자는 손님을 기다리고 있었다.

그 옆에는 네 개의 팔을 가진 거인이 있다. 그 남자도 눈을 감은 채 그저 조용히 서 있었다.

두 사람의 뒤편에는 완전 무장한 마족의 정예병이 쭉 늘어섰다.

움찔, 거인이 눈을 뜨더니 앞을 주시했다.

"왔어?"

"오는군. 세 명이다."

"조금 더 가시거리가 확보되면 좋았을 텐데. 오늘만큼은."

"동감이다. 저것을 맞이하는 때에 이토록 시야가 나쁘다니 솔직히 오싹하군."

"손님인가."

"마인이라 부르면 실례일 테지. 저것도 바라는 바는 아니었던 것 같군. 라이도우라고 부르는 게 타당할 거다."

"그렇겠네. 이오, 말해 두겠는데 수도에 도착할 때까지 말썽 일으키면 안 된다?"

"그 발언은 고스란히 돌려주마, 로나. 그렇게 맥없이 당했는데 나에게 어떤 적의나 다른 감정이 남아 있겠는가. 나는 오로지 두려울 뿐이다."

"마족 장군의 에이스에게 「두렵다」라는 발언을 하게 만드는구나. 게다가 무슨 이유인지 약속 장소로 우리의 영토 한복판을 지정했잖아."

로나는 조용히 한숨을 내쉬었다.

정보 수집이 특기인 자신도 모든 것을 파악할 수 없었던 「손님」에 대한 거부감과 경계심이 배어 나왔다.

당사자를 앞에 두고도 이런 심정을 표시하지는 않을 자기 통제야 물론 가능하지만, 아직 접촉하지 않은 단계에서는 다소나마 약한 모습도 보인다.

"레프트가 잠시 행방불명되었던 케류네온에서 10킬로미터 정도인가. 녀석은 그곳에서 무슨 일을 겪었는지 기억을 못 할뿐더러 케류네온에 대한 정찰도……."

"성과 없음이지. 예전에는 없던 낭떠러지가 갑자기 생겨났다는 것을 알았을 뿐이네. 거기에 과연 다리가 걸려 있는지도 불명이고."

"부하들 중 피해도 발생했다지?"

"깊이 들어간 부하는 전멸이야. 부대 통째로 사라진 탓에 어떻게 된 일인지도 전혀 몰라. 설마 녀석들이 관련되었을 가능성은 거의 없겠지만, 타이밍이 아무래도 좀."

"결국 레프트의 기억이 회복되기를 기다리는 게 제일인가. 우리에게 있어 케류네온은 썩 가치는 없는 땅이지. 더 이상 실질적 손해가 없는 이상은 섣불리 피해를 발생시킬 까닭도 없다."

"분하지만 맞는 말이네. 지금은 방치할 수밖에 없어."

'……군 외부의 간섭은 다소 감당해야겠지만.'

로나는 마음속으로 짤막하게 말을 보탰다.

"다만 만약에 네가 염려하듯 케류네온의 이상 사태가 녀석들과 관계되었고 그런 까닭에 이 장소를 우리와 만날 곳으로 지정했다면."

"……."

"쿠즈노하 상회, 그리고 라이도우. 괘씸한 녀석들이군. 그 남자 본인은 썩 대단한 술책을 부릴 인물로 보이지는 않았다만. 애당초 녀석들은 잔재주 따위 쓸 필요가 없지."

"……그러게. 슬슬, 보이는구나."

작은 목소리로 대화 나누던 이오와 로나가 입을 다물고 자세를 바로 했다.

안개에 세 개의 그림자가 떠올랐다가 이윽고 그 모습이 곧 뚜렷하게 형체를 이룬다.

"오래 기다리셨어요?"

한가운데의 남자가 이오와 로나를 보고 미안해하며 말했다.

"아니요. 약속 시간보다 조금 이른 정도였습니다. 환영합니다, 라이도우 님. 그리고 일행분들도. 방위의 관계상 전이를 쓴 이동이 불가능한 점을 양해해주셔서 감사드립니다. 이곳에서 수도까지는 아직 상당한 거리가 있습니다만, 저희가 책임을 지고 안내해드리겠습니다. 소개가 늦었습니다. 저는 이오, 마족의 장군으로서 왕을 섬기고 있습니다."

"다 아는 사이지만 인사할게. 나는 로나. 이오와 같이 마족의 장군 중 한 사람이야. 오랜만이네, 라이도우. 폐하도 당신과 만나는 날을 고대하고 계셔. 이렇게 무리한 제안을 받아들여줘서 정말 고마워.”

묘하게 형식을 갖춘 말투였던 이오와 달리 로나는 편한 말투로 인사를 했다.

표정도 고지식하게 딱딱한 인상과 부드러운 웃음으로 대조적이었다.

“쿠즈노하 상회의 대표, 라이도우라고 합니다. 아무쪼록 잘 부탁드립니다. 이쪽은 사전에 전달드렸던 저의 동행이며 미오와 시키입니다.”

“미오예요. 잘 부탁해요.”

“시키입니다. 신세를 지겠습니다.”

라이도우의 자기소개에 이어서 양옆에 있던 남녀가 가볍게 인사했다.

검은 머리카락, 검은 기모노로 몸을 감싼 여성은 미오라는 이름이었고 어딘가 쌀쌀맞다. 어둡게 차분한 색조의 붉은 머리카락, 하얀 로브를 걸친 남자는 시키라는 이름이었고 생글거리는 인상이다.

이쪽도 태도가 갈라지는 인사였다.

“그러면 며칠 동안의 여정이 될 터이나 출발하십시다.”

이오의 말을 신호로 마족의 병사가 진형을 갖추었다.

지난 십수 년, 휴만이 거의 걸음을 들여놓지 못했던 영역. 그리고 그 너머에 있는 이제껏 한 번도 휴만이 방문하지 못했던 미답의 영역으로.

쿠즈노하 상회 대표, 라이도우가 한 발짝 내디뎠다.

8

백색의 모래 바다에서도 든 생각인데 이 세계에는 아직껏 신비로운 장소가 잔뜩 있는 것 같다.

과연 판타지.

이오와 로나에게 마중을 받은 우리는 며칠 동안의 여정을 저들과 함께 움직였다.

첫날은 눈보라가 불었지만, 북방국이어도 하루의 순환은 평범하다.

가끔 일어난 마물의 습격은 마족 여러분이 화려하게 격퇴해줬다. 케류네온에 나오는 녀석과 같은 마물도 있어서 대처 방법을 참고할 순 없을까 견학하며 보기도 했다.

놀란 것은 이틀째. 아직 낮인데도 날이 살짝 어둑해지더니 그때부터 단박에 하늘이 까매졌다.

대략 한 시간쯤 나아갔을 무렵에는 이미 완전한 밤. 지면도 군데군데 완전히 얼어붙은 탓에 걷는다기보다는 한 발짝 한 발짝 밟아서 버티는 느낌이다. 눈도 그냥 내리는 게 아니라 지면을 후려치는 듯한 기세로 강하니까 도저히 사람이 발을 들여놓을 만한 환경이 아니라고 생각되었다.

그래도 여기에서는 이게 보통인지 마족들 사이에서 당황하는 모습은 없다. 첫날과 마찬가지로 방한 결계를 전개한 채 뚜벅뚜벅 전진했다. 무서워라, 북방국 주민.

결국 이날의 중간부터는 영원의 암흑 비슷한 상황에서 눈보라치는 빙원을 전진한다는 희한한 경험을 했다.

그리고 사흘째.

아침이 안 온다. 이틀째 오후부터 줄곧 밤이다.

태양이 안 떠오르는 장소가 진짜 있구나. 이럼 당연히 춥지.

이날은— 아, 요컨대 오늘 일인데 말이야, 마족에게 조금 허둥지둥하는 움직임이 있었다.

마물의 습격이다. 그것 자체는 그동안 몇 번인가 겪어봐서 별일은 아니었는데 아무래도 튀어나온 적의 수준이 예사 이상이었던 것 같았다.

체모가 새하얗고 상당히 박력이 있는 거구의 사자.

이런 녀석은 케류네온에서도 목격했다는 보고는 못 들어본 데다가 나도 처음으로 봤다.

멋들어진 갈기를 가진 수컷(아마도)이 몇 마리 덮쳐들었다.

우리에게 날아들었을 때 얼마나 큰지 분명하게 알 수 있었다. 앞에 나섰던 마족의 병사와 크기를 비교하면 대형 왜건 자동차 수준의 차이였다.

그리고 빨랐다.

허둥지둥 진형을 갖추고자 한 마족의 병사가 일순간에 물려 죽었다.

버틴 사람도 물론 있었지만, 내 앞에 나섰던 사람은 아니었다. 여행 중 가볍게 말을 주고받은 관계에 불과했지만, 유감스럽다는 기분은 든다.

공양이 될진 몰라도 아무튼 하다못해 이 녀석을 해치워주자— 그런 생각으로 앞에 나서고자 했던 나를 시키가 손으로 제지했다.

얼굴을 보니 고개를 옆으로 흔들고 있었다.

무슨 일인가 싶어 의아했지만, 일단 순순히 잠시 상황을 지켜보기로 했다.

결국 이오와 로나도 전선에 가담하자 하얀 사자는 격파되었다.

그다음에도 예상치 못한 사태가 몇 번인가 발생했다. 지난 여정과 명백하게 위력이 다른 마물이 출몰한 탓에 동행했던 병사에게도 피해가 났다.

우리를 둘러싸는 방한 결계는 잘 유지되고 있는 데다가 진행의 페이스도 달라지지 않았지만, 다들 만신창이라서 딱한 모습이었다. 대강 둘러봐도 조금 심상치 않다는 생각이 들었다.

지금, 간신히 휴식을 취하게 되어 우리는 시키가 준비한 텐트에서 잠시간 쉬는 중이었다.

로나는 우리 몫의 텐트도 준비해줬는데 사양했다.

일단 이쪽에서 준비한다고 말은 전했지만, 만에 하나 우리의 텐트가 이곳 일대의 추위에 대응하지 못할 물건이었을 경우를 대비해서 가져와줬다던가.

"시키는 이렇게까지 심한 추위를 예상했던 거야? 이거, 방한 성능이 진짜 굉장하네."

"예, 마족령의 겨울은 대부분이 극야의 땅이니까요. 이 텐트는 즉각 전개가 가능하며 어지간한 환경에도 대응할 수 있도록 제작을 맡겼습니다."

극야. 분명히 주간에도 태양이 안 나타나는 상태였지.

비록 침략으로 영토가 넓어졌다지만, 알겠네. 마족이 원래 살았던 장소는 이렇게 가혹했다는 말이구나. 케류네온도 겨울은 꽤나 혹독하다고 생각했었는데 이곳과 비교하면 대충 살 만하다는 평가가 나올 거야.

"고마워. 근데 말이야, 마족도 일단 준비는 해준 것 같은데 거절해도 괜찮았던 걸까?"

"그러게 말이에요. 어차피 밤에는 아공으로 돌아가서 쉴 테니까 상대의 호의를 받아들여주는 게 좋지 않았겠어요?"

미오도 같은 의견이구나. 그러면 뭔가 문제가 있기 때문인가.

흐음……. 마족의 물건을 빌려서 쓰면 어떻게든 정보가 새어 나갈 가능성이 있다거나?

"상대는 저희의 준비가 부족했을 때를 대비했을 뿐이지요. 그리고 로나가 준비한 물자에 굳이 의지하고 싶지는 않았습니다."

역시나.

"—뭐, 로나가 어쨌다는 발언은 농담입니다. 서로의 입장을 고려하면 로나는 이 여정에서 이상한 수작을 부리지 못할 테니까요."

…….

역시나? 말은 안 해서 다행이다~.

무슨 이유인지 질문하고 싶은 마음인데 괜히 주저하게 되네.

"어째서지요?"

내 마음을 읽은 것처럼 미오가 나이스 질문.

"저희는 초대를 받아 방문하는 손님이며 로나는 마왕의 말을 저희에게 전해야 하며 안내를 맡은 역할이기 때문이지요. 그래 보여도 마왕에게는 충실한지라 자기 임무를 더럽히는 행동은 못할 겁니다. 따라서 설령 저 녀석이 준비한 텐트를 저희가 썼더라도 내부를 훔쳐보거나 듣는 정탐은 로나라면 절대로 할 수가 없지요."

"안 들키게 해치우면 그만 아닌가요?"

"제가 있잖습니까. 제게 발각될 리스크는 계산에 들어갔을 겁니다. 게다가 도련님의 힘도 목격한 바가 있으니까 어설픈 수작은 전부 역효과임을 잘 알겠지요, 저 녀석도."

시키는 로나를 정말 잘 알고 있구나. 물론 친숙함이 아니라 견원지간이라는 느낌이지만.

"후유, 귀찮아라."

미오는 한숨을 쏟아 내며 나직이 중얼거렸다.

요즘 들어서 아침과 점심은 미오가 만족할 만한 식사 자리가 아니었는걸.

"그나저나 도련님, 아까 전에는 주제넘은 짓을 저질러 정말 죄송했습니다."

시키는 공손한 표정으로 머리 숙였다.

"아냐, 딱히 사과하지 않아도 돼. 근데 이유가 뭐야? 잠깐 도와주자는 생각만 했을 뿐인데?"

"그것이 바로 노림수입니다. 로나의 수법입니다, 도련님."

"……뭐?"

"숫자까지 예상했을지는 알 수 없습니다만, 일부러 강력한 적의 습격을 유도해서 도련님의 협력 제안을 끌어내고자 했던 겁니다, 그 여자는."

에이, 설마. 의심이 좀 지나치잖아. 아군도 꽤 심한 피해를 받았는데?

“설마, 아니겠지.”

“그 증거로. 저희가 나서지 않았어도 끝까지 대처가 이루어졌지요? 전부.”

하얀 사자— 눈 사자도, 얼음 비슷한 비늘의 용— 프로스트 드래곤도 분명히 마족들끼리 끝까지 대처했지만……. 그게 이유가 되나?

“……또 다른 근거가 더 있습니다. 마족들은 언뜻 급박해 보이는 상황에서도 방한 결계를 멈추지 않았고, 인원이 줄어들어도 곧 진형을 다시 정비했습니다. 훈련을 잘 받은 정예병이라고도 평가할 수 있겠습니다만, 제게는 미리 대처 방법을 상의했던 것처럼 보였습니다.”

“그러고 보니 전투 중 병사 몇 명이 저희를 끊임없이 살펴봤었죠. 로나라는 여자는 은근슬쩍 쳐다보는 정도였지만요.”

미오도 대강 짚이는 상황이 있었는지 납득한 표정이었다.

나는 전혀 깨닫지 못했는데 말이죠. 어둠 속 눈보라 때문에 별로 주변에 신경을 쓰지 못했거든.

……반성하자.

“예. 마족이 먼저 협력을 부탁할 순 없지만. 다만 저희가 나서서 제안한다면 받아들일 여지는 있다는 거죠. 저희의 힘을 조금이라도 관찰할 수 있을 뿐 아니라 무엇보다 함께 싸우면 연대감이 생겨나니까요.”

“부하가 죽어 나가도 감수하면서? 정말?”

“고려는 했을 겁니다. 물론 무사히 버텨 낸다면야 특별히 나쁠

게 없고 말입니다. 지금 치료를 받는 인원은 운 좋게 살아남은 병사라고 볼 수 있겠습니다."

"그렇게까지 해서 우리를 떠보거나 끌어들이고 싶은 걸까?"

"그런가 봅니다. 아주 약간이라도 정보를 모으고, 이득을 얻기 위해서 부하를 희생시키고, 그리고 조금이라도 더 좋은 인상을 주기 위해서 국빈이라도 맞이하는 듯한 후대를 할 정도로는……. 저희에게 관심이 있는 낌새입니다."

그거 전부 다 헛짓인데 말이지.

"고작 일개 상회의 대표를 초대하는 것치고 도가 지나치네. 게다가 장군을 두 명이나."

"예. 게다가 이오의 자기소개와 로나의 인사……. 알아차리셨습니까?"

그건가. 나도 조금은 위화감을 느꼈다. 뭐, 지적을 듣고 떠올리는 정도에 불과하지만.

"응, 뭔가 이상했지. 이오는 마치 초대면인 것 같았고, 로나는 변이체 소동 이전처럼 편하게 대한 느낌이었어."

"그 말씀이 맞습니다. 이오는 왕도에서 있었던 일은 가능하면 노카운트로 해달라, 한편 로나는 변이체 사건의 이전 행동거지가 진짜 나입니다, 라고 아마도 말이 아니라 태도로 표시하려던 겁니다."

"그게 뭐야, 넉살이 되게 좋네?"

아무튼 저런 의도였다면 「아뇨, 왕도에서 이미 만났잖아요」라고 대답하지 않은 게 정답이었던 건가.

눈치 없이 따졌다면 이오의 의도를 모조리 부정하는 셈이었잖아.

"아마도 마왕에게 구체적으로 뭔가 지시를 받았을 테지만, 대강 이러한 의도라고 생각됩니다. 요컨대—."

시키는 여기에서 일단 말을 끊었다가 눈에 힘을 주었다.

"이제껏 「본의가 아니었던 관계」는 없었던 것으로 하고 새롭게 좋은 관계를 쌓아 나가자. 마족은 진심으로 도련님과 쿠즈노하 상회를 원하는 것 같습니다. 이런 분위기면 마족의 수도에 도착했을 때 퍼레이드라도 시켜주는 것이 아닐까 싶습니다. 크흐흣."

크흐흣? 왜 이래. 토모에화되고 있잖아, 시키.

제발 좀 봐줘라……. 그쪽에 가버리면 내 마음의 오아시스가 사라진다니까.

"퍼레이드? 파티라면 차라리 가치가 있을 텐데요."

대놓고 음식밖에 관심이 없는 미오가 불만을 드러낸다.

그야 파티였다면 식사도 나올 테니까.

"미오 님. 퍼레이드 이후 파티가 없다는 것은 절대로 말이 안 됩니다. 연회는 환영의 기본이니까요."

"……그럼 괜찮겠네요. 퍼레이드, 허락하겠어요."

괜찮지 않아~.

"마족 고유의 음식은 반쯤 언 고기를 그대로 얇게 썰어서 먹는 요리나 다양하게 맛을 첨가한 얼음이 재료가 되는 얼음 요리의 종류가 있습니다. 이전에 방문했을 때는 저런 정도밖에 보지 못했습니다만, 이토록 환경이 특이한 만큼 또 달리 다양한 시도가 있을지도 모르겠군요."

"오늘은 슬슬 수도로 들어갈 수 있을까요?"

“아뇨, 오늘은 근처 마을에서 하루를 묵는다고 들었습니다. 수도 도착은 내일이 되겠지요.”

“빨리 먹고 싶네요, 도련님.”

“어? 아, 응. 그러게. 기대된다, 얼음 요리.”

그냥 반사적으로 대답해버렸는데……. 겨울에 차가운 음식인가.

코타츠용 아이스크림은 철판인데 이쪽에서는 과연 어떨까.

텐트를 살짝만 열어 바깥의 상황을 살폈다.

조금만 떨어진 곳도 제대로 보이질 않는 얼음의 대지. 별도 안 보이는 새카만 어둠에 바람과 눈이 거칠게 불어닥친다.

강한 바람 소리만이 일대에 울려 퍼지고 있었다.

장소가 장소인 만큼 얼어붙은 고기라든가 얼음이라든가 요리 얘기를 들어도 난 별로 식욕이 솟아나지를 않네…….

◇◆◇◆◇

콰당, 작은 소리를 내며 문이 닫혔다.

“루토, 나쁜 자식아! 도대체 뭐야, 느닷없이 랜서의 알을, 비상식덩어리가 모래 바다를 엉망진창으로— 아주머니라니!!”

방에 들어오자마자 의미 불명의 말을 쏟아 내는 묘령의 여성. 언뜻 보기에는 무척 차분한 분위기가 일변, 얼굴을 가린 후드를 벗을 겨를도 답답해하며 여성은 방 안쪽에 있는 인물에게 바짝 다가들었다.

여성은 겉옷의 단추를 풀고 후드가 딸린 로브를 벗더니 옆쪽에 있는 소파에 집어 던졌다.

"이런. 오랜만의 재회이건마는 인사가 과격하군, 세파. 느닷없이 「이것」은 뭔가."

"앗?! 미, 미안해. 나도 모르게……?!"

방의 주인 이외에는 아무도 없으리라 생각했던 여자는 소파에서 일어난 인물을 보고 허둥지둥 사과, 그리고 곧장 말문이 막혔다.

"예상대로인가. 후후, 마코토 군이라면 무조건 저질러준다고 믿었거든! 모래 바다[거기]는 나도 못 들여다보는 구역이니까 현장을 직접 보지 못한 게 진심으로 아쉽네!"

방의 안쪽에 있던 여성의 목표— 루토가 만면의 미소와 함께 걸음을 떼는데도 미처 신경을 쓰지 못한 채 당황하며 말을 꺼낸다.

"너, 신이야?! 어, 그치만 조금 다른 것 같은데……."

"신이 맞다네. 아니, 신이었던 존재라는 게 정답이려나. 어느 휴먼과 지배의 계약을 맺어서 말이지, 지금은 그 사람의 종자가 되어 충실하게, 순종하며 모시고 있지."

"계, 약? 지이배?"

생각해서 말하는 것이 아니라 단지 앵무새처럼 되뇌는 듯한 여성의 반응.

"그래. 따라서 지금은 토모에라는 이름을 쓰고 있다. 얼마 전에는 제도에도 갔었지, 주인의 동행으로서 말이야."

"어머. 들러줬으면 차 한잔은 대접했을 텐데, 섭섭하게. 그런데 나도 좀 정신없는 상황이었으니까 어쩔 수 없지. 모처럼 네가 황야에서 나와줬는데, 반겨주지도 못해서 미안해."

구면의 용과 뜻밖에도 재회하면서 세파라 불렸던 여성— 상위 용 그론트는 얼굴에 활짝 웃음을 지었다.

다만 역시나 아직 상황을 다 받아들이지는 못했다.

“크큭……. 그래, 그론트? 나한테 뭔가 볼일이 있지?”

루토는 토모에의 맞은편 소파에 앉더니 아직껏 서 있던 그론트를 올려다봤다.

“—아!! 맞아, 루토!! 그 휴만은 도대체 뭐죠! 랜서의 알, 상위 용의 알이거든요?! 그걸 왜 휴만한테 들려 보낸 거예요!!”

막 떠올랐다는 듯이 말투가 거칠어지는 그론트.

“그래도 강했잖아?”

“가, 강하긴 했죠.”

“역시, 나보다?”

“적어도 당신과 싸움을 했을 때보다는 절망적인 기분이 들더군요.”

“어휴~ 역시나~. 상처 받는데, 같은 상위 용한테도 이런 말을 듣게 되다니. 마코토 군, 무슨 괴물이 될 작정인 거야.”

루토는 소파의 등받이에 몸을 던지며 천장을 바라봤다.

말의 내용과 달리 꽤나 즐거운 눈치였다.

“마코토? 아뇨, 그 남자는 라이도우라는 이름을 썼는데요.”

“아, 둘 다 똑같아. 마코토 군이 라이도우니까. 뭐, 우리랑 비슷하네. 이름을 두 개 만들어서 쓰는 거야. 그래, 내가 만색의 루토라면 걔는 라이도우의 마코토라고 말할 수 있겠어. 너무 깊숙이 신경 쓰지는 마.”

“으음? 그러면…… 무슨 신경을 쓰지 말라는 거죠! 빨리 정확하게 설명을 해주세요! 그 최종 병기 같았던 휴만의 정체, 랜서가 어째서 알이 되었는지, 어째서 하필이면 내가 랜서를 돌봐줘야 하는지 이유들 전부 다!!"

그론트는 토모에의 옆쪽— 루토의 바로 정면에 앉더니 몹시 험악하게 따져 물었다.

다만 루토는 상대의 험악한 표정도 시원스럽게 흘려 넘기고 불쑥 토모에에게 말을 건넨다.

"……그나저나 말야, 토모에. 굉장하지 않아? 지금 모험가 길드의 방 하나에 상위 용이 이렇게 잔뜩 모였잖아? 좀 대단한 정상회담이 됐어. 마치 D…… 5(파이브)?"

"사실상 3(스리)이 아닌가."

"아깝다, 그론트가 랜서를 들고 와줬으면 6(식스)였을 텐데."

"발언도 못 하는 녀석이 늘어나 봐야 아무 의미도 없잖은가."

"불러도 안 모여주니까 요즘 들어선 귀한 출석률인데……."

"루토!! 무슨 영문도 모를 소리를 늘어놓는 거죠! 나는 얼렁뚱땅 넘어가지 않아요!"

그론트의 분노는 수그러들지 않는다.

"그래, 알아. 랜서가 궁금한 거지? 지금 설명해줄게……. 자, 이거."

"……앗?"

루토는 두 개의 알을 어디선가 불쑥 꺼내 들더니 탁자에 올려놓았다.

그론트의 눈이 똥그래진다.

그 알이 무엇인지 알기 때문이었다.

“이쪽이 야전(夜纏)이고, 이쪽이 폭포(瀑布). 응, 유감이야. 상위 용은 여기에 있는 우리들 말고 전부 다 사냥당했습니다~!!”

“……어라라, 어?”

“맨 처음이 일단은 어검(御劍), 랜서이고 다음이 폭포였던가? 그 다음이 야전이고 마지막이 홍리(紅璃). 진짜 차례차례 다 죽이며 돌아다니더라고.”

“나는, 아무 소식도 못 들었는데요?”

“그야 상위 용을 표적으로 정했으면 소식이 안 새어 나가게 잘 생각해서 움직이지 않았겠어?”

“……앗!! 설마, 전부 그 휴만의 짓인가요?!”

“엥? 아, 아니야, 아니야. 걔는 사건을 수습해준 고마운 사람. 범인을 잡아줬거든. 그래서 다들 알이 되었는데, 랜서는 보살펴줄 인원도 없는 아이니까 근처에 있던 너에게 맡기려고 했지. 그래서 마코토 군에게 심부름을 부탁했던 거야.”

“……범인은, 대체 누구죠.”

“부끄럽게도 내 피를 묘하게 이어받은 휴만과 드래곤의 혼혈이 범인이었어. 쓰러뜨린 용의 힘을 흡수하니까 꽤 심각한 느낌까지 받았는데 말야. 제국의 용사 누구누구 군도 죽을 뻔했거든. 후후, 미안해라.”

“제국의 용사……. 아, 매료를 쓰는. 그 녀석이 있어준다면 나도 다시 젊어져서 당분간 제국을 비울까 생각했었는데…….”

그론트는 두통을 견디려는 듯 괴롭게 얼굴을 찡그리며 이마에 손을 가져다 댔다.

"이런 상황이니까 나들이는 좀 참아줘. 조금 더 상황이 정리되면 별로 상관없지만. 네 경우는 기억을 남긴 채 전생이 가능하니까 말야. 그 방법을 꼭 배우고 싶을 정도야."

"전생하지 않고 이렇게 쭉 살아온 당신에게는 필요가 없을 텐데요. 다음은요?"

"뭐가?"

"그 휴만, 상위 용을 네 마리나 먹어 치워서 힘을 길렀다는 괴물 상대로 어떻게 싸웠던 거죠? 당신도 물론 협력했겠죠?"

"음, 그냥 정면에서 힘으로. 나는 협력은커녕 마무리 일격만 양보받았다는 느낌? 덕분에 마코토 군한테 인재라든가 이래저래 구해줘야 할 처지가 됐지. 뭐, 같이 뭘 하든 재미있는 아이니까 별로 상관없지만."

다시 또 그론트의 눈이 똥그래진다. 덤으로 턱이 빠진 것처럼 입을 커다랗게 쩍 벌려 놓는다.

대화 나누는 둘을 묵묵히 보고 있었던 토모에는 입가를 누른 채 웃음을 참아야 했다.

"……저기, 루토? 또 평소처럼 장난질? 나는 어디부터 진지하게 들으면 되는 걸까?"

"실례야. 장난은 마코토 군에게 부탁했던 전언이 다고, 다른 부분은 전부 진지한 얘기야."

"전언?"

"응. 제국에 내 친척 「아주머니」로 그론트라는 용이 있으니까 랜서의 알을 전해달라는 부탁을."

"역시 전부 네 녀석 짓이냐아아아아아아!!"

그론트가 탁자에 한쪽 다리를 올려 루토의 멱살을 붙잡더니 앞뒤로 격렬하게 흔들어 댔다.

순간 이동인가 의문이 들 만큼 오늘의 가장 훌륭한 몸놀림이었다.

"잠깐, 그론, 진정, 좀 하자!!"

"어떻게 진정을 할 수 있겠어요!! 나 말이야, 그렇게 절망적인 심정이었던 건 처음이거든?! 브레스 쐈는데 옷자락도 안 흔들리고, 술법은 적중돼도 **막혀**버리고, 가끔은 발동이 취소까지 되고! 발톱이나 어금니나 꼬리를 몇 번 맞아도 그 녀석은 괜히 미안해하며 머리만 긁적거리고!!"

"아이고~. 그 마력체, 그렇게까지 강도가 대단한 건가. 게다가 꽤 안정되었나 본데. 무서워라……."

"그냥 무서운 정도가 아니야! 결국에는 후려치려고 휘두른 내 발톱이 그 녀석의 한쪽 손에 막혔던 반동 때문에 부서져서 엄청나게 아팠거든?! 봐봐!!"

한쪽 손으로 루토를 들어 매달며 그론트는 오른손을 루토의 눈앞에 내밀었다. 보들보들하고 아름다운 손가락이었지만, 방금 말처럼 손톱이 깨진 터라 본 사람은 얼굴을 찡그릴 만한 애처로운 상태였다.

"치료를 안 해주시던가?"

토모에가 차를 홀짝이며 그론트에게 말을 건넸다.

"치료해드릴까요? 막 되게 미안해면서 말하던데? 근데 말이야……. 「네에, 부탁드릴게요」라고 절대로 말이 안 나오거든? 나 혼자 실컷 공격하고도 지쳐 쓰러질 뻔하다가 손짓 한 번에 나가떨어진 다음인걸?! 「우습게 보지 마, 용무가 뭐야」라고 허세 부리는 게 고작이었어!!"

"그랬군, 용이 기진맥진한 꼴을 목격한 데야 도련님도 더 이상 말씀은 못 하셨겠군."

"나도 말이야, 일단은 상위 용이라는 긍지가……. 응? 도련, 도련님??"

이제껏 얼굴도 돌리지 않고 토모에에게 대답해주던 그론트가 이때 처음으로 토모에가 있는 방향에 얼굴을 돌렸다.

"그래, 나도 제국에 갔다 말하지 않았던가? 주인의 동행으로."

"응."

"나의 주인은 말이지, 라이도우라는 분일세."

그 한마디에 장내의 분위기가 얼어붙었다.

물론 소란스러운 분위기를 만들던 것은 그론트였기에 혼자만 얼어붙었을 뿐이지만.

"……뭐라고요?"

"방금 전 말하지 않았던가. 지배의 계약을 휴만과 맺었다고. 그 상대가 라이도우, 즉 마코토 님. 나의 주인이라네."

"지배의 계약. 그러고 보니, 아까 말했지……. 어어어어어어?! 휴만과, 지배의 계약?!"

"시간 차가 아주 대단하군, 이 녀석은. 그 나이에 리액션 예능인 지망인가?"

"어, 그치만. 너는. 상위용이, 휴만? 지배라니, 그게 그 아이?

라이도우?"

"그렇다. 이런, 루토를 내려주면 안 되잖나? 더 들어주거라."

살짝 정신이 나간 그론트의 손에서 힘이 빠지며 루토가 떨어질 뻔한 것을 보고는 토모에가 지적한다.

"어라, 왜 갑자기 심술부리는 걸까, 토모에. 오늘 밤에는 오랜만에 상위 용끼리 한잔 마시자는 이야기였잖아? 분명히, 네가 담갔다는 맛있는 술을 가져왔댔지?"

불온한 분위기가 뺨을 어루만지는 것을 감지한 루토는 떠듬떠듬 토모에에게 확인한다.

"물론, 거짓은 아니다. 한데 말이지?"

토모에는 그론트의 어깨 너머로 루토에게 이제까지와는 달리 예리한 빛이 서린 눈빛을 보냈다.

"술자리 전에 잠시간 따져 물어야 할 문제가 있잖은가? 뭐, 이미 자백은 받아 냈다만. 감히, 그론트에게 해서는 안 될 금구가 도련님의 입에서 나오도록 수작을 부렸겠다? 게다가 착각으로 같은 호칭을 되풀이하게끔."

"아, 아니. 그건 말이야, 마코토 군이라면 100퍼센트 그론트를 죽이지는 않았을 테고, 그렇다고 그론트도 마코토 군을 해치기는 불가능하다는 걸 뻔히 알았잖아? 응, 곰곰이 생각해봐. 마코토 군을 가장 잘 알려면 역시 주먹을 부딪쳐보는 게 좋겠지?"

"……그래서 나는 마음과 몸에 되게 깊은 상처를 받았는데요? 같은 소리를 몇 번이나 들었는데요?"

루토를 붙잡은 그론트의 주먹이 분노로 부들거렸다.

"그, 그론트. 진정하자. 2대1같이 비겁한 짓은 상위 용이라면 할 짓이 못 되잖아?"

"안심하거라, 그론트. 그 상처, 이후에 술자리에서 극상의 술로 온전하게 치료해주마. 그러니까 지금은……. 알아들었나?"

입가에 사나운 미소를 지은 채 토모에가 그론트에게 눈짓한다.

"알아들었어요. 지금은 토모에— 라고 했었죠. 이 악취미 바보하고 잠깐「대화」를 나눠야 할 때란 말이잖아요?"

"옳거니. 물론 주먹으로, 말이지."

"그럼요, 주먹이죠. 마침 잘됐어, 이게 끝나면 손톱을 치료하죠. 이 아픔과 함께 분노를 때려 박아주지 않으면 분이 풀리지 않아."

"토모에, 너 처음부터 이렇게 할 생각으로 같이 있었구나?!"

"조금 장난이 지나쳤구나, 루토. 뭘, 밤까지 시간은 많다. 지금부터 미리 휴식이라도 취하도록 해라!!"

"내가 얼마나 화났는지 처절하게 깨닫게 만들어줄게요!!"

"잠까안?! 오늘은 진짜 할 일이 쌓여…… 으갸아아아앗."

그날 밤, 토모에가 가져온 일본주는 두 용희(竜姬)의 목을 충분히 적셔주었고……. 다른 한 참가자의 상처에는 무척 쩌릿했다고 한다.

9

퍼레이드…… 진짜 시켜줬습니다.

축제의 가마냐는 생각이 들 만큼 눈에 확 띄는 장식을 한 오픈

카, 아니, 오픈 마차로 수도의 문부터 왕성까지 쭉 대행진. 이 세계에 온 이후 가장 심한 수치 플레이였다.

오늘만큼 가면을 가져오면 좋았을 텐데, 하고 아쉬워한 날은 없었어.

선두에서는 이오가 자기 덩치에 맞는 새카맣고 커다란 말에 올라타서 천천히 전진하고 있고, 구경거리가 된 우리의 옆에는 로나가 붙어 있었다.

그야 이 사람들은 자기 나라이기도 하고, 신분상 아마도 이런 행사에 익숙하겠지만 말이야.

그치만 나는 일본에서는 일반 시민, 이쪽에서도 그냥 상인이니까 이런 거창한 이벤트에 즉각 대응하는 건 무리다. 실룩거리는 얼굴을 간신히 무표정까지 만들어 놓은 채 그저 마음을 비우고자 끙끙대는 게 한계였다.

미오와 시키를 봤을 땐 놀랐다.

미오는 천연덕스러운 얼굴로 아무런 일도 아니라는 듯이 차분한 모습이고, 심지어 시키는 마족들이 보내는 환영의 말에 반응해서 생글생글 손을 흔들어주기까지 했다.

이 녀석들도 순수하게 굉장하다.

나머지는 마족들의 가치관이라고 해야 할까, 다른 사람에 대한 평가라고 해야 할까. 그런 부분도 신선했다.

퍼레이드가 시작되고 곧 넓은 거리의 양옆에 파란 사람들의 인파가 생기더니 우리에게 시선이 모여들었다.

우리 셋 중 평소에 가장 크게 힘이 겉에 드러나는 사람은 시키다.

나는 마력체를 은폐하는 관계로 평소에는 마력 자체가 다른 누군가에게 한없이 감지되기 어려운 상태를 유지하고 있다. 그런 이유도 있어서 배치상 가장 중요한 손님의 자리에 앉았는데도 마력이 적은 내게는 이상하게 여기는 눈이, 미오에게는 신기해하는 눈빛, 그리고 시키에게는 감탄의 한숨이 쏟아졌다.

그러나 곧 미오에게도 감탄과 존경의 시선이 모여들었고, 마지막으로 두 사람의 사이에 있는 내게도 반짝반짝하는 눈빛이 향하게 됐다. 아마 저렇게 굉장한 두 사람을 거느렸다는 이유 때문일 테지.

10분도 지나기 전에 열렬한 환성이 나에게도 내리쏟아졌다.

맨얼굴인데.

마족에게 용모는 둘째 문제이고 얼마나 강한 힘을 가졌느냐가 사람을 평가하는 기준이라는 것을 납득했지.

휴만과 달리 파란색 피부, 머리에 뿔을 가진 마족은 그 여신이 만들어 낸 만큼 과연 모두들 말쑥한 외모가 눈에 띄었다.

우리가 도대체 어떤 선전용 문구로 소개되었는지 무서워지기도 하고, 미남 미녀 집단의 환성과 환영을 받으려니까 아무래도 좀 마음이 불편하다.

작은 산처럼 우뚝 선 왕성에 들어간 뒤 우리는 널찍한 방에 안내받았다.

"후후후, 정말 시켜주는군요, 퍼레이드. 어젯밤 마을에서 받은 환영도 무척 호들갑스러웠습니다만, 이렇게까지 공을 들여야 했을까 생각도 조금은 드는군요."

시키, 웃을 일이 아니거든.

지친 마음에 한숨이 안 멈춘다고, 나는.

잠깐 방심하면 무의식중에 배 속 밑바닥에서 깊은 한숨이 새어 나온다.

이 방에는 도청이나 감시의 우려가 없다는 미오의 보증은 받았지만, 한숨 연발은 자제해야겠지.

한심하긴.

"몇 군데 맛있을 것 같은 가게도 있었어요. 나중에 가볼래요."

그러고 보니 케밥 비슷한 요리는 맛있을 것 같았지……. 이게 아니라. 일단 바깥에 나가도 되나 물어볼 필요가 있을 거야, 미오.

"바깥이라……. 외출해도 괜찮은지 나중에 물어볼게. 아무튼 말야, 어젯밤 마을에서 받은 환영도 역시 상대의 책략인 거야? 시키."

시키에게 확인한다.

눈보라를 견디며 존재해왔던 마을은 분명 우리를 극진하게 맞아주었다.

마왕의 관계자, 게다가 장군이 왔기 때문이라고 생각했었는데 뭔가 속셈이 있었던 걸까.

마왕이 그냥 마을 사람들한테도 지지를 잘 받고 있구나, 이런 정도의 생각밖에 나는 못 했었는데.

"당연하지요. 수도 이외의 지역에서도 마족은 굳건히 단결되어 있고, 마왕은 선정을 펼쳐 지지를 받고 있다. 이런 어필일 겁니다. 퍼레이드도 같은 목적의 일환이겠지요. 아마 마왕이 초대한 손님이라면 환영은 당연하다는 것을, 민초에 뿌리내린 왕에 대한 신뢰를 보여주고 싶었을 겁니다.”

“굳이 어필을 하고 싶었다면 실제는 그런 게 아니라 압정을 펼치고 있다거나?”

“아니요. 마왕은 틀림없이 마족에게, 아뇨, 아인들에게 두루 인정받는 선정을 펼치고 있습니다. 이곳 수도에 마족이 가장 많다는 것은 틀림없습니다만, 아이의 모습도 많이 목격하셨지요? 퍼레이드를 맞이하는 민중들 사이에도 평범하게 섞여 있었고 말입니다.”

“아, 확실히. 그럼 일부러 어필 안 해도 쓱 둘러보면 알았을 텐데.”

“……극히 짧은 체류 중 조금이라도 마족의 사정을 더 이해해주길 바란 의도이겠지요. 이렇게 좋은 부분만을 쭉 보여주려 하는 얄팍한 계획이라면…… 차라리 상대가 더 편하겠습니다만.”

“어? 뭔가 귀찮은 느낌?”

말이 막히는 시키를 보고 불온한 분위기를 느낀다.

“아니요. 아무래도 마족 측은 도련님께서 자신들을 정확하게 보고 판단하시기를 원하는 것 같습니다. 이런 분위기라면 저희를 분단하는 종류의 이상한 계책을 쓸 일은 없겠지요. 물론 저 또한 정신을 바짝 차리고 서포트하겠습니다만.”

“네, 열심히 하세요, 시키. 그쪽은 맡기겠어요.”

……미오. 그쪽을 맡기고 너는 무엇을 해줄 셈이니.

“도련님의 호위와 실력 행사는 미오 공께 맡기겠으니 모쪼록 잘 부탁드립니다. 제가 랄바로서 힘을 휘두르지 않는다면 녀석들도 다소 저희의 바닥을 깊숙이 들여다봐줄 테니까요.”

"……두 사람 모두 잘 부탁할게."

미오도 일을 해줄 마음은 있는 것 같아서 일단은 안심.

아~ 왠지 긴장되는걸.

롯츠갈드에서 높은 분들과 만났을 때는 비상시였던 이유도 있어 특별히 막 긴장하진 않았다고 기억하는데 말이야. 이런 식으로 초대를 받아 퍼레이드 행사까지 치르고……. 이러면 아무래도, 좀.

제국에 갔을 땐 긴장하기 전에 이래저래 사태가 움직였었고. 토모키가 좋은 느낌으로 긴장을 풀어줬달까. 뭐, 긴장을 할 마음도 안 들게 만들어줬으니까.

그때 갑자기 노크 소리.

으어, 왔다.

"실례하겠습니다. 쿠즈노하 상회의 대표 라이도우=미스미 님. 알현의 준비가 완료되었습니다."

늠름한 목소리다. 또랑또랑한 말에 긴장이 더욱 고조됐다.

심호흡, 심호흡.

"아, 네엣! 금방 나갈게요!"

시키가 열어주는 문을 지나서 복도에 나갔다.

거기에는 무장한 병사 두 사람과 좋은 옷으로 차려입은 두 명의 마족이 있었다.

마중이 네 명이야? 아니, 그런데 두 명은 무장하지 않았고……. 문관인 사람도 왔다거나?

무심코 빤히 쳐다보게 된 나의 시선을 알아차렸는지 병사가 아닌 두 사람이 꾸벅 머리를 숙였다.

그런데 아무런 말도 안 꺼낸다.

아쿠아와 에리스 비슷하게 신장 차이가 있는 두 사람이었다.

큰 쪽은 짧게 잘라서 정리한 푸른색의 머리카락, 멋지게 염소 같은 뿔이 자라난 남자.

나이는 물론 나보다는 많겠지만 꽤 젊다. 20대 중반? 대강? 부드러운 분위기에 온화한 미소를 머금고 있다.

다른 한 사람, 조그만 여자…… 아니지, 소녀.

긴 스트레이트 금발에서 아직 미숙한 뿔 하나가 들여다보인다. 입가는 웃고 있는데도 눈은 뭐라고 할까, 이쪽을 관찰하는 듯이 방심하지 않은 기색이 서려 있었다.

……에리스처럼 뭔가 꾸미는 느낌은 아니라서 그나마 낫네.

으음, 어떤 사람인지는 잘 몰라도 이게 마족의 예법인지도 모르겠다.

꼭 나중에 설명을 들어봐야지.

알현 준비가 다 끝났다며 마중을 나와줬는데도 여기에서 길게 이야기하면 실례일 테고, 시키가 말했듯이 갑자기 골탕 먹이는 짓은 안 할 테니까 순순히 따라가자.

"그럼 안내해드리겠습니다."

무장한 두 사람 중 한 사람이 시간을 가늠해서 내게 말을 건넸다.

"부탁드릴게요."

지금은 틀림없이 낮인데도 불빛을 밝힌 복도를 걷는다.

줄곧 밤이잖아, 여기는. 영원한 밤의 수도인가? 뭔가 멋있는 표현이네. 음, 극야의 수도도 괜찮으려나?

맞은편에서 걸어오는 사람은 복장과 관계없이 양옆으로 피해서 머리 숙이며 우리를 전송했다.

으음, 간질간질하다.

아무튼 민망한 시간은 길게 이어지지 않았다. 상당히 커서 성문 같은 문 앞에 도착했다.

척 봐도 격이 다름을 알 수 있는 강인한 병사분들, 아니, 기사분들인가? 어쨌든 양옆을 굳게 지키고 있다.

그때까지 조용히 뒤를 걸어왔던 두 사람도 선도해준 병사 두 사람과 함께 문 가까이 다가가서 뭔가 이야기하고 있다. 역시나 좋은 복장을 입은 두 사람이 지위는 더 높은 걸까.

그런 생각을 떠올리는 동안 큼직한 문이 소리도 없이 열린다. 옅은 빛을 머금고 있었는데 뭔가 마술이라도 걸어 둔 것이 아니었을까.

문이 열림에 따라 방 안쪽을 향해 뻗어 나가는 붉은 융단이 보였다.

오오, 그야말로 알현장 분위기야.

이끄는 대로 가까이 다가가다가 방에 들어가기 전 문득 의문이 떠올랐다.

"저기요, 최저한의 관습이라거나 예법이라거나 뭔가 있다면 가르쳐주시겠어요?"

말을 붙이기 편하게 웃는 표정을 짓고 있었던 남자에게 다가가서 슬쩍 물었다.

"염려 마시고 편히 행동하십시오. 마족의 예법 따위야 모르시는 게 당연합니다. 만약 저희의 왕께 경의를 표시해주시겠다면 라이도우 님 본인께서 떠올린 어떤 형식이든 충분히 뜻이 전해질 것입니다."

"그, 그런가요. 알겠습니다."

잘 모를 테니까 예의에 살짝 어긋나도 탓하지 않습니다, 라는 의미구나.

좋아, 가자.

각오를 다지고 앞을 향했다.

내게 설명해준 남자와 함께 있었던 소녀는 붉은 융단의 옆쪽에서 안쪽으로 나아갔다.

두 사람은 알현에 동석하는 인물인 건가. 그런 사람이 편하게 해도 된다는 말을 해준 셈이니까 조금 든든하네.

가슴을 펴고 똑바로 바닥에 깔린 융단의 위를 걸었다.

미오와 시키는 몇 발짝 뒤쪽에서 따라와주고 있다.

정면에는 붉은 융단이 이어지는 계단이 있고, 더 앞쪽에는 멋들어진 옥좌.

그곳에 있는 누군가가 보인다.

……어라라, 서 있네. 옥좌에 앉은 게 아니잖아?

아니, 잠깐만, 뭐야. 그뿐 아니라 계단을 내려와준다?!

어어?! 마족의 임금님이 이래도 되는 거야?

안 되겠어, 혼란스러워. 이번에도 상대의 수법이 아닐까.

자꾸 걸음이 빨라지려고 했지만, 어떻게든 이제껏 걷던 속도를 유지한 채 앞으로 나아간다.

아마 멈춰야 할 위치까지 가면 계단의 앞에 정렬해 있는 누군가가 멈춰 서도록 신호를 보내주겠지. 내면은 이미 몹시도 혼란에 빠져 있었지만, 느릿느릿한 보조를 유지한 채 걷는다.

마왕으로 짐작되는 사람도 걸음을 멈추지 않고 계단을 내려오고 있었다.

예상외, 예상외구나~.

거동이 자꾸 어색해져도 어쩔 수 없는 상황이다. 하다못해 혀는 안 깨물게 조심하자, 응, 조심해야겠다.

자꾸자꾸 거리가 줄어든다.

부하분 누구 빨리 좀 멈춰줘~!

임금님과 처음 대면하는 상인이 코앞까지 바짝 다가가버린다? 위험하잖아?

그래도 내 마음속 목소리는 허망한 외침으로 끝났다.

저절로 다리가 멈춘다.

더 이상은 나아갈 수 없기 때문이다.

내 바로 정면에 마왕. 호화로운 망토가 몸의 전면에도 걸쳐 있다.

나의 시선 높이면 이 사람의 가슴판 정도를 보는 셈이니까 먼저 망토가 인상에 남았다.

여유롭게 선 마족의 왕을 올려다보며 그 얼굴을 가까이에서 살핀다.

상상보다 훨신 젊었다. 겨우 마흔이 되었을까 말까 한 정도의 용모였다.

남자로서 가장 힘이 실리는 그런 나이로 보였다.

짤막한 금발은 이마에 걸리지 않게 올려붙였고, 두 귀의 위쪽 부분에서 양처럼 구불거리는 두꺼운 뿔이 자라나 있다.

눈이 마주치며 서로의 얼굴을 바라봤다.

굉장한 박력이다. 한눈에 이 남자가 왕임을 알 수 있었다.

싸우면, 아마 이기겠지.

그렇지만 뭐라고 할까……. 그래, 전투 이외의 모든 부분에서는 이길 자신이 없는 남자라고 생각되었다.

상대를 꿰뚫어 보는 날카로움이 아니라 감싸 안아주는 너그러움이 느껴지는 눈동자.

그런 남자의 얼굴이 웃음으로 가득 차오른다. 다만 친근감을 느끼는 것이 아니라 저 남자가 한층 더 거대하게 느껴지는 요소가 되었기에 나는 위축되는 기분이 들었다.

무의식중에 뒷걸음칠 뻔한 다리의 움직임을 깨닫고 힘줘서 멈춘다.

그리고 문득 깨달았다.

마왕의 오른손이 쭉 내밀어졌음을.

악수를 요청하는구나, 반사적으로 나도 오른손을 내민다.

예상대로 단단하게 꽉 손을 붙잡아줬다. 믿음직함이 전해지는 강한 힘으로.

"마족의 수도에 온 것을 환영하지. 잘 와주셨네, 라이도우 공. 짐은 마족의 왕, 세간에서는 마왕이라 불리는 사람일세. 이름은 길어서 조금 귀찮을 테니 라이도우 공은 제프라고 짧게 기억해주시면 충분하네."

낭랑한 목소리로 마왕이 처음 입을 열었다.

"제프, 님. 저는 라이도우=미스미, 쿠즈노하 상회라는 이름으로 장사를 하는 상인입니다."

괜찮았지? 이, 이상한 말은 안 했겠지.

"그래, 이렇듯 진정 고되었을 여로를 걸어오게 하여 미안할 따름이군. 아무튼 전쟁의 와중인지라, 용서하시게. 그만큼 이곳 수도에서 머무는 동안은 무엇 하나도 불편함이 없게 하리라 약속하지. 지난날 부하가 저질렀던 무례를 포함하여 충분히 배상도 해드리고 싶네."

"고마운 말씀에 감사드립니다. 다만 마족의 장군분과 겪은 일건을 말씀하신다면 전쟁이었던 터라 불행한 엇갈림이었다고 생각하고 있습니다. 아무쪼록 배상 따위의 생각은 거둬주시면 좋겠습니다."

"전쟁이었던 터라……. 그렇게 말해주시는가. 진정, 고맙군. 다만 손님을 대접하는 것은 당연한 일이라네. 마음껏 즐기다가 가시기를 바라고 싶군. 자, 거기 계시는 두 분이 라이도우 공의 부하, 상회의 일원이신가?"

"아, 죄송합니다! 소개가 늦었습니다! 남자가 시키, 여자가 미오. 두 사람 다 아직 애송이인 저를 잘 도와주는 종자입니다."

내가 소개하자 미오와 시키가 왕을 향하여 새삼 인사를 했다.

"시키라고 합니다. 쿠즈노하 상회의 일원으로서 주인의 동행으로 찾아뵈었습니다."

"마찬가지로, 미오예요."

"오호라……. 두 분 다 참으로 강한 실력을 가지셨군. 라이도우 공이 부러워. 아니, 부럽다는 말을 한다면 실례인가. 라이도우 공 본인도 상당한 힘을 가지고 계시니까 말일세. 그렇다면 여기 두 분을 거느리는 것도 당연지사. 짐이 실언을 했네, 용서하시게."

"저는 그저, 항상 많은 사람들에게 도움을 받는 처지인지라."

"미안하군. 아무튼 귀공의 무력을 가늠할 수 없는 나의 모자람이 유감일세. 이렇듯 숨겨진 상태라면 짐은 꿰뚫어 보지도 못할 만한 저력의 소유자라는 뜻. 아마도 오늘 이렇게 쿠즈노하 상회를 맞이할 수 있었던 것은 마족에게 큰 행운이 될 듯하이. 참으로 감사하군."

"과분한 말씀이십니다."

"후후후. 아니, 알현을 운운하며 격식 차리는 행사는 라이도우 공에게 피로함만 안겨줄 테지. 슬슬 장소를 바꾸세나. 편안하게 대화를 나눠보세."

어우, 아직도 안 끝나는 거야?!

"네, 알겠습니다. 저기, 종자들을 같이 동석시켜도 괜찮을까요?"

"물론, 괜찮고말고. 일행분들도 함께 오시게. 그렇지. 짐도 가족을, 자식을 몇 명 동석시키고자 하네. 휴만과, 게다가 상인과 대화를 나눌 기회가 좀처럼 없는 입장이니. 괜찮겠는가?"

"자녀분들이시군요, 저는 괜찮습니다."

마왕의 자식이면 왕자님이나 왕녀님인가? 그러고 보니 그리토니아의 릴리 황녀도 그렇고, 리미아의 요슈아 왕자도 그렇고, 나는 꽤 왕자님 왕녀님과 안면이 있는 사람이었구나.

뭔가 상회와 내가 묘하게 유명해지고 있다는 실감이 든다.

"그럼 가세나."

제프 씨는 아주 당연하다는 듯이 앞장서서 걸었다.

"앗, 제프 님께서 몸소 안내를?!"

저절로 목소리가 커졌다.

"뭘, 바로 코앞이라네. ……아, 수도에 도착한 이후 아직껏 배에 아무것도 넣지 않았을 테지. 뭔가 가벼운 식사를 준비시키겠네."

제프 씨가 힐끔 미오를 봤다?

나도 미오를 본다. 특별히 공복 때문에 불만인 것 같지도 않다.

지금은 뭔가 집어 먹을 수 있다는 말에 어딘가 기뻐하는 것 같아 보이기도 했다.

망토를 펄럭이며 우리가 지나왔던 문의 방향으로 제프 씨가 걸어간다.

으앗, 꾸물거리다가 뒤처지면 좀 민망하지.

나는 달음박질이 안 되는 정도의 속도로 허둥지둥 뒤를 쫓았다.

◇◆◇◆◇

"자, 쿠즈노하 상회. 재미있는 인물들이었군. 너희는 어찌 생각하느냐?"

회의에 사용되는 일실.

커다란 탁자에는 접시가 쭉 놓여 있고, 한쪽 손으로 집어 먹을 수 있는 가벼운 음식이 담겨 있었다.

마왕을 비롯하여 장내에 있던 마족의 앞에 놓인 접시에는 아직 음식이 남아 있었다만, 지금은 공석이 된 세 자리의 앞에 놓인 접시는 모두 다 깨끗하게 비워졌다.

라이도우, 미오, 시키와의 환담을 마친 이후이다.

"……고기를 먹는 짐승이라면 제아무리 얌전한들 사람을 덮치지 않으리란 보장은 없습니다. 저는, 쿠즈노하 상회에서 그러한 인상을 받았습니다."

마왕의 말에 맨 처음 대답한 자는 라이도우를 맞이하러 갔던 두 명의 마족 중 한 사람.

키가 큰 남자였다.

"로세인가. 흠, 그럼 너라면 라이도우, 그리고 쿠즈노하 상회와 어떤 관계를 맺어 나가겠나?"

"그자의 말을 해석하면, 본질적인 협력을 얻는 것은 불가능합니다. 다만 잠들어 있는 위험을 굳이 깨우는 짓은 삼가야겠지요. 필요할 때만 관계를 맺고, 다른 상황에서는 모든 힘을 아끼지 않고 그들의 반대편에 서지 않도록 처신하는 것이 타당하겠습니다. 다행히 그들은 휴만을 위해 진력하겠다는 분위기는 아니었습니다."

"협력은 불가능인가. 확실히 어려울 테지. 아주 분명하게 「저희는 전쟁 중 어떠한 세력에도 가담하지 않습니다. 설령 어느 한쪽에 이익이 되는 행동을 했더라도 그것은 저희의 이득이 되는 결과를 위해 일으킨 행동이며 반대 세력을 편들 의도는 아닐 것입니다」라고 단언까지 했지."

로세는 왕의 말에 묵묵히 고개를 끄덕거렸다.

"저는 특히 라이도우의 그 발언이 지극히 위험하다고 느꼈습니다. 그들은 저희가 명운을 건 이번 전쟁에서 오직 자기들 상회의 이익을 목적으로 참전하겠다고 그렇게 말하는 듯 들렸습니다."

"루시아. 너는 쿠즈노하 상회가 제3의 세력이 되리라 보나?"

이어서 발언한 자는 차분한 분위기가 느껴지는 여성.

똑바로 마왕을 주시하는 눈동자에 흔들림은 없다.

이 중에서는 유일하게 경장이나마 갑옷을 몸에 착용한 것도 인상적이었다.

"……지금은 아직 그렇게까지 아뢰지는 못합니다. 다만 머리 위쪽에 칼끝을 아래로 향한 검이 매달려 있는 듯한 위태로운 기분을 느꼈습니다."

"……라이도우의 말에 있었던 손을 댄다면 보복하겠다는 부분이 마음에 걸렸느냐."

"네. 라이도우는 식구에게 손을 댄다면 용서하지 않겠다고 분명하게 말했으니까요."

"그 발언은 설명이 조금 부족했다는 것이 짐의 생각이다. 아마 근간에 자신들은 어느 집단과도 먼저 적대하지는 않겠지만, 이라는 전제가 있는 발언이었을 테지."

"하오나! 폐하가 말씀하셨듯 라이도우는 자신들이 저희에게 적대 행동을 취할 가능성에 대해서도 언급했습니다. 게다가 굳이 모르는 척하라는 취지까지 포함해서요."

"흠……. 그 말도 루시아의 말처럼 이기적인 사고가 포함된 것 같지는 않았다만……. 라이도우의 말 중에는 그간 조사했던 정보와 비교하면 몇 가지 의문이 떠오르는 대목이 분명 있었군."

"저는 라이도우와 쿠즈노하 상회가 본인들의 자세를 확실하게 표명하지 않는 한— 흑인지 백인지 분명하게 결정짓지 않는 한 친밀한 관계를 가지는 것은 반대입니다."

루시아의 마지막 말에 고개를 끄덕이고 마왕은 다른 한 사람, 조용하게 대화를 듣고 있었던 남자에게 의견을 요구했다.

"그렇군. 잘 알았다. 셈, 너의 어떻게 보았나?"

긴 은발을 묶고 안경을 쓴 마족. 남몰래 라이도우가 안경 동료라며 친근감을 느꼈던 마족이기도 하다. 물론 정작 라이도우는 황야에서 이미 안경을 벗어버렸었다만.

가늘고 긴 눈을 커다랗게 뜨며 셈이라고 불린 남자가 입을 열었다.

"저는 로세 형님과 몇몇 견해는 비슷합니다만, 보다 가까이 다가가서 그들과 깊은 관계를 쌓아 나가야 한다고 생각했습니다."

"호, 루시아와는 상당히 다르구나."

마왕이 지적하자 셈은 루시아에게 눈을 돌렸다.

루시아는 자신의 의견과 정반대에 가까운 의견을 말한 셈에게 불쾌하다는 표정을 보이지도 않고 눈을 감은 채 조용하게 앉아 있었다.

"본래 입장이 다르온지라. 군에 소속되어 국방을 첫 번째로 고려해야 하는 루시아의 입장이라면 아마도 저 역시 같은 생각을 가졌을 것입니다."

"외교를 주된 업무로 하는 네 입장에서는 다른 의견이 있다는 말이군. 들어보겠다."

"예. 유감이지만 라이도우 공은 제 질문에는 별로 대답하지 않았고, 시키 공이 주로 대응해주셨습니다. 저는 이것을 쿠즈노하 상회의 의견이라고 간주하고 싶습니다. 이 같은 전제를 두고 방금 전 환담을 돌이켜보면 일단 그들은 아마 저희를 아득하게 뛰어넘는 수준의 물자 운송 능력이 있음을 확신했습니다."

"……근거는?"

"그들은 이곳에 올 때까지 마족령 내의 가혹한 이동을 경험했습니다. 게다가 이곳은 마족령에서도 상당히 가혹한 환경에 있는 한 곳입니다."

"셈, 대답이 되지 않는구나."

"—아차, 죄송합니다. 자꾸 이야기가 길어지는 것은 저의 나쁜 버릇이지요. 요컨대 고된 이동을 분명하게 경험했는데도 불구하고 가령 거래의 품목으로 이런 물건은 준비할 수 있겠습니까, 배달할 수 있겠습니까, 물어봤을 때 시키 공은 대부분을 긍정하셨습니다. 가격도 매우 적정했지요. 순수하게 원가에다가 이익을 더한 금액을 참고하라며 알려주었습니다."

"……계속하지."

"네. 요컨대 이 땅에서 이동에 걸리는 모든 비용을 딱히 고려하지 않은 가격이었습니다. 위험에 대한 보험으로서 가격은 더욱 높이 설정해야 할 텐데도 말이지요. 더욱 말씀드리자면 청과 및 육류까지도 문제가 없다는 말투였습니다. 이쪽은 라이도우 공이 가볍게 언급하신 내용입니다만."

"따라서 쿠즈노하 상회에는 별다른 수고나 위험도 없이 물자를 정확하게 빠른 시일에 상대에게 가져다줄 수 있는 수단이 확보되어 있다?"

"그리 생각됩니다. 만약 그들이 먼 곳에서도 결손 없이 물자를 운반해주는 상회임이 분명하다면 이용 가치를 미루어 헤아릴 수가 없습니다. 더할 나위가 없는「무역」상대로서 성립하겠지요. 문제는 저희의 시장이 그들에게 과연 매력적인가가 되겠습니다만, 역시 특별한 문제는 되지 않으리라 생각합니다. 휴만들 사이에서 마족령의 특산물은 필시 귀한 가치가 있을 테니까요. 물론 거래에 쓸 물건이 다른 휴만에게도 흘러들 것을 감안하자면 기밀과 깊이 관계되는 품목은 내어 줄 수 없겠습니다만."

"그럼 마족의 갈증을 해소해줄 상대로서 라이도우와 관계를 쌓아 나가야 한다는 것이 너의 의견인가?"

"예. 저희 마족은, 아울러 공존을 선택해준 아인은 풍요로운 나라의 지반을 건설하고 있습니다. 하지만 광대해진 국토에 비해 아직껏 물자의 움직임은 둔하죠. 쿠즈노하 상회와 경제상의 협력 관계를 잘 구축한다면 국토에 두루 뻗어 나가지 못한 물류에서 무척 큰 도움을 받을 수 있을 겁니다. 비유하자면 온몸에 피를 순환시키는 혈관처럼 말이지요."

"그래, 지금 마족은 말단까지 피를 보내줄 형편이 못 되지."

마왕의 음색이 어딘가 자학적으로 흐려졌다.

"급속한 발전은 반드시 어딘가에 비틀림을 만들어 내는 법입니다. 저의 힘이 모자란 까닭인 터라 본래는 외부에 의지해야 할 사안은 아마 아닐 것입니다. 다만, 그럼에도 그들의 존재는 지금 마족에게 필요하다고 판단했습니다. 그들이 언급했던 가격으로 영토의 구석구석까지 물자를 두루 전달할 수 있다면 휴만과 지구전을 벌이는 것조차 꿈은 아닙니다."

셈은 그렇게 단언했다.

해결하기 난해한 몇몇 문제를 끌어안고 있는 입장에서 쿠즈노하 상회는 구원의 손길처럼 생각되었는지도 모르겠다.

"알겠다, 참고하지. 자, 남은 것은 사리인가. 짐은 네가 처음으로 의견을 말할 줄 생각했다만. 맨 처음 동석을 요청한 것도 너였잖느냐."

마지막으로 마왕이 의견을 요구한 자는 라이도우를 맞이하러 갔었던 소녀.

"……."

"쿠즈노하 상회를 눈앞에 두고, 아울러 대화 나누고 네가 느꼈던 생각을 짐에게 알려다오."

"……네."

깊이, 정말로 깊이 사색에 잠긴 표정을 짓고 있었던 소녀는 그제야 입을 열었다.

짧게 대답을 한 사리가 근심스럽게 입가에 가져다 댔던 손을 치우고 얼굴을 들어 올린다.

"그자들은— 아니요, 정확하게 라이도우는, 지극히 위험합니다."

"……흠."

루시아와 같은 방향의 의견. 흥미를 보였던 태도와 달리 평범한 의견으로 그치는가 싶어 마왕은 의외라고 생각했다.

사리는 말을 잇는다.

"본래 제 견해는 정보의 분석입니다만, 이렇게 그들과 대면했던 만큼 이번에는 굳이 직감도 섞어 말씀드리고 싶습니다."

"상관없다. 어떤 느낌이었나?"

"그들은 무궤도의 힘. 게다가 압도적인 경지이죠."

사리가 입에 담은 말에 일동은 눈에 힘을 주었다.

"상당히 추상적인 표현을 하는군. 평소의 너답지 않구나, 사리."

"면목이 없습니다. 폐하. 하오나 결론을 정리하여 말씀드리자니 이렇게 되고 말았습니다. 힘 있는 존재로서 쿠즈노하 상회는 무시할 수 있는 존재가 아닙니다. 그것은 저도 오라버님들도 같은 의견이지요."

로세, 셈, 루시아까지 세 사람이 각각 고개를 끄덕였다.

"로나의 보고에 있던 내용처럼 그들은 매력적입니다. 저희에게 몹시 매력적이며 게다가 강하지요. 또한 뒤집어서 본다면, 그들은 너무나도 위험하며 저희 마족을 위협할 수 있는 존재이기도 합니다. 즉…… 그게, 표현을 하려니까 많이 어렵습니다만. 보유한 힘에 비하여 너무나도 불안정하다는 생각이 먼저 들었습니다."

"불안정……."

"지금의 제 의견을 무리해서라도 표현하면 이렇게 됩니다. 불안정, 게다가 제어 불가능한 불안정함이지요. 라이도우는 전쟁에서 어느 쪽에도 협력은 하지 않겠다, 가담은 하지 않겠다고 말했습니다. 그것은 루시아 언니께서 말했듯 머리 위쪽에 칼끝을 아래로 향한 검이 매달려 있는 것과 마찬가지입니다. 그러나 셈 오라버님이 말했듯 현재 마족이 고민하고 있는 몇 가지 문제의 특효약도 될 수 있습니다."

"그럼 로세와 같은 의견으로 정리할 수 있는 셈인가? 리스크를 주의하며 필요에 따라 관계를 맺다는?"

"……저는 그 이후가 염려됩니다."

"이후?"

"저는 라이도우를 제어 불가능한 힘으로 비유했습니다. 즉 만약에, 라이도우가 갑자기 저희의 반대편으로 돌아서버린다면…… 그런 상황을 떠올리면……."

"그렇게 되지 않도록 처신하는 것은 모자란가?"

"제어 불가능한 힘이 어떻게 움직일지는 아무도 알 수 없습니다. 만약 저희가 휴만과 전쟁을 치르는 도중 어디에 있는지도 모르는 그자의 역린을 건드렸을 경우, 그자는 아무런 주저 없어 마족에게 이를 드러내겠지요. 여쭙겠습니다, 폐하. 폐하께서는…… 저희 마족은, 쿠즈노하 상화를 감당할 수 있을까요?"

무례하다고도 받아들일 수 있는 말이었기에 장내의 분위기가 싸늘해진다.

그러나 마왕은 잠시 침묵한 뒤에 목소리를 거칠게 하지도 않고 똑바로 사리를 주시했다.

"……알 수 없구나. 다만, 아마도."

"아마도?"

"감당이 안 되겠지. 하다못해 패배는 하지 않도록 진력하는 것이 최선이리라. 이미 이오와 로나, 우리 마족이 자랑하는 장군 두 사람을 동시에 상대하는 난점에도 아랑곳 않고 사실상 이오를 장난치듯이 전장에서 배제했던 남자다. 그 인물의 측근도 종업원도 절대 여간내기는 아닐 테지."

『?!』

"……."

사리 이외의 세 사람은 마왕의 말에 눈을 부릅뜨고, 사리는 침묵으로 그 말을 받아들였다.

"그런가, 제어 불가능한 힘이라 보았는가. 라이도우를 평하기에는 제법 어울리는 말 같기도 하군. 짐의 사견을 말하자면 녀석은 잠들어 있는 용. 다만 깨어나지 않게 숨만 죽이는 것은 오히려 하책일지도 모른다……."

"그자에게는 목줄이 필요합니다. 그것도 단순한 목줄이어서는 안 됩니다. 마족이라는 종족에 대한 보험이 될 수 있는 목줄이 필요합니다."

"제어 불가능한데 목줄을 달잔 말이더냐"

"네. 다행히 그자에게는 딱히 주위에서 그 의사를 이끌고자 하는 존재가 아직 없는 것 같습니다. 적어도 그자는 휴만에게 넘겨줘도 되는 인재가 아닙니다. 지금 이 타이밍은 저희에게 있어서 정말 행운이 아닐는지……. 시도할 가치는 충분히 있습니다."

"라이도우를 마족의 애완견으로 길들이자는 뜻인가? 다른 세 사람과는 무척 다른 의견이구나."

"아니요. 마족을 물어뜯지 않게 전력으로 목줄을 잡아당길 수 있는 정도의 관계만 만들어 내도 최상의 결과일 것입니다. 그자는 아마 길들여지지 않을 테니까요."

"풋, 하하하! 그렇게까지 라이도우를 잘 알아보고도 가상한 말을 꺼내는구나. 좋다, 그들은 잠시 수도에서 머무를 거다. 그러면 마냥 비관으로 가득 찬 생각을 할 필요는 없지. 결코 길지는 않으나……. 아직 시간은 있으니까 말이다."

"……네. 다만 이제껏 얻은 정보에는 라이도우가 자신의 입장이나 협력 관계에 대해 이렇게까지 강하게 의사 표시를 했다는 이야기는 없었습니다. 이 짧은 기간 중 무엇인가 그자의 태도를 바꿀 사건이 일어났었는지……. 만약 그렇다면 저는 그 원인을 원망할 수밖에 없겠군요. 예전과 같았다면 조금이나마 더 상대하기도 수월했을 테니까요."

"그 강경한 태도는 짐도 예상외였구나. 처음부터 단호하게 잘라 말했던 만큼 단순한 심경의 변화는 아닐 터이나……. 어딘가에서 쓸데없는 짓을 저지른 자가 있을지도 모르겠군. 난처한 녀석이로다. 자, 슬슬 해산하자꾸나. 기탄없는 의견을 들을 수 있는 유의미한 시간이었다. 물러나도 좋다."

마왕이 대화를 매듭지었다.

네 명의 마족이 퇴실한 뒤 마왕 제프만이 방에 남았다.

"……훗, 녀석들, 제법 믿음직한 인재가 되어주었어. 쿠즈노하 상회가 존재하지만 않았다면 지금 짐이 어떻게 되든 마족의 미래에 문제는 없었겠지만……. 역시나 모든 것은 라이도우, 쿠즈노하 상회인가. 케류네온 부근으로 합류 장소를 지정했던 것도 우연 같지는 않군. 아무래도 아직껏 놀라야 할 사안이 더 있을 듯하다. 녀석이 용사에게 포섭되기 전 접촉에 성공한 것은 정말 행운이라 말해야겠군……."

혼잣말하듯 중얼거린 뒤. 기꺼워하며 미소를 머금고 있던 마왕의 표정이 일변, 왕에서 제프라는 한 사람의 마족의 얼굴로 바뀐다.

"라이도우……. 얼마 만에 흘리는 식은땀인가. 내가 진정한 무력마저 가늠할 수 없는 존재라니. 적어도 정령 이상……. 용사는 물론이고 신에 육박할 테지."

한 줄기 땀이 이마에 흘러내린다.

눈을 부릅뜬 제프는 잠시 방에서 움직이지 않았다.

EXTRA 에피소드
케류네온 여명기 ~모험가 편~

롯츠갈드 모험가 길드.

학원 도시 롯츠갈드는 주변 지역도 제법 안정된 덕에 모험가 길드의 업무 대부분은 학원생의 서포트에 치우친 것이 실정이다.

미개발 지역이 없이 일정 이상의 치안이 유지되는 지방인지라 모험가의 수요가 많지 않아서다.

따라서 이 도시의 길드를 근거지로 삼아 활동하는 전업 모험가의 숫자는 적다.

게시되는 의뢰의 내용도 대부분 난이도는 낮은 편이다.

그러나 어떤 사정인지, 평온한 학원 도시에 있는 이 길드가 세계에 존재하는 모든 모험가 길드의 총본부라는 지위를 보유하고 있었다.

즉 이곳에 호출된다는 것은 좋은 뜻이든 나쁜 뜻이든 모험가들에게 몹시 파격적인 사태라고 말할 수 있겠다.

평소 근거지로 삼은 길드에 가니 「본부에서 할 이야기가 있다니까 와달라더군」이라는 전언만 듣게 되어도 큰 사건. 어지간한 모험가는 이 시점에서 수락해 둔 모든 의뢰에 대하여 대체 담당자를 찾고, 길드도 적극 협력해준다. 그리고 가능한 한 신속하게 롯츠갈드로 찾아갈 것이다.

통상적인 호출이어도 일단 이렇게 된다.

그런데, 더군다나. 길드에 얼굴을 비추자마자 곧바로 해당 지부의 마스터가 직접 소환장을 건네준다면…….

게다가 그 내용이 모든 의뢰에 우선하여 전이진의 사용도 이미 길드의 비용 부담으로 허가를 받은 상태이니 즉각 본인의 출두를 바란다는 취지의 「특급 소환장」이었다면.

모험가에게 선택의 여지는 전혀 없다.

이번에는 유사한 비상사태가 전국 각지의 모험가 길드에서 발생했기에 적잖은 소동으로 발전되었다.

대상이 된 자는 현역 모험가, 이미 은퇴한 인물이 모두 포함되었으며 이 역시도 사건이었다.

소환장을 받아 든 인물은 다들 서둘러 롯츠갈드로 왔고, 부흥에 힘쓰고 있는 이 도시의 길드에 얼굴을 보인 뒤 각자 호출에 대비하여 체류 중이다.

'……모르겠다. 적어도 나는 이 녀석들 누구와도 면식이 없군. 모험가 길드의 마스터, 펄스와 면담을 하는 것만으로도 무시무시한데 도대체 이제부터 무슨 일이 일어나는 거지?'

제국의 동부에 있는 지방 도시를 근거지로 하는 장년의 모험가, 티에리=로카제는 펄스 직필의 사인이 들어간 소환장에 벌벌 떨면서 가장 빠르게 학원 도시에 도착했던 모험가 중 한 명이었다.

얼굴조차 마주한 적 없었던 길드 마스터와의 면담을 앞둔 티에리는 현재 절찬 패닉 중이다.

아마 자신과 동시에 면담을 하게 되었을 다른 여섯 명과도 면식은 전혀 없었다.

아인도 세 명이 있고, 명백하게 현역에서 물러난 분위기의 휴만도 있다. 인선에서 공통점은 발견할 수 없었다.

올해도 예년처럼 동절기에 늘어나는 의뢰를 몇몇 수주하기 시작한 뒤 일에는 분명 문제가 없었는데. 오히려 순조로운 상태다.

그러면 뭐지? 과거의 의뢰를 돌이켜봐도 역시나 지금 어째서 자신이 이곳에 오게 되었는지 티에리는 전혀 짐작할 수가 없었다.

"여러분, 오래 기다리셨습니다. 이렇게 본부에서 전한 급한 호출에 응해주셔서 감사드립니다. 그럼 들어가시죠. 펄스 님이 여러분께 제안을 하실 겁니다."

해답도 알지 못한 채, 미처 각오도 다지지 못했는데 무자비하게도 입실의 통보가 떨어지며 문이 열렸다.

비서일 듯한 여성이 안내하는 대로 일곱 명은 걸음을 옮겨 펄스와 대면했다.

조그만 몸집에 젊은 남자.

모험가 대부분은 처음 느끼는 인상에 어리둥절…… 놀라지는 않았다.

'뭐야, 이 남자가 펄스냐? 아직 꼬맹이…… 헉!!'

그 직후, 티에리의 표정이 딱딱하게 굳는다. 일곱 명 중에서는 빠른 편이었다.

펄스가 — 아마도 의도적으로 — 드러냈을 강자의 기세.

농밀한 마력과 투기가 혼재된 그 기세는 일순간에 방을 가득 채워서 초대받은 전원을 에워쌌다.

마치 강대한 용의 혓바닥 위에서 구르는 것 같았다, 이후에 모험가들 전원이 말한 찰나의 의식.

눈앞의 펄스가 미소를 띠는 무렵에는 모험가들의 얼굴에서 경시하는 표정도 완전히 사라졌다.

싸늘한 땀이 예외 없이 모두의 이마에서 흘러내린다.

"환영할게. 먼저 소환에 따라줘서 고마워. 내가 모험가 길드를 통솔하고 있는 펄스다. 본론부터 말할게. 오늘 너희들의 인생에 재미있는 선택지를 하나 준비했어. 부디 진지하게 검토해주면 좋겠네."

선택지인가, 명령인가.

그 답은 펄스의 마음에 달려 있음을 이곳에 있는 전원이 이해했다.

"후후후, 걱정하지 않아도 돼. 정말 순수한 제안이야. 딱히 너희가 고개를 가로저어도 나중에 대우가 달라지지는 않아. 이번에 호출한 인원의 수는 도합 수백 명이나 되거든. 나는 제1진 중 대강 4할 정도만 수락해줘도 감지덕지라고 생각하고 있어."

수백 명의 소환, 4할의 수락이 목표— 그런 설명이 일곱 명의 긴장을 얼마간 덜어줬다.

좋게든 나쁘게든 자신들만이 특별히 불려 온 것은 아니라기에 안도감이 든다.

"물론 수락해주는 경우에는 제약과 특전이 있어. 뭐, 정보 누설이 되면 절대 난감한 사안이니까 결단은 오늘, 별실에서 결정해줘야겠지만. 각자 결단에 필요 충분한 자료도 모두 방 안에 준비해놨어."

'오늘 결정하라고?!'

이때까지 펄스의 말을 가만히 듣고 이해하기도 벅차했던 티에리가 처음으로 의문을 품었다.

그저 오로지 압도되어 있던 상태에서 약간이나마 회복한 증거이기도 하다.

인생에 큰 영향을 미치게 될 선택지가 불쑥 다가들었는데 게다가 금방 결단을 내리라고 하지 않는가. 짧은 시간이어도 충분한 임팩트가 있었다.

다른 여섯 명도 반문을 하지는 않을지언정 역력하게 동요가 엿보였다.

모두 티에리와 비슷한 생각을 하고 있었을 테지.

"너희 케류네온이라는 나라를 알고 있어?"

앞에 둔 모험가들의 심경 변화에는 아랑곳 않고 펄스가 계속 말을 이어 나갔다.

케류네온.

과거에 여신 신앙의 총본산으로서 존재했던 대국 에류시온과 관계가 깊었던 곳, 사실대로 말하면 속국이었던 한 곳이다.

다만 종주국과 함께 이미 멸망한 나라이며, 본래 지명도가 썩 높지는 않았다.

일곱 명은 모두들 의아하다는 표정으로 고개를 갸웃거렸다.

티에리의 기억 속에도 해당 나라의 이름은 새겨져 있지 않았다.

태어난 곳도 자란 곳도 제국의 동부. 게다가 제도조차 가본 적 없는 남자였다. 제국의 제5위인가 제6위인가 그런 정도의 도시를 근거지로 삼았고, 가끔 이웃한 도시에 의뢰를 받아 나다니는 경우가 있는 이른바 『도시 붙박이』라 불리는 모험가. 그것이 티에리다.

안주하지 않고 각지를 떠돌며 여행하기에 『철새』라 불리는 모험가와는 대조적인 삶의 방식이다만, 양쪽 다 수많은 모험가가 선택하는 삶이며 어느 한쪽을 딱히 정답이라 말할 순 없겠다.

"분명……."

이미 모험가로서는 현역에서 물러났으리라 여겨지는 고령의 남자가 조심스럽게 입을 열었다.

"오, 녹원(綠原)의 석현(石賢) 레인벨=프리에. 아는 눈치인데?"

"저, 저 같은 말단의 이름을 알고 계시다니 영광입니다. 자신은 없습니다만, 과거에 에류시온과 함께 멸망했던 나라 중 그러한 이름의 나라가 있었던…… 것 같기는 합니다."

"과연 다섯 대국의 역사 탐구를 취미로 붙인 사람의 식견이구나, 레인벨. 정답이야. 스텔라 요새의 먼 북쪽 지역에 케류네온이 존재했었지."

결코 자신에 찬 대답은 아니었다만, 그 남자— 레인벨은 멋지게 정답을 맞혔다.

다만 이후에 길드 마스터가 꺼내는 말은 일곱 명 전원이 같은 반응을 할 만큼 터무니없는 내용이었다.

"—사실은 말야, 지금도 있어."

『말도 안 돼!』

길드 마스터의 면전이라는 사실도 잊고 몇 명의 모험가가 반사적으로 큰 목소리를 냈다. 그러나 펄스는 딱히 질책하지 않았다.

"아하하, 놀랐지? 나는 말이야, 글쎄……. 최근에 다시 건설되었다는 해석이 타당한 것 같기도 한데. 음, 그동안은 레지스탕스 비슷한 규모이기도 했고."

"마, 마스터. 저기, 도대체 무슨 말씀이신지……."

티에리는 간신히 펄스의 말에 의문을 표시했다.

"케류네온에서는 종족을 따지지 않고 자기 나라를 사랑하는 뜻 있는 사람들이 마족의 지배에 쭉 저항해왔어. 그러다가 놀랍게도 최근 마족을 영토에서 몰아내는 데 성공했고, 다시 케류네온이라는 이름을 쓰기 시작한 거야. 아, 거기 사람들 말로 케류네온은 애당초 망국이 된 적도 없었다— 이런 주장이지만."

"외람되오나, 펄스 님? 스텔라 요새의 먼 북쪽이라면 완전히 마족의 지배 영역입니다. 그곳에서 완전히 고립되었는데도 국가를 자처하며 쭉 저항해왔고, 종족을 뛰어넘어서 서로 협력하며 결국 조국을 되찾았다고요?"

사자의 얼굴을 가진 아인이 익숙지 않은 정중한 말투로 사실을 확인하기 위해 묻는다.

"그렇게 된 거야. 아인이 모이는 수인 도시 옹의 부검(斧劍) 디오나 군."

펄스는 질문을 끝까지 들은 다음에 수긍했다.

"왕국과 제국이 힘을 집결한 뒤 신께서 보내주신 용사까지 협력하여 요새 하나를 되찾기 위해 사력을 다하고 있는 마족 녀석들을 상대로요?"

"맞아."

"말도 안 됩니다. 그 말씀이 사실이라면 케류네온은 이미 나라 자체가 영웅이지요. 존재 전부가 기적입니다."

"나도 똑같은 생각이야. 그러니까 손을 내밀어주고 싶어. 힘을 빌려주고 싶어."

"?"

디오나의 표정에는 본인이 말한 내용을 티끌만큼도 믿지 않는다는 태도가 역력하게 떠올라 있다. 다만 펄스는 이번에도 전혀 개의치 않는 모습으로 말을 이었다.

"마족과 전투를 치르는 과정에서 케류네온을 자처하는 그 사람들의 인구는 상당히 감소하고 말았어. 전투원은 특히 더. 지금 그곳에는 모험가 길드가 아닌 한 상회가 사심 없이 진력해주고 있지. 그렇다 해도 미래는 결코 밝지가 않아."

마족과의 전투— 설령 승리를 거두었을지라도 적잖은 희생이 발생했을 것은 디오나 또한 쉽게 상상이 됐다. 고립된 상태에서 거둔 승리, 그 과정에 분명 치러야 했을 대가의 거대함을 떠올리며 표정이 흐려졌다.

"그 상회를 통해 나한테 구원 요청이 들어왔어. 케류네온에 대한 조력과 주민이 되어줄 인재가 필요하다고."

"요컨대, 마스터의 제안은, 즉…… 케류네온에 대한 이주와 협력에 관한, 내용입니까?"

떠듬거리며 일곱 명 중에 홍일점인 휴만 여성이 애써 말을 꺼냈다.

"맞아. 이쪽에서 조속히 적임자의 선출을 진행했던 결과, 후보자로서 너희가 소집된 거야. 극비 안건인 만큼 이렇게 불러오는 모양이 된 것은 미안하지만 말이야. 예를 들어서 티아=바렐, 네 경우는 충분한 실적과 범용성 높은 능력, 아인에 대한 선진적인 의식 따위가 고려되었지."

'까놓고 말하자면 딱히 특별한 게 없는 능력치로도 스킬 활용이 능숙하다는 것, 무슨 이유인지 고난이도의 의뢰에서도 후유증 없이 살아남아 실적을 쌓아왔던 좋은 운, 덤으로 아인 애호가라는 특징이 포인트였지만 말이야.'

펄스는 티아에게 표면상의 이유를 말해주며 다른 여섯 명의 태도에도 주의를 기울였다.

그들은 모두 오늘이 초대면이며 모험가로서 이루어왔던 역할도 실적도 티에리가 생각했던 것처럼 다들 제각각이었다.

언뜻 보기에는 아무런 공통점이 없다.

그러나 실상 펄스는 이자들을 — 아울러 이번에 소집한 다른 모두를 — 선발하는 데 몇몇 기준을 설정했고, 그에 적합한 인물만이 이곳에 있다. 수백 명이라는 인원수만을 보면 확실히 많다. 하지만 모험가 전체를 모수로 둔 선발이라면 결코 많은 숫자라고 말할 순 없다. 펄스는 후보자들의 긴장을 풀어주기 위한 한 가지 근거로 활용했지만, 사실 티에리와 다른 모험가들은 본인들이 생각하는 정도 이상으로 상세한 적성 검사를 통과한 후에 선별되어 오늘 이곳에 온 셈이었다.

예를 들어서……. 한랭지에서 활동한 경험. 아인에 대한 태도와 이해심. 활동 지역에서 다른 사람들을 대했던 방식. 북방에서 도움이 되는 지식의 습득 정도. 순수한 전투 능력과 전투 적성, 기타 등등…….

많은 항목에서 케류네온이라는 땅에 적합한 자를 펄스가 직접 뽑아냈다.

이 자리는 최종 면접에 불과하다.

펄스는 복표를 4할이라고 언급했었지만, 실제는 2할도 거절하지 않을 것이라 예측하고 있다.

"혹한이라는 말도 모자라게 들리는 북방의 땅에서 종족을 뛰어넘은 단결의 끝에 이룩해 낸 케류네온의 두 번째 발아. 나는 이것이 한 겨울의 환상으로 끝나게 놔두고 싶지 않아. 그 나라는 멸망하지 않은 채 참고 견디다가 이윽고 언젠가 마족을 물리친 용사들의 앞에 건재한 모습을 드러내며 사람들을 맞이할 거야. 어때? 멋지지 않아?"

『…….』

"미력이나마 이미 내 직속 부대를 보내 놨어. 하지만 지금 케류네온에 필요한 것은 그 나라의 주민으로 나라를 만들어 갈 힘이지. 이름도 없는 영웅을 지지해주며, 또한 자신들도 그렇게 될 각오를 다진 사람들이야. 많은 자질에 대한 확인은 이미 끝마쳤어. 이제는 너희 자신들의 각오와 결의가 필요할 뿐."

모험가 길드 마스터의 직속 부대라면 보증이 붙은 실력을 지닌 인물만으로 구성되었다고 소문이 자자한지라 그들의 존재에 동경심을 갖는 모험가도 적지 않았다. 그들과 공동 임무에 함께할 수 있다면 영광이기도 하고, 동시에 본인의 격도 올라간다. 펄스도 물론 이러한 의식을 불어넣기 위해서 직속 부대를 언급했던 셈이다.

『…….』

“만약 그 결의를 끝까지 놓지 않겠다면 아무쪼록 케류네온의 혈육이 되어주기를 바라. 이것이 내가 너희에게 하는 부탁이자…… 그리고 평생을 바쳐야 할 의뢰이기도 해.”

『…….』

“설명은 끝. 각자 별실을 준비해 놓았으니까 잘 생각하고 결단해줘. 맨 처음에 말했던 대로 거부해도 페널티는 발생하지 않아. 기밀 엄수를 위해 발설은 금지시키겠지만, 다른 불편함은 없을 거라고 약속해줄게. 자, 편하게 쉬어.”

펄스의 말이 끝나는 동시에 비서 여성들이 차례차례 입실해서 모험가들을 바깥으로 안내했다. 다들 펄스의 말대로 다른 방에 들어간다.

그동안에도 펄스는 줄곧 미소를 띠고 있었다.

‘무엇보다도…… 너희는 주위 사람들과 맺은 인연이 적고, 영웅이라는 말에 어떤 종류의 동경심을 강하게 품고 있지. 자기 자신은 영웅의 그릇이 못 된다는 자각도 있어. 그럼에도 한편은 이름 없는 영웅 중 한 사람이라면 혹시 자신도 될 수 있을까, 이렇게 옮은 포부는 다 버리지를 못했지. 따라서…… 상당히 매력적인 제안일 테지? 너희가 어떤 판단을 할지 즐겁게 기다리도록 할게.’

펄스는 그런 생각을 떠올리며 혼자 남아서 말없이 서 있는 비서에게 말을 건넸다.

“방금 후보들의 소중한 사람들은 보시고 왔지?”

“네. 이미 별실에 계십니다. 또한 요구할 만한 자료 및 보수의 부분에 대해서도—."

"좋아. 상담을 할 대상이 적었다는 요소로 봐도 딱 어울리는 후보자들이었지. 결계는 어때?"

"물론 만전입니다. 거부할 경우 퇴실과 동시에 이번 안건의 기억을 길드에서 주는 3위 훈장 수여의 건으로 조작하는 수순으로 되어 있습니다. ……그나저나 펄스 님, 한 가지 여쭈어도 괜찮겠습니까?"

"……뭔데?"

"이번 안건은, 개인적으로 친하게 지내고 계신 상회에서 들어온 의뢰라고 알고 있습니다."

"응."

"그 상회는, 마족이 지배하는 땅에도 보급 라인을 확보할 만한 실력을 은밀하게 보유했다고 인식해도 되는 겁니까? 게다가 솔직히, 펄스 님과 그 사람의 관계도, 뭔가 갑작스럽게 시작이—."

"거기까지야."

"넷?!"

"알면서 왜 이래. 난 괜히 파고드는 사람 싫어해. 네가 해당 상회의 이름을 넘겨짚든 보유한 능력을 추측하든 상관없어. 그런데, 말야. 입을 열어서 언급하거나 질문을 해도 되는 것은 내가 허락했을 때뿐이야."

펄스의 말투는 평온했음에도 말대답을 용납하지 않는 박력이 분명하게 있었다.

"그래도, 아무리 각별하더라도 쿠즈노—."

"두 번은 말 안 한다? 나는 너에게 아직 사실을 알 지위도 권리도 주지 않았어."

"……죄송, 합니다. 두 번이나, 주제넘은 발언을 했습니다."

"응, 알아주면 됐어. 그러면 다음 후보자들 불러줘. 인원수가 꽤 많아서 서둘러야겠다~."

비서의 입을 다물린 뒤 펄스는 천진난만한 모습으로 기지개를 켰다.

큰 빚을 졌던 「남자」에게 부탁을 받은 펄스는 열심히 일에 전념한다.

◇◆◇◆◇

설국이라는 환경은 몹시 특수하다.

현재 본격적인 설국 생활의 경험이 있는 휴만은 적었다.

제국의 일부와 로렐의 일부 지방에서 살던 사람들 정도이리라.

설국으로도 잘 알려져 있는 그리토니아 제국조차 마술의 혜택에 의하여 설국 특유의 고생은 상당 부분이 경감되는 환경에 있다.

아인 역시도 휴만의 진영에서 끌어들인 범위 안쪽에는 설국에 적응한 종족이 썩 많지 않았다.

바람의 유무, 기온, 표고. 그 밖의 지형. 강설 지대라는 표현을 똑같이 써도 조건이 달라지면 생활 방식도 완전히 달라지기 마련이니까.

세계의 끝과 비교하면 차라리 낫긴 하겠지만, 설국에 대한 적응은 대단히 어려울 수밖에 없다.

"아니, 이게 말이야, 슬슬 눈에는 싫어도 익숙해지는데 있잖아. 그리토니아의 세 배에 가깝다는 게 진짜 놀랍지. 평야에서도 하루에 대충 1미터는 거뜬히 눈이 쌓인다니까. 진짜 이런 곳에서 사람이 살 수 있겠냐 싶더라니까?"

"어라, 티에리 씨는 제국 동부의 폭설 지대 출신이라고 들었습니다만, 그래도 많이 다릅니까?"

"내가 살았던 곳은 기껏해야 수십 센티미터였다고. 경감 마술로 적설량을 줄일 수도 있었고……. 뭐, 많이 내리는 지역에서도 사흘에 한 번 정도 제설하면 충분한 느낌이었지. 여기는 그리토니아에서도 상당히 깊은 산간부 수준이야. 참고로 지금 거기에는 아무도 안 산다."

"하하하, 맞아요. 여긴 매일같이 제설을 안 하면 죽을지도 모르죠. 앞으로 마술 측면의 환경 정비가 어떻게 되냐도 중요할 테고……. 전투도 요령이 꽤 다르고 말입니다. 길드의 직속 부대도 깊은 곳에서는 상당히 고전을 겪는다더군요."

"요령이 좀 다른 수준이 아니잖아! 몸은 안 움직여지지, 색적도 어렵지, 마수는 강한 데다가 교활하게 굴지. 사냥에 나가는 날은 언제나 목숨을 걸어야 돼. 산속까지 조사를 들어간다는 직속 부대의 녀석들은 충분히 엄청난 거야."

케류네온, 중앙 식당.

식당이라는 호칭으로 불리나 주류도 풍부하게 제공해준다.

큰 홀은 따뜻하게 유지되기에 바깥과 전혀 다른 치유의 공간으로서 모두에게 사랑받고 있다.

복수 설치된 대형 땔감 난로는 이 홀이 아니라면 분명히 도가 지나쳤을 강력한 화력으로 실내를 데워줬다.

점심을 조금 지난 시간인데도 이미 바깥은 어둑어둑했고 오늘도 눈이 멎으려는 낌새는 없다.

휴만뿐 아니라 많은 종족이 모여 있는 이 식당에서 제국의— 아니, 전직 제국의 모험가였던 티에리=로카제는 조그만 둥근 탁자의 맞은편에 앉은 남성과 담소하고 있었다.

모험가 길드 본부에 호출받았던 그날.

펄스의 말에서 자기 마음속 불씨에 가득 바람을 불어넣게 된 티에리는 안내받은 대로 별실에 들어갔다.

그곳에는 자신이 목숨보다도 소중하다고 단언하는 가족이 있었다.

아네 안제와 딸 뮤라.

게다가 평생을 걸어야 할 의뢰라며 펄스가 제시했던 보수 중 일부를 기록한 목록. 그것을 눈에 담았을 때 티에리의 마음속에서 답이 나왔다.

방 안에서 아내와 딸과 많은 대화를 나누었다. 인생을 다 바쳐 사랑해야 할, 지켜야 할 둘도 없는 존재와.

그리고 티에리는 지금 이곳에 있다.

케류네온에.

혼자가 아니었다. 가족과 함께다.

파티를 맺지 않고 가족을 위해 모험가 활동을 계속하나가 어느새 베테랑이라고 불리게 된 변변찮은 모험가는 케류네온의 혈육이 되는 길을 선택했다.

다시 돌이킬 수 없다며 밖에 대기하던 비서가 한 번 더 다짐을 놓아도 티에리의 결의는 달라지지 않았다.

퇴실했을 때 그를 기다리고 있었던 자는 디오나와 티아.

조금 뒤늦게 레인벨도 나타났다.

아울러 콤비였는지 또래의 아인 청년 두 사람도 더해졌다.

서로 아무런 말도 없었지만, 눈빛을 보면 결단했음을 알 수 있었다.

그 후에 나왔던 휴만 청년만은 펄스의 제안을 받아들이지 않은 듯했으나 비서에게서 뭔가 건네받은 뒤 감격하며 떠나갔다.

결국 함께 모였던 일곱 명 가운데 여섯 명은 케류네온에 왔다.

나날이 목숨의 위기 및 중노동에 직면하면서 글자 그대로 내일을 오늘보다 나은 날로 만들기 위해 전력을 다하고 있었다.

아내도 딸도 내근직에 힘쓰거나 마술을 배우거나 하며 이 나라의 생활에 적응하고자 노력해준다.

분명 예전보다야 가혹한 환경에 처했지만, 일도 가족과의 시간도 지난날보다 훨씬 농밀해진 것 같다고 티에리는 느꼈다.

"저희도 일손 부족이라 거리의 사람들 목소리까지 다 듣고 확인할 수가 없어요. 많이 안타깝습니다."

맞은편의 남자가 술을 홀짝이는 기세로 티에리에게 불평했다.

"너희들 길드 직원도 잘해주고 있어. 바쁘기는 다들 마찬가지지. 중요한 것은 내일을 더 좋게. 지금은 어쨌든 간에, 그뿐 아니겠나."

"안스랜드 아가씨가 직접 식당을 꾸려 나가주고 계신데 할 만한 일은 뭐든 다 해내야죠."

문득 티에리와 술을 마시던 남자가 가게 안쪽을 쳐다본다.

그곳에는 척척 지시를 날리는 한편 자신도 쉴 새 없이 손을 움직이며 돌아다니는 젊은 여성의 모습이 있었다.

루리아=안스랜드.

케류네온 저항 세력의 핵이 되어주었다던 안스랜드 가문의 자매, 그중 여동생이다.

식자재의 감정, 저장, 조리 전반을 지휘하는 책임자이자 본인도 선두에 서서 중앙 식당의 요리사로 실력을 발휘하고 있다.

잠들 시간도 없을 만큼 격무가 이어지고 있다는데도 결코 얼굴에서 웃음이 멎지 않는다. 루리아는 이제 식당에 모인 사람들의 마음속 오아시스가 되어 있다.

루리아는 본래 마족의 요새였던 곳 일실을 집무실로 쓰며 개척과 내정의 전반을 관할하고 있다는 언니 에바=안스랜드와 함께 현재의 케류네온에서 지도자의 역할을 맡고 있었다.

자매의 이름은 가문의 이름과 함께 이미 케류네온에 사는 주민들의 의식에 나라를 대표하는 영웅으로 깊이 각인되어 있다.

"……그렇지. 이런 폭설을 수없이 견디며 마족에게서 영토를 되찾았잖아. 어지간한 녀석은 불가능하지. 그러니까 지금도 저렇게 열심히 살 수 있는 거야. 나도, 더 해낼 수 있다. 우선은 디오나부터 따라잡아야겠군."

몹시도 진지하게 말한 티에리는 강한 술로 달아오른 숨결을 뱉어 냈다.

베테랑이라 불려도 자신의 힘은 이미 전성기를 지났다고 생각했었던 티에리. 하지만 케류네온에 온 이후 자신이 평생 발휘할 수 있었던 최고의 무력을 불현듯 갱신했음을 남몰래 실감하는 중이다. 놀라움과 기쁨이 마음속에 솟아나며 젊었던 날의 정열을 다시 소생시켰다.

"디오나 씨 말입니까? 그분의 「반격 태세」는 꽤 효과적이라죠? 쿠즈노하 상회의 오크분들이나 미스티오 리자드분들도 칭찬하셨고요."

"그래. 아주 굉장해. 뭐가 굉장하냐면 본인 말고도 흉내 낼 수 있다는 게 굉장한 거야. 물론 쉽지는 않다만, 우리가 먼저 찾아내는 대신에 상대의 공격을 기다렸다가 카운터로 해치우는 거지. 화력은 개인 단위로 부족해도 파티로 채워 넣으면 그만이고, 공격을 집중시키는 타이밍도 다 같이 연습해서 익히면 해결이거든. 솔직히 쿠즈노하 상회분들의 전법은 도저히 따라 할 수가 없잖아."

눈 때문에 아군의 기동력은 대폭 손상을 입는 반면에 이곳을 서식지로 사는 마수들에게는 아무 어려움이 없다. 더욱이 의태에도 뛰어난 강대한 마수를 아군이 선제 공격으로 쭉 사냥하는 것은 불가능에 가깝다.

사자 머리의 아인 디오나는 최근 의도하여 적의 공격을 유도한 뒤 일격 필살의 카운터로 해치운다는 기예를 습득했다.

디오나가 쓰는 기술 자체는 타인이 쉽게 재현할 수 없는 종류였지만, 전법의 개념을 받아들일 수는 있다. 파티 단위, 장벽, 집중 포화, 몇 가지 요소를 조합하면 디오나 이외의 인물들도 충분히 재현 가능한 뛰어난 전술이었다.

사냥 때마다 반드시 동반하는 푸른 비늘의 리자드맨이나 하이랜드 오크라는 괴물 수준의 맹자가 싸우는 방식은 전혀 참고가 되지 않았던 만큼 이 전법은 여러 모험가들에게 있어 기꺼운 발견이었다.

미스티오 리자드는 브레스로 눈을 싹 날려버릴 수 있고 색적의 속도도 보통이 아니다. 하이랜드 오크는 아예 눈의 저항 따위 처음부터 존재하지 않는 것 같은 돌진으로 기동력 발군, 일격의 무게감도 내구력도 한숨밖에 안 나오는 황당무계한 수준이다.

"동감입니다. 게다가 전투 이외에도 쿠즈노하 상회분들의 조력은 아주 커다랗거든요. 이 육지의 고도에 물자를 윤택하게 가져다주는 물류 능력도 터무니없지만요, 가격도 눈물이 나올 만큼 양심적입니다. 그뿐 아니라 사냥과 경비, 개간에까지 인원을 수배해주시니까."

"하이랜드 오크와 미스티오 리자드한테는 앞으로 어디 바깥에서 마주쳐도 절대 검을 겨누지 않겠다고 사냥 첫날에 맹세했고말고."

티에리는 농담조로 어깨를 으쓱거렸다.

"……그 이유는 은혜 때문인가요? 아니면 공포 때문에?"

"당연히 둘 다다. 참고로 쿠즈노하 상회도 평생 단골 예약이지."

"으음, 그 말씀은……. 아마 쿠즈노하 이외의 다른 상회가 여기에 들어올 날은 평생 안 올 테니까— 그런 이유도 있겠지요. 뭐라더라, 여기 케류네온을 근거지로 하는 상회가 만들어지는 것도 지원한다는 말은 들었는데요, 어디까지 진심인지가……. 가끔은 말의 속뜻을 읽어 내려다가 두려움을 느끼는 이유는 제가 소인배이기 때문이겠죠……."

"어디까지든 다 본심일 수도 있지. 나도 금방은 못 믿었다만. 어떻게 되든 간에 쿠즈노하 상회는 앞으로 확실하게 케류네온의 어용 상회로 정착할 테고, 충분히 채산성은 있지 않겠나?"

"……그렇겠죠. 그렇게 생각하고 일단은 술로 다 잊어야겠습니다."

케류네온은 현재 국경까지 제대로 된 길조차 없는 상태다. 그뿐 아니라 국토의 대부분이 깊은 눈에 막혀 있기 때문에 물자 이송은 극히 곤란한다.

어려움 많은 이 나라에서 쿠즈노하 상회는 마치 근방에서 채집할 수 있는 재철 작물이라도 판매하는 분위기로 신선한 과일과 채소를 싼값에 팔아준다.

그 덕에 생활하는 사람들에게는 큰 도움이 되지만, 수수께끼가 많다— 더 정확하게는 수수께끼밖에 없는 상회다.

아무리 길드 마스터 펄스에게 절대 쓸데없이 캐묻지 마라, 협력 관계만 잘 견지하라고 엄명을 받았다지만, 뭔가 섬뜩한 느낌을 받는 직원도 있다.

뛰어난 직원이기에 감지하는 당연한 위기의식이기도 하고, 어쩔 수 없는 반응이기도 하다.

다만 모험가 길드 이상으로 쿠즈노하 상회는 지금 케류네온의 생명선이었다. 그들에게 의지하는 것 이외에 다른 선택지는 없다.

티에리와 대화 나누던 남자는 이따금 자기 내면에서 솟구치는 의문을 술과 함께 되삼키기로 한 셈이었다.

마침 그때 세차게 문이 열리며 여자의 큰 목소리가 울려 퍼졌다.

"주목~!! 누구 한가한 사람 있어~?! 동결 대책으로 새로운 소재를 써서 만든 벽돌을 시험하고 싶어. 도로와 벽에 쓸 용도인데 도우미 모집~!"

따뜻한 실내에 바깥의 눈이 불어서 들어왔지만, 방한 장비로 몸을 꼭 싸맨 여자는 신경 쓰는 기색이 없다.

"……오, 티아가 오늘은 드워프분들을 돕는가 보군. 흠, 동결 대책이라."

모두들 이미 익숙한지라 핀잔을 놓는 사람도 없었다.

"기쁜 소식이네요. 티에리 씨는, 오늘은 또 단련인가요?"

"아니, 난 건축 일을 한 경험이 있고, 쓸 만한 스킬도 몇 개 가지고 있거든. 저쪽이 우선이지. 가볼게."

"잘 다녀오십쇼."

"여기다, 티아! 내가 가주마!!"

티에리는 술을 쭉 들이켜더니 막 비운 잔을 치켜들며 대답했다.

"티에리! 네가 와주면 고맙지! 이번 물건은 눈을 녹이는 목적이랑 실내의 보온도 고려한 역작이라니까 가능한 한 빨리 성능 시험을 진행하고 싶대."

"맡겨둬. 테스트라면 2번 공방의 뒤편이겠군?"

나도 가겠다.

나도 잠깐 한가하다.

그런 목소리가 잇따라 들리는 가운데 티에리는 장소를 확인했다.

티아는 여러 모험가들의 유대 관계를 긴밀하게 이어주는 조정자의 역할을 맡았다. 또한 휴만과 타 종족 사이의 의사소통을 원활하게, 친밀하게 만들어 가는 중요한 임무를 수행하고 있다.

펄스의 예상대로 본인이 알맞은 역할을 찾아간 결과였다.

왠지 마스터의 수법에 쏙 넘어간 것 같은데— 이런 생각이 가끔 티아의 머릿속을 스치고 간다.

다만 자신의 취향과 적성이 전부 긍정적으로 작용하는 지금 환경을 티아는 전력으로 즐길 수 있었다. 펄스에 대한 원망이나 자신의 결단에 대한 후회는 전혀 없다.

만약 살아가는 동안에 다시 펄스와 만날 기회가 주어진다면 티아는 깊숙이 머리 숙이며 자신을 선발해줘서 고맙다고 말할 것이다.

"이번에는 왕성의 서쪽 창고 쪽 응급 보수를 겸한 작업이니까 그쪽으로 가줄래? 그럼 준비가 필요한 사람은 15분 뒤에 길드로 집합! 직접 찾아갈 사람은 왕성의 서쪽 창고로. 잘 부탁해!"

왕성이란 마족이 사용했었던 요새를 개축해서 쓰고 있는 현재 케류네온에서 가장 거대한 건물을 말한다. 정식으로 성의 기능을 갖고 있는가 묻는다면 아직 미묘한 단계이기는 하다.

"이런. 티아 양도 일손 모집인가?"

척 엄지손가락을 세운 티아의 옆을 지나쳐서 이번에는 중년을 조금 넘긴 즈음의 남성이 식당 입구에 섰다.

"어머, 레인벨. 너도?"

남자는 티아에게 고개를 끄덕여주고 곧장 목소리를 높였다.

"미안한데 성 안에서 계산을 특기로 하는 사람이 필요하다는군. 오늘 하루만 거들어줘도 상관없다고 한다. 누군가 일을 맡아줄 사람이 있나?!"

"어이쿠, 자네를 찾는 사람도 왔군?"

티에리는 함께 술을 마시던 남자에게 얼굴을 돌렸다.

"……그렇군요. 그럼 저도 도우러 가봐야겠습니다. 레인벨 공! 저라도 괜찮다면야!"

"오오, 고맙군!!"

망국 에류시온의 역사, 지식에도 제법 정통한 전직 모험가 레인벨은 아직껏 숫자가 적은 문관들과 함께 도시의 안에서 사무 쪽 업무에 매진하고 있다.

본래 모험가였던 레인벨의 경력은 모험가와 일반인 및 문관의 가교로서 대단히 유익하게 활용되었다.

두 딸과 젊은 후처와 화목하게 지내는 수완은 케류네온의 일부 남자들에게 스승님이라며 숭상을 받고 있기도 하다.

레인벨의 얼굴에도 역시 이 땅에 온 선택을 후회하는 기색은 티끌만큼도 없었다.

『오오오오!』

티아와 레인벨이 꽤 많은 인원을 데리고 나간 식당에서 큰 환성이 터져 나왔다.

다른 입구에서 대형 마수를 짊어진 누군가가 들어왔다는 것이 이유다.

"루리아 아가씨! 저번에 말씀하셨던 마수, 비록 새끼이지만 드디어 해치웠소이다!"

"디오나 씨, 설마 동쪽 숲에서 잡은 겁니까?!"

옆에 앉아 있었던 모험가 중 한 명이 설마 싶다는 표정으로 디오나에게 말을 붙였다.

"음, 아무렴! 그 설마, 대설수(大雪獸)라네! 다만 하이랜드 오크 전사께서 말씀하시길 이게 아직은 새끼라더군. 그럼에도 숲 하나의 주인이 되었단 말이야. 산에 도사리고 있는 다 큰 마수가 얼마나 강할지 아예 짐작도 안 가는군!"

사자 얼굴의 아인, 옛 근거지인 아인의 도시에서는 부검 디오나라고 불렸던 2미터를 넘는 거한이 호쾌하게 대답을 돌려준다.

"어머, 디오나 씨! 드디어 동쪽 숲의 주인을 쓰러뜨렸군요?! 와아, 이게 대설수구나. 요리법은 몇 가지 지식으로 알고 있었는데요. 저, 실물을 보는 건 처음이에요!"

요리하던 손을 멈춘 루리아가 손을 닦으며 옆까지 다가와서 디오나의 위업을 칭찬했다.

"조만간이라고, 아직은 말씀을 못 드리겠소만. 저 디오나, 언젠가 기필코 성체 마수도 사냥해서 여러분의 식량으로 갖고 돌아오겠소. 그럼 루리아 아가씨, 보관과 요리는 모쪼록 잘 부탁드리리다!"

"네! 요리할 때는 꼭 불러드릴게요! 디오나 씨, 언제나 감사합니다!!"

"으, 흐음!"

루리아가 화사하게 웃는 얼굴로 꾸벅 인사하자 디오나는 무슨 이유인지 얼굴을 돌리며 날렵하게 식당에서 나가버렸다.

루리아는 곧장 식자재 처리 방법을 궁리할 뿐 떠나갔던 남자의 수줍어하는 태도를 신경 쓰는 기색은 없었다.

"좋아, 푸른 피는 독이 있다고 했으니가 일던 철저하게 피 빼기를 하고, 동시에 내장을 처리. 살코기 본체의 숙성은 기존의 냉장

법으로 가능할 거야. 그다음은, 이거랑 저거랑 쿠즈노하 상회에 주문하면……. 아, 죄송합니다. 이거 안쪽으로 옮겨야 하는데 잠시 도와주시겠어요?"

"네, 네엣. 기꺼이!"

근처에 있던 남자들 몇 명이 같이 고기를 안쪽으로 옮긴다.

"감사합니다! 음, 이다음은……."

루리아는 중얼중얼 혼잣말하며 뒤를 따라가서 가게 안쪽으로 모습을 감췄다.

한편 가게 바깥에서 문득 정신을 차린 디오나는 자신의 실수를 깨닫고 혀를 찼다.

'……아차차, 내가 무슨 짓을. 그대로 대설수를 가게 안쪽까지 옮기는 작업도 거들어야 했다. 큭, 다른 녀석들에게 멋진 역할을 호락호락 양보해버리다니.'

자꾸 미간에 깊은 주름이 새겨지지만, 길 가는 사람이 놀라지 않게 디오나는 심호흡하며 마음을 안정시켰다.

'이러한 가슴의 두근거림을 나는 평생토록 느끼지 못했다. 결코 욕망이 전부는 아닌 은은하고 따뜻한 마음. 루리아— 케류네온의 영웅 자매. 언니와 함께 나라를 떠받치는 참으로 가련한 소녀.'

두 사람을 나란히 두고 본다면 마치 미녀와 야수— 아니, 오히려 소녀와 야수라고 표현하는 게 적절하려나.

신장 차이도 용모의 갭도 정말이지 엄청나다.

그러나 디오나는 반해버렸다.

'저번에 티아에게 상담했을 때 진정 훌륭한 명언을 들었지. 그래……. 사랑한 사람이 우연히 이종족이었을 뿐. 옳은 말이다. 게다가 티아가 말하기를 쿠즈노하 상회를 꾸려 나가는 수장조차 아인과 휴만의 사랑에 관대하다고 했지. 그게 어떠한 말이었더라, 분명…….'

작고 가련한 여성을 사랑하며 그것을 인정받을 수 있다는 것.

들었던 바로 티아=바렐은 한 차례 중앙 식당에서 누구인지 몰라본 채 쿠즈노하 상회의 대표와 많은 이야기를 나눴다고 한다. 그때 대화에서 나왔던 「어떠한 표현」을 들은 디오나는 무슨 까닭인지 묘하게 마음이 흔들리고 말았다.

"—그래, 떠올랐다. 분명 「합법 로리」라는 말이었어. 이 고귀한 마음은. 후후, 고맙게 됐군. 티아에게 감사의 말을 전해야겠어. 덕분에 나의 세계와 의식은 이렇게나 넓어졌으니까."

덧붙여서 어느 검은 날개의 익인을 봤을 때 한눈에 반한 것 같아, 라며 조심스럽게 중얼거렸던 티아에게 레인벨이 그 마음을 긍정하며 맞장구쳤던 것이 계기가 되어 두 사람의 대화는 뜨겁게 달아올랐었다.

물론 당시의 티아는 상당히 술이 들어갔던 까닭도 있을 테지만.

자신의 진심에 만족스럽게 고개를 끄덕이며 디오나는 걸음을 떼고 이번에야말로 식당을 떠나갔다.

사람들 출입이 많은지라 중앙 식당의 떠들썩한 소리는 전혀 멎을 낌새가 없다.

그것이 이곳의 일상 풍경이기도 하다.

문득 카운터 자리에 눈을 돌려보면 조용히 식사와 술을 즐기는 오크와 리자드맨의 모습이 보였다.

그들도 이제까지의 떠들썩한 말소리를 신경 쓰는 기색은 아니었다.

큼지막한 잔에 따른 황금색으로 거품이 아름다운 술과 아담한 유리잔에 따른 호박색의 살짝 걸쭉한 술을 기울이며 두 사람도 역시 제각각 한때의 휴식을 즐기고 있었다.

그들의 양옆은 공석이었지만, 그중 하나가 새로운 내방자에 의해 채워졌다.

살짝 주위의 시선을 모으며 일직선으로 그곳에 가서 앉은 인물은 등에 날개를 지닌 익인 남성.

"슈토, 경비 교대인가?"

미스티오 리자드 아키가 옆자리에 앉은 동료에게 말을 건넸다.

익인 슈토는 술 주문을 마친 뒤 뭔가 의미심장한 미소를 두 사람에게 보냈다.

"예. 겸사겸사, 소소한 정보도 가져왔습니다."

"술안주가 될 만한 이야기라면 환영이다."

하이랜드 오크 리크가 술잔을 치켜들며 다음 이야기를 재촉한다.

"예, 되고말고요. 사실은…… 조만간에 케류네온으로 도련님께서 방문하실 겁니다. 아쉽게도 국경 부근이 목적지입니다만."

『――?!』

슈토의 웃는 얼굴이 장난질을 성공한 아이처럼 바뀐다.

두 사람의 반응이 예상대로였기 때문일 테지.

"듣자 하니까 마족 장군 두 명에게 호위를 받아 마족의 고도를 방문하신다더군요."

“이런 소식이라니……. 그렇다면 부대장쯤 되는 인물은 직접 도련님을 만나 뵐 기회가 있을지도 모르겠군. 새롭게 보고를 올릴 만한 내용은, 흠……. 아키, 넌 어떤가?”

“우리 쪽에서도 상사가 보고를 올리고 싶어 할 테지. 분명 배웅하는 자리에 참석할 테니가 그때 무엇인가 말씀드리려 하지 않겠나. 흠……. 솔직히 아주 새로운 안건은 딱히 없다만, 복귀하면 일일 보고서를 다시 검토해야겠군.”

“저희들 쪽은 인원에 여유가 나올 상황인지라 좋은 보고를 올릴 수 있겠다며 상사가 기뻐했습니다. 에마 공은 현 상황이 양에 안 차시는지 조금 쓸쓸한 표정을 짓고 계셨습니다만…….”

『크크크…….』

슈토의 말에 아키와 리크가 한 목소리로 작게 웃는다.

에마는 하이랜드 오크 제일의 마술사이자 뛰어난 비서관이기도 하다.

에마가 케류네온에서 안스랜드 자매를 지도하게 된 이후 보여줬던 귀신 같은 교사상은 하이랜드 오크들 사이뿐 아니라 쿠즈노하 상회의— 즉 아공의 면면에게도 널리 잘 알려져 있다.

슈토의 말에 나왔던 에마의 모습을 너무나도 쉽게 상상할 수 있었던 터라 두 사람은 무심코 웃음이 나와버렸던 셈이다.

“세 분께서 뭔가 재미있는 일이라도 있습니까? ……어이쿠, 이런, 벌서 돌아가십니까?”

꽤 빨리 자리에서 일어난 세 사람에게 카운터 건너편에 있던 점원의 의외라는 듯이 말을 건넸다.

평소는 더욱 오래도록 술을 즐기던 사람들인지라 이런 시간에 가게를 뜨는 것은 별일이었다.

“그래. 오늘도 맛있는 술 고맙다. 듣자 하니까 내일 중 도련님께서 국경을 둘러보러 오신다는군. 잠깐 마중을 나갈 준비를 해야겠어.”

“그렇게 됐다. 도시까지 살펴보실 만한 시간은 못 내실 듯하다만, 우리 상사는 아마 얼굴을 비출 테니까 우리도 조금은 일을 해야겠지.”

“그러므로 오늘은 이만 실례하겠습니다.”

세 사람은 각각 점원에게 대답한 뒤 돈을 올려놓고 자리를 떴다.

“도련님……? 그럼 쿠즈노하 상회의 대표님이 직접 찾아오신다는?! 어이쿠, 큰 사건이잖습니까! 어어, 저희들도 뭔가 마중을 나갈 준비를 해야 할 텐데…….”

도련님이라는 말의 의미를 이해한 뒤 흠칫 놀라며 큰 목소리로 외치는 점원. 미스티오 리자드 아키가 웃음을 띠며 고개를 살짝 옆으로 흔들거렸다.

“공연한 행사를 반길 분이 아니시다. 마음만으로 충분하지. 언젠가 도련님께서 이 가게를 방문하셨을 때 각자 진심을 다해주면 충분하고말고.”

“음. 도련님께서도 더욱 기뻐해주실 테지.”

“동감입니다.”

리크와 슈토도 동료의 말에 힘주어 고개를 끄덕거리고 긍정한다.

“어, 어, 저기. 그, 그러면! 쿠즈노하 상회의 진력에 국민 일동이 진심으로 감사드린다고 전해주십시오!"

"꼭 전달하지요. 또 오겠습니다."

무의식중에 목소리가 커졌던 점원의 말은 가게 안에 쭉 울려 퍼졌고 다른 손님들도 돌아가고자 하는 세 사람에게 저마다 감사의 말을 전하며 배웅해줬다.

아마도 쿠즈노하 상회의 높은 사람을 얼굴을 비추는 것 같다, 이러한 소문은 눈 깜짝할 사이에 퍼져 나갔다. 그날은 길 가는 쿠즈노하 상회 관계자에게 평상시 떠올리던 감사의 말이며 답례품이 전해지는 등 소소하게 소동이 벌어졌다.

마족과 약속한 날, 하루 전.

케류네온의 여명기, 어느 하루의 사건이었다.

달이 이끄는 이세계 여행 11

1판 1쇄 발행 2021년 8월 10일
1판 4쇄 발행 2024년 5월 10일

지은이_ Kei Azumi
일러스트_ Mitsuaki Matsumoto
옮긴이_ 김성래

발행인_ 최원영
본부장_ 장혜경
편집장_ 김승신
편집진행_ 권세라 · 최혁수 · 김경민 · 최정민
커버디자인_ 양우연
국제업무_ 박진해 · 전은지 · 남궁명일
관리 · 영업_ 김민원 · 조은걸

펴낸곳_ (주)디앤씨미디어
등록_ 2002년 4월 25일 제20-260호
주소_ 서울시 구로구 디지털로 32길 30, 코오롱디지털타워빌란트 1301-1308호
전화_ 02-333-2513(대표)
팩시밀리_ 02-333-2514
이메일_ lnovellove@naver.com
L노벨 공식 카페_ http://cafe.naver.com/lnovel11

ISBN 979-11-278-6135-3 04830
ISBN 979-11-278-4112-6 (세트)

값 9,500원